課長はヒミツの御曹司

S a k u r a & A k i r a

あかし瑞穂
Mizuho Akashi

EB
エタニティ文庫

目次

課長はヒミツの御曹司　5
桜色の君を　257
書き下ろし番外編
桜色の思い　329

課長はヒミツの御曹司

プロローグ　裏切りとお嬢様の決意

「んっ……」

ぴちゃぴちゃと卑猥《ひわい》な音が、細く開いたドアの隙間から聞こえる。漏れ聞こえてくる衣擦《きぬず》れの音も、甘い喘《あえ》ぎ声《ごえ》も、熱い吐息も、全てにまるで現実味がなかった。

僅《わず》かに見えるのは、ソファの上で抱き合い、何度も熱いキスを交わしている男女。上着を脱いだ男性の白いシャツの背中に、女性の手が回っている。こちらに背を向けている男性の顔は見えないが、彼の顔を見上げている女性の頬は赤く染まっていた。

「――いいの？　婚約者を放っておいて」

誘惑の響きが含まれた声に、聞き慣れた低い声が答える。

「彼女は何もできない、綺麗で可愛いお人形だ。会長が目に入れても痛くないほど可愛がっている孫娘で、大人しくて俺の言いなり。妻としては理想的だろ？　だが――」

「あんっ」

「俺は、お前のような強い女が好きだ」

——好き。

ドア越しに聞いたその言葉が鋭い刃となって、鷹司桜《たかつかささくら》の胸を切り裂いた。

「……悪い人ね。結婚しても私とこんなこと、するつもりなんでしょう？　彼女が知ったら、どうなるかしらね？」

「どうもしない。あのお嬢様は泣くくらいしかできないだろう。まあ、泣かせるのは本意ではないから、バレないようちょっと気を付ければいいだけだ」

「ふふっ……」

「もういいだろ？　今はお前の甘い肌を堪能《たんのう》したい」

その後聞こえてくるのは、もはや声ではなかった。経験のない桜が聞いても、男女の秘め事の音だとすぐに分かる。いつの間にか桜は、ドアと反対側の廊下の壁に背中を押し付けていた。脚ががくがくと震えている。口もとに当てた右手の指も、冷たく強《こわ》張《ば》った。

立派なドアの向こうは、専務室だ。中にいる女性は、専務の専属秘書の富永沙穂《とみながさほ》。そして男性は、三好真也《みよししんや》。若くして営業部から出世したやり手の専務で——

——桜の婚約者、だ。

「――はあっはあっ……」

重い金属製の扉を引いて、桜は屋上に出た。

真冬の空気が、荒い息を白く染めている。ゆるくウェーブした栗色《くりいろ》の髪や白いコート、薄い花柄のワンピースの裾《すそ》を揺らして、冷たい風が通り過ぎていった。

思った通り、そこには誰もいない。今はまだ昼休みが終わったばかりで業務時間中だ。黒い金網のフェンスに囲まれたコンクリートの箱庭に、わざわざ来る物好きはいないだろう。

小さい頃、祖父に連れられてこの会社に来た時は、ここを秘密基地にしていた。その時から変わらない、誰もいない光景が広がっている。

「うっ……」

嗚咽《おえつ》が口から漏れた。人目に付かない場所を探すまでは、と我慢していた涙が、ぽろぽろと零《こぼ》れ落《お》ちる。

「ひっ……う、うっ……っ」

両脚から力が抜けた桜は、その場にぺたんと座り込んだ。氷みたいに冷えたコンクリートの温度も、今は感じない。

流れる涙を拭《ふ》きもせず、心臓を串刺しされたかのような痛みに、背中を丸める。灰色のコンクリートの上に落ちた涙が、ぽつんぽつんと小さな染みになった。

胸が痛い……重い……

――何もできないお人形。

（それがあの人……真也さんの本心……？　だったら、今まで優しくしてくれた……のは）

鮮やかな彼の笑顔が目に浮かぶ。引き締まった口元が綻《ほころ》び、やや吊り目気味のまなじりが下がる、その顔が好きで堪《たま》らなかった。でも、あの笑顔は……

（私が……お祖父《じい》様の孫で、お父様の一人娘、だからなの……？）

この会社、鷹司コーポレーションの会長は桜の祖父で、社長は父だ。つまり、桜の結婚相手は次期社長になる可能性が高く、祖父は桜の結婚相手を重要視していた。

桜自身は引っ込み思案で大人しく、どちらかといえば若い男性は苦手だ。それもあって祖父が『儂《わし》がいい相手を探してやらねば！』と張り切り、専務の中でも若くやり手の真也を桜に紹介してくれた。

『桜さんはとても綺麗ですね。まるでお姫様のようだ』

真っ直ぐな黒髪を短く切り揃え、前髪はオールバック、きりっとした太めの眉に意志の強そうな瞳が印象的な真也は、華やかで大人の魅力を纏《まと》う男性だ。祖父に紹介された時、微笑《ほほえ》む彼を前に頬を染めてしまったのは、桜の方だった。

その後のお見合いの場で、緊張してロクに口もきけない桜を他愛ない話で笑わせてくれたことを覚えている。

『――桜。大学を卒業したら、すぐにでも結婚してほしい。貴女みたいな素敵な女性は、繋ぎ止めておかないと奪われてしまう』

彼からプロポーズされた時、どんなに嬉しかったか。

十歳以上も年上の彼が自分を選んでくれるなんて、桜は信じられなかったが、『桜の素直で可愛いところに惹《ひ》かれた』と言われて頷《うなず》いたのだ。

優しく笑う真也は、いつだって紳士的で、桜を大切に扱った。

仕事が忙しい彼とは滅多に会えないものの、お洒落《しゃれ》でセンスのいいアクセサリーをプレゼントしたり、時には花束を持って訪ねてきたりと、小まめに連絡をくれる。

そんな真也をますます好きになった桜は、大学に通う傍《かたわ》ら花嫁修業に精を出していたのだ。

卒業まであと三ヶ月となった今日。ウェディングドレスが出来上がったとの連絡を受け、桜は試着をしようと挙式予定のホテルに出向いていた。

白いサテン地とレースを重ねた生地に真珠《しんじゅ》を散らしたパフスリーブのドレスはぴったりと身体に合い、皆に『お綺麗ですわ！』と褒められる。

そこで自分のスマホで写真を撮ってもらい、一刻も早く真也に見せようと、お昼休みが終わったばかりの会社を訪ねたのだ。

彼が専務室にいると聞いた桜は、彼を驚かそうと思い付き、連絡を断ってエレベーターで役員のフロアに行った。ところが、足取り軽く専務室に着き、ノックをしようとした時に、いつもは閉まっているドアが少し開いていることに気が付く。

そして、そのドアの隙間から聞こえてきたのだ――淫《みだ》らな音が。

「――真也、さん……」

彼の秘書である沙穂の顔がちらつく。ストレートの黒髪を一つに束ね、アーモンド形の目が人目を惹《ひ》く美人。

いつもほんのり赤みが入ったルージュをひいている彼女は、見るからに『仕事ができる秘書』で、真也も彼女を信頼している様子だった。専務室を訪ねた時に応対してもらったことが何度かある桜は、無駄なくテキパキとした沙穂に、とても感心したのを覚えている。

『専務、会議が始まりますわ。ご準備を。申し訳ございません、桜様。何分《なにぶん》専務はお忙しくて』

そう言って微笑《ほほえ》む沙穂に、実のところ桜は気後《きおく》れしていた。沙穂は営業部からキャリアを積んで秘書になった大人の女性で、桜を見る瞳に侮《あなど》るような色を時折浮かべるせいだ。

もちろん、あからさまな態度を彼女が取ったことは一度もなく、真也も祖父も父も何も気付いていない。幼い頃から『鷹司のお嬢様』という目で見られてきたお陰で、周囲の視線に敏感になっている桜だから感じることができただけだ。

――もしかして、仕事の忙しい真也さんが私の我儘《わがまま》に付き合わされてるって思っているのかしら?

(そう考えていたけれど)

ふっ、と桜は自嘲《じちょう》気味に唇を歪《ゆが》める。

沙穂が自分を快《こころよ》く思っていなかった原因は、そんなことじゃなかった。自分の恋人が桜と結婚しようとしているからだ。

沙穂と自分では全くタイプが違う。小柄で幼く見られがちな桜は、沙穂のような大人の美人ではない。

「真也さんは……」

――彼女は何もできない、綺麗で可愛いお人形だ。

――結婚しても私とこんなこと、するつもりなんでしょう?

心臓を締め付けられる痛みに、桜は右拳《みぎこぶし》を胸に当てた。真也は結婚後も、沙穂と関係を続ける気……らしい。

（私が……）

何もできないから？

お人形だから？

社長令嬢だから？

彼女が強い女だから？

彼女を好きだから？

――だから、好きでもない私と結婚して……彼女とも……？

涙が止まらない。熱くなった喉の奥から、また嗚咽《おえつ》が漏れた。

「――こんなところで座り込んで、風邪引くよ？」

聞き慣れない男性の声にびくっと肩を揺らした桜は、表情を取《と》り繕《つくろ》えない状態で顔を上げた。

まず目に入ったのは、グレーのスラックスと、緑色のちり取りを持った左手だ。視線を上げると、灰青色《はいあおいろ》の作業着に笑みを浮かべた唇、そしてもさっとした濃い茶色の髪で半分隠れた顔が見える。

すっと桜の前に座った男性は、上着のポケットから青いハンカチを取り出し、彼女に手渡す。

「あ……」

桜はぎゅっとそのハンカチを握り締めた。右手で受け取ったハンカチの輪郭《りんかく》が滲《にじ》む。

「怪我《けが》、してるわけじゃなさそうだね。立てる？」

大きな右手が差し出された。その指先は黒く染まっている。桜がぼんやりと彼の手を眺めていると、彼はちり取りを床に置いた。

「え……きゃっ⁉」

ふわっと桜の身体が浮く。がっしりとした腕が彼女の身体を抱き上げていた。

びっくりした桜が左上を見ると、長い前髪の間から綺麗な瞳が見える。

「いきなりごめん。でも、かなり身体冷えてるよね、顔色も悪いし。ここにいるのはまずい」

「え、あの……」

桜を抱きかかえた男性は、すたすたと歩き始めた。驚きのあまり、桜はされるがままになる。

「医務室に行くほどでもないと思うから、とりあえず俺の部署に連れていくね」

「は、はい……？」

頭の中がぐるぐると回り、何が何だかよく分からない。混乱し口籠《くちご》もっている間に、男性は桜を抱いて器用にドアを押し開け、階段を下り始めた。

彼の足取りは確かで、かんかんかんと軽やかな音が階段に響く。いつの間にか涙が止まっていることに気付かず、桜は大人しく運ばれたのだった。

＊＊＊

湯気《ゆげ》の立つマグカップに口を付けると、ココアの甘さが身体中に染み渡る気がした。

お姫様抱っこされて呆然としていた桜が我に返った時には、男性はもうこの部屋の前にいた。エレベーターを使わずに、屋上から非常階段を下りたのだ。

「よいしょっと」

専務室と比べると簡素なドアの前で、男性は桜を下ろす。そしてドアを開けると、中に入るようにと伝えた。

「麻奈《まな》さーん、この子にホットココア淹《い》れてくれるー？　あ、しばらくここで休んでね」

恐る恐る中に入った桜は、男性と同じ作業用の上着を着た、小柄な女性に迎えられる。白髪《しらが》交じりの髪をふわりと肩に下ろした彼女は、桜を見ると目を丸くした。

「あらあら、あなた真っ青な顔してるじゃない！　女に冷えは大敵よ！　さ、こちらに来て座ってちょうだい」

あれよあれよという間に部屋の中央にあるストーブの前に案内される。桜は出してもらった椅子に座り、冷たく強張《こわば》った手をストーブにかざした。すると、「はい、ミルクココアよ。あったまるから」と真っ赤なマグカップが差し出され、現在に至ったのだ。

「あ、りがとうございます……」

湯気《ゆげ》もカップも温かい。

ほう、と溜息をついた桜の横で、女性がふふふと笑った。

「課長、いつも何かしら拾ってくるんだけど、こんな可愛いお嬢さんを連れてくるなんて！　ちょっと見直したわ」

「課長、って？」

ふと見ると、さっきの男性がいない。桜は膝の上に置いたハンカチをちらっと見た。

「八神彬良《やがみあきら》課長。この備品在庫課のトップよ。私は中谷麻奈《なかたにまな》。よろしくね、鷹司さん」

「はい、よろしくお願いしま……す？」

そう言って、桜は小首を傾《かし》げた。目の前で微笑《ほほえ》む女性に見覚えがあるような気がする。

（どこでだったかしら……？）

「さあ、ココアを飲んで温まってちょうだい。課長ならすぐに戻ってくるから」

言われるがまま、桜はマグカップからココアを一口飲んだ。優しい味が口の中に広がる。冷え切った身体には、甘い温かさがご馳走《ちそう》だった。

　そして桜は周りを見回す。

　ここは物置だろうかと思うほど、物が多く広い部屋だ。入り口から見て奥側が窓、両方の壁に備え付けの棚があり、その上にはプラスチック製の引き出しがずらりと並んでいる。『消しゴム』『シャープペンシル』『三色ペン』など、備品と思われる名称が、引き出しにシールで貼ってあった。

（備品在庫課って、備品の管理をする部署なのかしら？　たくさん在庫が……）

　桜が座っている椅子が元々置いてあった机は、二台ずつ縦二列に並べられていたうちの一つ。その机の奥側、お誕生日席の机に『課長　八神彬良』と書かれた卓上ネームプレートが置いてある。

「どう？　少しは温まったかしら？」

　麻奈がにこにこと話しかけてきた。

「は、はい。大丈夫です……」

　桜が答えるのと同時に、ぱたんと入り口のほうから音がする。振り返ると、さっきの男性——八神がちり取りを持って部屋に入ってくるところだった。彼は桜の傍《そば》まで来て、にっこりと笑う。

「ああ、随分顔色が戻ったね。良かった」

麻奈がすっと八神の隣に立ち、机のほうを指さして言った。

「課長、営業部から例の話が来てましたよ？　さっさと済ませてください」

「はいはい。――ここなら人の出入りは少ないし、ゆっくりしていけばいいよ、鷹司さん」

八神はぽんと桜の頭を軽く叩《たた》くと、自席へ歩いていく。その後ろ姿をぼーっと見ていた桜は、はっと気が付いた。

「あの！　私、名前を」

椅子に座った八神が、桜に顔を向ける。

「鷹司桜さん――会長の孫娘で社長の娘さん、でしょう？　写真と同じだからすぐに分かったよ」

「写真、ですか？」

「あれ、知らないの？」

八神の口の端がにいと上がった。

「会長、君を溺愛してるよね。成人式の振り袖姿の写真、スマホの待ち受けにしていて――『桜はこんなに綺麗なだけでなく、心根も優しい娘なんだ』って自慢してるんだよ。俺も自慢されたことあるから」

（おおお、お祖父《じい》様ーっ！）

かっと桜の頬に熱が上った。確かに祖父は、一人しかいない女孫である桜を可愛がってくれているが……社員にまで自慢していたなんて。

「まあ、いいんじゃないかしら。会長の親ばか……いいえ、爺《じじ》ばかは今に始まったことじゃないし」

麻奈が笑いながら、ほかほかのタオルを桜に差し出した。桜はお礼を言ってマグカップを机に置き、タオルを受け取る。顔を拭《ふ》くと、じわりと温《ぬく》もりが肌に伝わってきた。

「あの……本当にありがとうございます。助かりました」

桜が頭を下げると、「いいよ、気にしないで」と八神が笑う。タオルを桜から受け取った麻奈もにこやかに言った。

「本当に素直な、いいお嬢さんねえ。可愛がっている会長のお気持ちが分かるわ～」

――素直な、いいお嬢さん。

その言葉がずきんと胸の奥を刺す。桜は咄嗟《とっさ》に目を伏せ下唇を噛んだ。

(真也さんは……お人形さんだって……)

思い返せば、彼に『好きだ』と言われたことは一度もない。『綺麗だ』『可愛い』……そう言われるのが嬉しくて……だから、今まで気付かなかったのだ。

(本当は、沙穂さんみたいな人が好きなのに、無理して私に付き合ってくれてたのね)

くすりと小さく笑う沙穂の顔が目に浮かぶ。

今の自分──何もできないお人形では、彼に好かれないのだろう。だけど、どうしたらいいのか、分からない。

「どうしたの？」

「えっ」

目の前に、席に座っていたはずの八神がいる。彼は桜の横に屈み込み、じっと彼女を見つめていた。

「言いたくないなら言わなくてもいいけど……何か悩みがあるんじゃないかな？」

「っ」

びくっと身体を震わせた桜に、八神は穏やかに言葉を続ける。

「ここには麻奈さんと俺以外に誰もいない。君からしたらおじさんだろうけど、相談に乗るくらいはできるよ？」

麻奈が両手を腰に当てて、八神に文句を言う。

「課長、それ私への嫌味かしら？　まだ三十五歳の若造のくせにおじさんだなんて」

（三十五……）

真也と同じ年だ。もしかして、同期なのかもしれない。

鋭い印象の真也とは違い、ふわっとした雰囲気の八神。泣いていた桜をここまで連れてきて、面倒をみてくれた。長い前髪で顔はよく分からないものの、口元は優しく微笑《ほほえ》んでいる。

（それに――）

自分が『鷹司桜』だと知っていても、普通の態度だった。麻奈もそうだ。桜に媚《こ》びることなく、『一人の女性』として扱ってくれている。

膝の上に置かれたハンカチ。桜はそれを右手でそっと握ってみた。ほんの少し、右の手のひらが温かくなった気がする。

――この人達なら、信じられる。

会ったばかりで何の根拠もないけれど、そう思える。

桜は大きく息を吸って、吐いた。ゆっくり八神の顔を見る。そして――何とか声を絞り出した。

「……私……何も、できないんです……」

「え？」

首を傾《かし》げた八神の前で、桜は俯《うつむ》く。

「祖父や……父に、頼ってばかり、で……お人形さん……だって……」

八神は黙ったまま、話を聞いている。

「仕事、ができる大人の、女性じゃ……ないし、引っ込み思案、で……」

自信に満ちた笑みを浮かべる沙穂の顔がちらつく。

そう。仕事ができて、美人で華やかな、あんな女性だったら――

（きっと、『好きだ』って言ってもらえたんだ……真也さんに）

喉の奥に熱いものがせり上がってくる。じわりと視界が滲《にじ》んだ。

「だ、から……好き、になって……もらえな」

震える両手が、ふいに大きな手に包まれた。温かく、たこのある硬い感触が伝わってくる。

「鷹司さん」

八神の声が近くで聞こえた。桜は俯《うつむ》いたまま、顔を上げられずにいる。

「君は何もできないんじゃない」

「……っ⁉」

「やったことがないだけだよ。経験不足なんだ」

「え……？」

経験不足――その言葉に、桜は八神を見た。彼は穏やかに頷《うなず》く。

「確か、まだ大学生だよね？　社会に出たことがないなら、仕事ができなくて当たり前だし、保護者にだって頼っていい」

八神がそっと右手を伸ばして、桜の膝の上のハンカチを取り、いつの間にか濡れていた彼女の頬を拭《ふ》いた。長い指がゆっくりとその頬を撫《な》でる。

「それに君はお人形なんかじゃないよ。ほら、こんなに悲しんでいるじゃないか。お人形なら何も感じないはずだ」

「……あ……」

左頰に当たる温かい手。その手の感触を、確かに桜は感じている。

ふと、前髪の間から八神の目が見えた。綺麗な漆黒《しっこく》の瞳がじっと自分を見つめている。穏やかで優しいその瞳に、吸い込まれそうだ。

「もし君が……何もできないと言われたのが嫌だったのなら、やってみればいい。自分からやってみて、初めてできるかできないかが分かるんだよ」

「えっ？」

桜は大きく目を見開いた。

（私、が？　そう……だ、これまで私は、自分から何かをしたことがなかったわ……。真也さんとの婚約は、向こうから申し込まれて、それを受けただけ。好きと言われていないけれど、私だって真也さんに好きだって言ってない。自分の気持ちを伝えたことすら、ないじゃない……）

このまま結婚してしまってもいいの？　お人形扱いされたまま、真也さんが……あの人と恋人同士のまま……

そう考えた瞬間、どくりと心臓が跳ねる。

――嫌、だ。

桜の心の奥底で、小さな声がする。そう……このままじゃ、嫌。お人形扱いされるのも。今のまま結婚するのも。何もできないって思われたままなのも。

（じゃあ、どうしたらいいの？）

何もしなければ、春には結婚するのだ――あの人を好きな彼と。

（嫌……っ……！）

心臓が締め付けられるみたいに痛む。

桜はぎゅっと膝の上で拳《こぶし》を握り締めた。少なくとも、彼に好かれる女性にならないと、
結婚なんてできない。

『何もできないと言われたのが嫌だったなら、やってみればいい』

八神の言葉が、桜の頭の中で響く。

自分からやってみる。

（沙穂さんみたいに大人で、仕事もできる女性だったら……真也さんは
――自分を見てくれるように、なるのだろうか。

（私……）

ある考えが、心の底からゆっくりと浮かんでくる。

（私ができることは……）

『やったことがないだけだよ。経験不足なんだ』

胸に何とも言えない不安が広がっていく。

（私にできるの……？　今まで自分から動いたことがないのに？　ずっと、お祖父《じい》様やお父様の言う通りにしてきたのに？）

でも……このままじゃ、嫌……！

唇を噛んだ桜を見た八神は、くすりと笑い、右手で彼女の頭をよしよしと撫《な》でた。

「大丈夫。君ならできるよ。今だってちゃんと自分の気持ちを言えただろう？」

ふっと桜の身体から力が抜けた。

彼女が考えていたことの答えをさらりと言った後、八神はまた穏やかに微笑《ほほえ》む。

桜の胸の中から、灰色の不安が溶けて流れ出ていく。彼の温かい手と優しい声が、心を温かくしてくれた。心を抱き締められた、そんな気がする。

『大丈夫』

彼のそのたった一言が、桜の心を押した。

「ありがとう……ございます」

八神の言葉を胸に仕舞って、小さく微笑《ほほえ》む。そんな桜の頭を、彼はまた優しく撫《な》でてくれたのだった。

＊＊＊

実家に戻った桜は、真っ先に祖父のもとへ行った。リビングのソファに座って新聞を読んでいた祖父、鷹司源一郎《げんいちろう》は、桜を見て新聞を脇に置く。

羽織《はおり》姿の彼は、白髪《しらが》頭で顔が皺《しわ》だらけになっても、眼光の鋭さは若い頃と変わらないと評判だ。

もっとも、今ここにいるのは、かつて役員達を一目で震え上がらせたという伝説を持つ厳しい会長ではなく、孫娘を溺愛している、麻奈曰《いわ》くの『爺《じじ》ばか』だ。

「桜。今日はどうしたんだ。ホテルから一体どこに行っていた？」

自分を心配そうに見上げる祖父を見て、罪悪感にも似た思いが桜の胸に込み上げる。

その感情を振り切って、彼女は姿勢を正した。

「お祖父《じい》様」

息を吸って吐いた後、ゆっくりと口を開く。

「――結婚を延期してください。……私、就職します」

1. できるように、なりたい

爽《さわ》やかな風が吹く五月。

黒の上着とタイトスカートを身に着けた桜は、鷹司コーポレーション本社で、立ち並ぶ秘書課の面々に頭を下げた。

「鷹司桜です。よろしくお願いいたします」

彼女を見る皆の目は、必ずしも好意的なものではない。こそこそと彼女を見ながら話をする先輩秘書の顔には、ばかにしたような笑みが浮かんでいる。

「お嬢様が腰かけ気分でって、いい迷惑よね」

「彼女、働く必要なんてないんでしょ？」

「専務、可哀そうよね。我儘《わがまま》に振り回されて」

聞こえてくる悪意の声。桜はそれに気付かないフリをした。

先輩達の言葉が聞こえるせいか、桜の隣に並んでいる同期の女性達も、どこか余所余所《よそよそ》しい態度になっている。

そんな雰囲気の中、この秘書課での上司となった安藤《あんどう》課長がこほんと咳払《せきばら》いをして口を開いた。恰幅《かっぷく》のいい彼は、緊張しているのか、だらだらと流れる汗をハンカチで拭《ふ》いている。

「今年は総勢五名の新人が入ってきました。皆でフォローして、彼らが一日でも早く業務に慣れるよう、取り計らってください。では、それぞれ指導担当を決めます」

新人の名が呼ばれた後、指導を担当する者が発表されていく。桜もじっと自分の順番を待った。

「鷹司さん」

「はい」

一歩前に出た桜に、安藤課長がどこか硬い笑顔で言う。

「あなたの指導担当は……富永さんになります」

（えっ）

桜が息を呑むと、すっと沙穂が目の前にくる。桜よりも長身の彼女に、黒のパンツスーツはよく似合っていた。

彼女は桜を見下ろし、冷たい瞳で口もとに笑みを浮かべる。

「よろしく、鷹司さん。いずれあなたには三好専務の仕事を手伝ってもらいますから、そのつもりで」

（真也さんの⁉）

胸に重い衝撃が走ったが、桜は辛《かろ》うじて笑顔を作った。

「は、い……よろしくご指導をお願いいたします」

桜と沙穂の二人を交互に見た安藤課長が、また汗を拭《ふ》く。沙穂の後ろにいる、他の秘書達の視線が桜に突き刺さった。悪意があるとしか思えない厳しい視線だ。

「――どうせすぐに辞めるんじゃないの？」

その声にぐっと身体が強張《こわば》った瞬間――耳元で優しい声が聞こえた。

『大丈夫。君ならできるよ』

（八神……課長）

温かい大きな手の感触を思い出す。そう、少なくとも彼は信じてくれた。桜はできると。

その信頼を裏切りたくない。桜は深く息を吸って、吐いた。

（頑張るって決めたもの。何を言われたって、逃げないんだ）

顔を上げて、前を向く。決意を込めて、真っ直ぐに沙穂を見た。その視線を受け止めた、沙穂の唇が歪《ゆが》む。彼女の視線も、桜を突き刺しそうなくらい鋭い。

「じゃあ、こちらに来てもらえる？　仕事の段取りを説明するわ」

そんな沙穂を見つめ返した桜は、「よろしくお願いいたします」と頭を下げたのだった。

＊＊＊

あの時――桜が八神の前で大泣きした日とは違い、今日は穏やかに晴れている。屋上のベンチに座っていても、ぽかぽかと暖かい。

（秘書課に来て、一週間……）

膝の上に広げたお弁当を食べながら、桜はぼんやりとこれまでのことを考え込んでいた。

――結婚を延期して、就職する。

そう宣言した後、祖父も父も、何があったのだと大騒ぎした。

もちろん、真也が浮気していたと告げれば、婚約破棄となり結婚はなくなっただろう。だが、そうなると彼らの信頼を失った真也が失脚するかもしれない。沙穂もだ。特に祖父は桜に甘い。自分が孫娘に紹介した真也が彼の秘書と関係を持った、などと知ったら激怒する。真也達を首に、とでも言いかねない。

（そんなこと、でき、ない……）

婚約していた半年の間、真也は桜に優しかった。彼にとって偽《いつわ》りだったかもしれない。それでも心遣いが嬉しかったのだ。

家族以外で初めて優しくしてくれた男の人。食事や映画にも連れ出し、楽しい時間をくれた。

桜の心の中には、まだ彼が残っている。いっそ嫌いになれたのなら、良かったのに。

（何もできないお嬢様でなくなったら、私のことをちゃんと見てくれるかも……なんて、思ってしまうのだもの……）

胸が抉《えぐ》られるように痛くても、彼の笑顔や思い出までは忘れられない。

その彼から職を奪う――その覚悟はできない。

（未練がましいって分かってはいるけれど）

結局桜は、真也と沙穂のことを伏せて、皆を説得した。

『何も知らないまま、結婚するのが嫌なんです。就職して、自分の力を試したいの』

桜はあくまで自分の我儘《わがまま》だと押し通した。

大人しい桜がそこまで望むとはと、祖父はびっくりしていたが、『いつも何も言わないお前が言うのなら』と最後は折れたのだ。父も母も、突然の宣言に驚いたものの、最終的には桜の気持ちを優先してくれた。

突然結婚の延期を祖父から聞かされた真也には『何故だ⁉』と詰め寄られたが、桜は彼から目を逸《そ》らし『自分の力を試したい』と答える。今までになく強硬な態度の彼女に、真也は訝《いぶか》し気な表情になった。

納得はしていない様子だったが、祖父が認めてしまった以上、自分が反対しても無駄だと悟ったのか、それ以上何も言ってこない。

とはいえ、その時には、もうとっくの昔に就職活動の期間は終わっていた。アルバイトを探そうとしたところ大反対され、桜は祖父と父の縁故に縋《すが》り、鷹司コーポレーションに就職。

そして、新人研修期間中、『鷹司』という苗字からすぐに素性がバレた。同期や講師を務める先輩社員達に、『どうして社長の一人娘が』と一線を引いた扱いを受けたのだ。

それでも、無理やり就職したのだから、と桜は何も言わずに淡々と研修をこなした。

そうして一ヶ月の研修を終えた今日、配属されたのは、よりによって秘書課だった。

秘書に選ばれた他の同期達は、パソコン技能や英会話関係の資格を持っていて、外交的な人ばかり。その中で、秘書として役に立ちそうな資格や資質を、何一つ持っていない桜の存在は異色だ。当然のように同期からも浮く。

『会長達が心配だとおっしゃったらしくてねえ。できるだけ役員に近い部署に、と保《たもつ》部長が采配《さいはい》したそうだよ』

安藤課長からこっそりそう教えてもらった桜は、苦い思いを胸に抱いていた。

保部長というのは、桜の従兄《いとこ》で人事部長の鷹司保のことだ。桜の配属には、おそらく祖父や父の圧力が掛かったのだろう。

祖父や父が自分を心配してくれているのは分かっている。秘書課は役員に接する機会が一番多く、見守りやすいと考えたに違いないことも。

(でも、真剣に秘書を目指している人から見たら、コネで秘書になった私は、良く思えないわよね……)

おまけに、指導担当が沙穂だ。

まずは社内業務からと、秘書課の社内メール当番や掃除当番を任されたものの、彼女の態度は丁寧ながら冷ややかだった。桜は引《ひ》き攣《つ》った笑顔で受け答えしたが、親しく話すなんて到底できそうにない。

――人の恋人と婚約しておいて、結婚しないなんて、何考えてるの、このお嬢様は。

そんな声が聞こえてくる気がして、桜はぎゅっと唇を噛んだ。

周囲からの視線にも曝《さら》されて、彼女は午前中だけでぐったりと疲れてしまった。

そこまで思い出した桜は、ぶるぶると首を横に振り、ぱんと両手で頬を叩《たた》いた。

(だめ！　せっかく仕事に就《つ》けたのに、こんなふうに落ち込んでいたら)

まず、仕事をできるようにならないと。そうでなければ、沙穂とも同期とも、対等に話せない。

ふいに名前を呼ばれた。

「あ……八神課長」

顔を上げると、作業着を着た八神が目の前に立っている。左手にちり取りを持っているのが、あの日と同じだ。

ふわりと微笑《ほほえ》んだ彼は、「お疲れさま」と桜の左隣に腰を下ろした。

「いい天気だね。ここでお弁当食べてるの？」

「は、はい……」

桜は中身が半分残っていたお弁当箱を、巾着袋《きんちゃくぶくろ》に仕舞い込む。

同期達は社外にランチを食べに行っているそうだ。桜は研修の時から『私達が食べる物じゃ、鷹司さんのお口に合わないわよね』とやんわり同席を拒否されている。

社員食堂にも行ってみたが、『あの子、社長の娘さんだよね。こんなところで何してるの？』とこそこそ噂《うわさ》されて身の置きどころがない。仕方なくお弁当を作り、人気《ひとけ》のない屋上で食べる、に落ち着いたのだ。

桜が一人で食事しているところを見ても、八神には何ら気にする様子がない。にこにこと笑っている。

「八神課長も、よくここに来られるんですか？」

そう聞くと、そうだねえと彼は大きく伸びをした。

逞《たくま》しい二の腕に視線が吸い寄せられる。この腕に抱き上げられた時、しっかりと抱えてくれていたっけ、と桜はぼんやりと思い出した。

「昼食後に、ここで喫煙《きつえん》する社員がいてね。吸《す》い殻《がら》が落ちたままになっていることがあるから、定期的に掃除してるんだよ」

「そう、なんですか」

(あの時もそうだったのね。あんな寒い中、掃除していたなんて)

「屋上が綺麗なのは、八神課長のお陰なんですね。ありがとうございます」

桜がぺこりと頭を下げるのを見た八神の口元が、ゆっくりと笑った。

「鷹司さんは素直だね。それは仕事をする上での美点だよ」

「えっ?」

桜が目を丸くすると、彼は微笑《ほほえ》んだまま言葉を継いだ。

「仕事は最初に型を覚える。自分の考えやしたいやり方を試すのは、型をマスターしてからじゃないといけない」

「……はい」

「『私はこうしたほうがいいと思います!』と最初から主張して、教えたことを素直に受け取らない新人がいるけれど、結局あまり伸びない。仕事のやり方っていうのは、長年の経験でベストな方法に調整されているものが多くてね、ある意味効率化されてるんだ」

大きな右手が、あの時のように桜の頭を撫《な》でた。

「君は今みたいに素直に礼を言えるし、真面目だ。型を覚えるのは地道な作業だけれど、きっとこつこつ頑張れると思うよ」

「八神課長……」

柔らかな彼の笑顔を見た桜の胸に、温かさがじわりと沁《し》みる。

(この人は……私を特別扱いしないんだわ……)

『社長の娘だから』と一線を引いて接することはない。ちゃんと桜自身を見て話をしてくれる。

(そう言えば、麻奈さんもそうだった)

ちゃんと自分を見てくれる人がいる。それだけで……頑張れる気がした。さっきまで感じていた焦燥感《しょうそうかん》がするりと解ける。

「ありがとうございます、八神課長。私、頑張ります」

笑顔でそう言うと、八神が「やっと笑ったね」と、ぽんぽんと彼女の肩を軽く叩《たた》いた。

＊＊＊

「――桜。秘書課はどうだ。お前の指導担当は富永さんだったな。この一週間、何か不都合なことはなかったか」

「お祖父様《じい》……」

桜は深く溜息をついた。自宅に戻った彼女が食事をしているところに、源一郎が乱入してきたかと思ったら――これだ。

(不都合なんて、言えない)

婚約者の恋人が指導担当だなど、不都合以外の何物でもない。

けれども『三好専務の婚約者』であり、すぐに辞めると思われている桜が、他の役員の秘書になるのは難しいだろう。結婚までのちょっとした社会見学に付き合ってやってくれ、と真也の秘書である沙穂に依頼してあるのかもしれない。

桜は箸を置き、自分の右横に立つ祖父に向き直った。

「私は新入社員の一人にすぎないんですよ？　秘書に必要な資格も持っていないし、学ぶべきことが沢山あるんですから、不都合なんて言っている場合じゃないわ」

桜の言葉に、源一郎は皺《しわ》だらけの右手で顎《あご》を擦《こす》った。

「しかしなあ……お前はほとんど男性と話したことがない。パーティーでも大勢の人は苦手だと逃げ回っているじゃないか。そんなお前がやっていけるのかと心配でならん」

「ひょっとして、お祖父様《じい》が保兄様《にい》に頼んだの？　私を秘書課にって」

そう聞くと、祖父は不自然なくらいに目を逸《そ》らした。

（やっぱり。後で兄様《にい》に謝らないと）

会長となり第一線を退《しりぞ》いた後も変わらず、ビジネス界の巨星と言われている人物には、相応《ふさわ》しくない振る舞いだ。

『会長の親ばか……いえ、爺《じじ》ばかは今に始まったことじゃないし』

麻奈のセリフが心を過《よぎ》る。

本当に祖父は自分に甘い。けれど、祖父が保に頼んで桜を秘書課に入れるよう取り計らったのなら、すぐに部署を変えてくれとは言えない。

（真也さんと沙穂さんのことは、やっぱり伏せておいたほうがいいわね）

「お祖父様《じい》。私は新入社員として仕事を覚えたいの。心配してくれる気持ちはとても嬉しいし、我儘《わがまま》を言った私を就職させてくれたことも感謝してる。だけど、会社で特別扱いするのはやめてね」

桜がにっこり笑ってそう告げると、源一郎は「ううむ……」と呻《うめ》きながらも頷《うなず》く。

けれど、その後「成人式の写真を社員に見せるのもやめてほしい」と頼んだのには、

「何を言うか。お前の写真は小学生の頃から自慢しておる」と返され、すでに手遅れだったと気付いた桜だった。

2. 沙穂の企《たくら》みと真也の真意

秘書課に配属されてから、一ヶ月半後。

「――鷹司さん、会議用の資料三十部コピーお願い」

「はい、分かりました」

沙穂から書類の束を受け取った桜は、急いでコピー機の前に行った。コピーをしている間に、後ろから声が聞こえる。

「そろそろ真中《まなか》さんも打ち合わせに出席して、資料管理を手伝ってもらえる？」

「はい！　分かりました！」

振り返ると、指導担当の先輩をキラキラした目で見ている同期の姿があった。

（真中さんも打ち合わせへの出席を許されたのね）

これで桜以外の新人は皆、担当の役員について会議や出張に出る――社外で仕事をするようになったのだ。

秘書を目指して入社した同期達と、就職するつもりのなかった桜との間には、まだ大きな差がある。分かってはいるものの、胸の奥がちくりと痛んだ。

秘書課に来て以来、桜は毎日必死に仕事を覚えている。

そんな中、真也の秘書である沙穂の外出が多く、細《こま》かく業務を教えてもらえないことは、逆にありがたかった。

指示と報告の確認だけで後は放置されているため、沙穂の顔を見る回数は少ない。お陰で、胸をナイフで突き刺されたような、あの痛みを感じることも少なかった。

(目の前にいなければ、落ち着いて対処できる。だって——)

桜は、安藤課長から秘書課についてのレクチャーを最初に受けた時のことを思い出した。

＊＊＊

その日、安藤課長は桜の席で、ノートパソコンの画面にWｅｂ掲示板を表示し、桜と交代した。パソコンに向かった彼女は、少し離れて右横に立つ課長の説明に耳を傾《かたむ》ける。

「秘書課のメンバーはこのWｅｂ掲示板に予定を書き込むことになっているんだ。鷹司さんも記入してみて。今日の午後から説明会、と。私は自席から確認するよ」

「はい、分かりました」

安藤課長が立ち去った後、表示中のＵＲＬをブックマークし、改めて掲示板を見た。

縦軸がメンバーの名前、横軸が時間帯になっている表には、各秘書達の予定が箇条書きで書かれている。

桜は自分の名前を探そうと画面をスクロールさせ——ある予定で指を止めた。

——富永沙穂　13:00-17:30　三神《みかみ》カンパニー、三好専務同行——

（真也さんと、外出……？）

心臓に重い衝撃が走る。息ができない。ひゅ、ひゅ、と短い音が桜の唇から漏れた。

黒いマウスを持つ右手が完全に強張《こわば》る。あの日ドアの隙間から見えた、二人の抱き合う姿が、まざまざと甦《よみがえ》った。

『彼女は何もできない、綺麗で可愛いお人形だ』

『……悪い人ね。結婚しても私とこんなこと、するつもりなんでしょう？　彼女が知ったら、どうなるかしらね？』

広い背中、細い指が白いワイシャツに食い込んで——

（あ……あ……）

「い……」

——嫌っ……！

「大丈夫」

桜が叫びそうになった瞬間、冷たくなった右手に温かい大きな手が重なった。

「え……？」

桜は重ねられた手を見る。

四角い爪の先は黒い。手首にかかる長袖の色は灰青色《はいあおいろ》だ。

ゆっくりと振り向くと、もさっとした前髪の八神が桜の後ろに立っていた。

「ほら、ここだよ」

桜よりも太い指がマウスを操作する。するするとスクロールされた画面は、彼女の名前が載っている箇所に変わった。

「八……神課長……」

彼の左手が、桜の背中をゆっくりと擦《さす》る。

「ゆっくり息を吐いて」

「ふ、う……っ……」

ようやく吐けた息と共に、身体の力が抜けていく。パソコンの画面が少し滲《にじ》んで見えた。

「八神君？　鷹司さんと知り合いだったのかい？」

その声とともに、すっと背中から八神の感触が消える。彼は桜の手からマウスを取り上げ、裏向きに持ち上げた。

「ちょっとマウスの動きがおかしかったので。ああ、電池が切れかかってるね」

上着のポケットから単三電池を取り出して、手際良くマウスの電池を交換する八神。桜はぼうっとしたまま、彼の指の動きを見ていた。

「はい、できたよ。これで大丈夫」

右手の近くに、マウスが置かれる。恐る恐る、彼女はマウスに右手を載せた。そっと動かしてみると、確かにさっきより反応が良くなっている。

「あ、りがとう……ございます……」

口籠《くちご》もりながら礼を言うと、八神はぽんと右手を桜の頭に載せた。

「どういたしまして。頑張ってね、鷹司さん」

彼の目は前髪で見えないが、唇は弧を描いている。手をひらひらと振った後、彼は秘書室から出ていった。

その後ろ姿を見ていた桜は、はっと我に返って画面をもう一度見る。そこにはもう、沙穂の名前は映っていない。

(八神課長……)

『大丈夫』

じわりと胸の奥が温かくなる。自分を励ましてくれたあの言葉。それが今も、心に温かさを伝えていた。

(――私は、大丈夫)

桜は大きく息を吸い、そして吐き出す。ぱしんと両手で頬を叩《たた》いた後、自分のスケジュールに入力を始めたのだった。

＊＊＊

(――あの時も、八神課長に助けられたのよね)

優しい声と温かい手に桜は救われた。『頑張って』と彼女を信じて応援してくれた彼に、立派にやり遂《と》げたところを見てもらいたい。そう思うようになっている。

その後も、当然沙穂のスケジュールを見る機会はあった。真也は沙穂を連れての外出が多く、予定を目にする度《たび》にずきりと胸が痛む。それでも桜は逃げていない。

(辞めないって決めたもの)

そもそも、鷹司コーポレーションに就職した以上、あの二人が一緒にいるのを目撃することは避けられない。幸い、真也は秘書室には顔を出さないので、一緒にいるところをまだ直接見てはいなかった。

(私が、沙穂さんの代わりに同行できる秘書に成長すればいいのよ)

ただのお人形さんだなんて、もう絶対に言われたくない。そして八神課長の期待を裏切りたくない。それが原動力になっている。

（私って、結構意地っ張りだったのね……）

こんなに頑固だったなんて、自分でも知らなかった。

とにかく桜は、余計なことを考える暇がないよう仕事に集中した。書類の整備や資料の配付、他の秘書の手伝いなど、秘書課の外に出ない仕事ばかりでも、真面目に取り組み、雑用も率先して引き受けている。

そんな桜の態度を見て、少しずつだが周囲の姿勢は和《やわ》らいで……とまではいかなかった。

四人の同期とは、未だ一線を引いた関係のままだ。真面目な仕事ぶりは認めてくれたらしいものの、やはりどこか遠慮がちだった。先輩秘書達も、他の同期と桜とでは、明らかに態度を変える。

なるべく目立たないようにしているつもりだが、それでも他の社員と同じように、とはいかないのかもしれない。

（すぐには無理でも、そのうちに仲良くなれたら……）

桜が物思いに耽《ふけ》っている間に、コピー機は止まっていた。彼女はコピーし終わった資料をダブルクリップで留め、会議室に運ぶ。

白いブラウスに紺地《こんじ》のVネックカーディガン、そして同色のタイトスカート姿の桜は、髪を後ろで一つに束ね、なるべく地味な装《よそお》いを心掛けていた。それでも、廊下を歩いていると、視線を感じる。

（まだ一ヶ月半だもの。頑張らないと）

資料を届けた会議室には、立ち話をしている安藤課長と鷹司保部長の姿があった。桜が社内で従兄《いとこ》に会ったのは、これが初めてだ。

保は真也と同じくらい背が高い。柔らかそうな栗色《くりいろ》の髪にたれがちの目をした彼は、セクシー度では社内一だと女性社員に評判だ。もっとも、従兄《いとこ》の一筋縄ではいかない性格を知り尽くしている桜には、その評判はよく分からなかった。

「失礼します」

お辞儀をし、ロの字型に設置された机の上に資料を置いていく。

「ああ、桜さん」

保がにっこりと笑って、資料を配り終えた彼女に話し掛けてきた。桜は保の前に立ち、彼を見上げる。

「はい、何でしょうか、保部長」

保は優しい笑みを浮かべた。

「今日の会議のお茶出し、お願いできるかな。桜さんの淹《い》れるお茶は美味《おい》しいから」

（他部署の方の前に初めて出られるんだわ！）

「は、はい！」

　桜が勢い良く返事をすると、保は隣に立つ安藤課長ににこやかに言った。

「彼女、お茶を嗜《たしな》んでいるし、コーヒーや紅茶を淹《い》れるのも上手いんだ。その技量を活かさない手はないと思うな」

　気のせいか、安藤課長の顔色が若干悪くなる。

「そ、そうですね。分かりました。……鷹司さん、お願いします」

「はい、承知いたしました。では、緑茶をお持ちしますね」

　お辞儀をして会議室を後にした桜は、足取り軽く秘書課に向かった。


「富永さん」

　秘書課に戻った桜は、沙穂の席に近付いた。パソコンのキーボードを叩《たた》いていた沙穂が顔を上げる。

「資料は全て配り終えました。会議室にお茶を運ぶよう、保部長に頼まれましたので、淹《い》れてきますね」

「……保部長が？　あなたに？」

　じろりと睨《にら》まれた桜は、「はい」と短く答える。すると、沙穂がすっと席を立つ。黒のパンツスーツ姿の彼女が、桜を見下ろして言う。

「じゃあ、お茶はあなたが淹《い》れてもらえるかしら。会議室には私が運びます」

「富永さんが？」

桜は目を見張った。秘書課ではお茶出しの仕事もするが、少なくとも今まで沙穂がしている姿は見たことがない。

「ええ。まだあなたを外に出すわけにはいきませんから」

沙穂がふっと嗤《わら》う。桜は弾《はず》んでいた気持ちが、すっと引いていくのを感じた。

「……分かりました。では、用意しますので、お願いいたします」

頭を下げると、秘書課の隣に設置されている給湯室へ向かう。

（まだまだなのに……期待してしまってはだめよね）

急須と湯呑を用意しながら、内心で溜息をついた。

今日の会議は経営会議だ。会長、社長以下、部長クラスが出席する。お茶出しとはいえ、秘書課外で初めての仕事だった。

（お祖父《じい》様やお父様……それに真也さんに、ちゃんとやっているところを見せられるかも、なんて……）

まだ外に出せない、と沙穂が言うならそうなのだろう。彼女への桜の感情がどうであれ、秘書として沙穂が優秀であることは、十分承知している。

こぽこぽこぽ……

ワゴンの上に置いたトレイに湯呑を並べ、桜は沸騰《ふっとう》したお湯を入れた。急須に茶葉を入れ、少し冷めたお湯を湯呑から急須に移す。葉が開くのを待って急須を何回か回し、湯呑に均等に注いでいった。たちまち心地良い香りが立ち昇る。

人数分のお茶を淹《い》れ終わる頃に、沙穂が給湯室に顔を出した。

「用意できたかしら？」

「はい、ちょうど淹《い》れ終わりました」

沙穂はちらと湯呑に目をやり、「ご苦労さま。後片付けもよろしくね」と言ってワゴンを押していく。桜は「はい」と返事をした後、洗い物を始めた。

＊＊＊

「……桜」

「保部長。お疲れさまです」

会議終了後、給湯室で湯呑を洗っていた桜は、入り口付近に保が立っているのを見付けた。いつも穏やかな笑みを浮かべている従兄《いとこ》が眉をひそめている。

（何か不手際でもあったのかしら？）

桜は水道を止め、彼に向き合った。

「どうして桜がお茶を運んでこなかったんだい？」

目を丸くする桜を、保がじっと見つめる。

「え？」

「さっき会議で出たお茶、好評だったよ。いつもよりも美味《おい》しいってね」

「あ、ありがとうございます！」

桜は口元を綻《ほころ》ばせた。喜んでもらえたと思うと嬉しくなる。その様子を見た保は、くっと唇を引き締めた。

「やっぱり桜が淹《い》れたんだね。俺はすぐ分かった。祖父《じい》さんや伯父さんも欠席でなければ分かったと思う。三好は――気付かなかったようだが……」

「保部長？」

「富永さんが桜の指導担当だったね。安藤課長に聞いた」

苦々しい顔をした彼が、桜に告げる。

「他の役員が『いつもとは違う！　美味《うま》い！』と言った時、彼女は『ありがとうございます。温度に気を付けて淹《い》れてますの』と言っていたよ」

「……っ」

桜は息を呑んだ。沙穂の言葉は嘘ではない。現に桜はお茶の温度に気を付けたのだから。だが、そのセリフを聞いた役員達がどう思うのかは明白だった。

（ま、さか）

いつもはお茶出しなどしない沙穂が自《みずか》らやると言ったのは……このため？

（どうして？）

こんなことをしなくても、沙穂が優秀な秘書だということは皆が知っているのに。

「……桜」

保の瞳に鋭い光が宿る。普段の温厚な従兄《いとこ》は、そこにはいなかった。

「人事部長の権限を個人的な感情で使うわけにはいかない。だが、もし――」

「保兄様《にいさま》」

桜は保の言葉を遮《さえぎ》る。

「……私は大丈夫です。私の我儘《わがまま》を認めてこの会社に入れてくれたお祖父様《じいさま》やお父様のためにも、頑張るって決めたんです。こうやって心配してくれる保兄様《にいさま》のためにも」

――そして、『大丈夫』と言ってくれた、あの人のためにも。

「もう十分良くしてもらってます。だって秘書課に私が入ったの、お祖父様《じいさま》が保兄様《にいさま》に頼み込んだせいなのでしょう？　……それだけで特別扱いですもの」

「桜」

困ったような表情を浮かべる保に、桜は小さく微笑《ほほえ》んだ。

「自分でどうにもできないことがあれば相談します。だから今は、見守っていてもらえると、嬉しいです……保部長」

「……分かった。ったく、頑固なところはじいさん似だな」

保が頭をくしゃりと掻《か》く。少し乱れた前髪が、小さい頃のようだ。

桜はふふっと笑い、保が立ち去った後で、洗い物を再開したのだった。

＊＊＊

終業時刻を知らせるチャイムが鳴った後。

(会議の件はともかく、何とか一日無事に終わったわ……)

薄手の白のカーディガンを羽織《はお》り、黒いショルダーバッグを左肩に掛けた桜は、秘書課を出た。エレベーターホールに向かおうとした時、後ろから声を掛けられる。

「桜」

鋭さの混ざったその声に、どきんと心臓が動き、桜はゆっくりと後ろを振り返った。

黒いトレンチコートを着た真也が、二メートルほど向こうにいる。立ち止まった桜のもとに、かつんかつんと音を立てて近付いてきた。

桜の目の前まで来た彼は、薄い唇を引き締めている。オールバックに上げた前髪が幾本かぱらりと落ちていて、その様子が男の色気を醸《かも》し出《だ》していた。

「……三好専務」

入社以来、会社で会うのは初めてだ。そして二人きりで話すのも久しぶり。忙しいと言い訳して、桜が会わないようにしていたのだ。

真也は桜をむすっとした顔で見下ろす。

「いつまでこんなことをしているつもりだ？」

「えっ？」

桜が目を見張ると、彼は苛立《いらだ》たし気に話を続ける。

「さ……富永に聞いた。秘書課に入った新人のうち、一番出来が悪いんだろう？」

沙穂。真也はそう言いかけたのだ。桜の身体から、ゆっくりと体温が奪われていく。

「未だに役員の出張に同行もできない。任せられるのは雑務だけだと。教えるほうが大変だと言われた」

彼の言葉は、嘘というわけではない。桜がしている仕事は、秘書課内の雑用ばかりだ。

「働く必要などないだろう。卒業後すぐに結婚する予定だった桜が、エリート揃いの秘書課でやっていけるとは思えない。大方、会長あたりが保部長に手を回したんだろうが」

眉をひそめたまま、真也が言う。就職すると言い出すまで、こんな不機嫌そうな彼の顔を見たことがなかった。いつでも微笑《ほほえ》んでいて——愛されていると勘違いするぐらい優しかった。あの頃の、真也と沙穂を見る前の桜だったら、こんな彼に怯《おび》えて、何も言えなくなったに違いない。

(だけど、今の私は違う)

桜はぐっとお腹に力を入れる。

「……働きたいんです。確かに私は今まで何の準備もしていませんでしたから、一番出来が悪いかもしれません。でも、真剣に取り組んでいます。少しずつですが、任される仕事も増えているんです」

そう言い返すと、真也がすっと目を細めた。

「えらく生意気な口を叩《たた》くようになったんだな。素直で可愛かったのに」

『綺麗で可愛いお人形だ』

あの時の真也の言葉が、頭の中でリピートする。

(お人形みたいな私は、好きじゃないくせに)

彼が好きなのは大人の女性――沙穂だ。

桜がぎゅっと唇を噛んで俯《うつむ》くと、背中のほうからのんびりとした声が聞こえてきた。

「――今でも鷹司さんは可愛いよ、三好専務」

真也が息を呑む音が聞こえる。

桜の左肩がぽんと叩《たた》かれた。顔を向けると、もさっとした前髪の男性が視界に入った。

今の彼は作業着ではなく、ライトグレーのスーツの上からベージュのトレンチコートを羽織《はお》っている。

「八神、課長」

桜が小さくそう呼ぶと、真也の纏《まと》う空気が真冬みたいに冷たくなった。八神が彼女の隣に立ち、真也と向かい合う。

切れるような鋭い雰囲気の真也に、ふわりとした感じの八神。二人はほぼ同じ体格だが、受ける印象がまるで違う。

「八神？　お前、桜と知り合いなのか？」

「仕事上、俺の顔が広いのはお前だって知ってるだろう、三好」

八神の声は穏やかで、いつもと変わらない。一方、真也はふんとばかにした態度で嗤《わら》う。

「備品在庫課か。負け犬のお前にはぴったりだよな」

「俺は今の仕事を気に入ってる。前よりもやりがいがあるからな。……それはそうと、三好」

静かな口調で八神が話し始めた。

「婚約者が自立したいと頑張っているんだろ。そこは応援すべきじゃないのか」

すると、真也が苦虫を噛み潰したような顔になる。

「聞いていたのか。趣味悪いな」

そう言われても、八神の飄々《ひょうひょう》とした態度はそのままだ。

「聞こえたんだ。それより、鷹司さんは真面目で、目立たない仕事にも手を抜かないし、丁寧にやり遂《と》げている。慣れてくれば大化けすると思うがな」

「八神課長……」

八神は自分の仕事ぶりを評価してくれている。そう感じた桜の胸の底がほわんと温かくなった。

けれど、真也の瞳はぎらりと光る。彼は八神を見た後、桜に視線を移し、ふっと唇を緩めた。

「桜、今から食事に行こう。仕事のこともちゃんと話したい」

「私、は」

何故だろう。真也の食事の誘いが以前はあんなに嬉しかったのに、今は戸惑いのほうが大きい。

自分に差し出された右手を見て、桜は一歩後ずさった。真也の口元がぴくりと動く。

「桜――」

その時、新たに涼《すず》やかな声がした。

「三好専務、ここにいらっしゃったのですか」

どくん……

一瞬、桜の視界がぶれる。

真也が右手を下ろし後ろを振り向く。黒のパンツスーツを身に纏《まと》った沙穂が、こちらに近付いてくるところだった。

「……富永」

どくん、どくん……

桜は声が出せず、身体も動かない。

「明日の予定を言い忘れておりまして……あら、鷹司さんに八神課長」

くすりと笑う沙穂の唇に塗られたルージュが、やたらと紅《あか》く見える。真也の隣に立つ彼女は、桜よりもずっと大人の女性で……そして美男美女の二人はお似合いだった。

どくん、どくん、どくん……

ショルダーバッグの紐《ひも》を持つ桜の左手が強張《こわば》る。

「こんなところに突っ立って、何をしているの？　三好専務に用事でも？」

声に嘲《あざけ》りの色が混ざっているのは、気のせいじゃない。

桜は目を大きく見開いたまま、悪意に満ちた微笑《ほほえ》みを浮かべている沙穂を見た。

（声が、出な……）

次の瞬間、広い胸に肩をふわりと引き寄せられる。

「一緒にお茶でもどうかなって誘ってたんだよ。ねえ、桜さん？」

（え？）

桜が顔を上げると、すぐ間近に八神の顔があった。長い前髪の隙間から見える綺麗な瞳に、さっきとは違う意味で心臓が跳ねる。

「八神っ⁉」

真也が声を荒らげると、八神はそちらに顔を向けた。

「秘書がお呼びですよ、三好専務。では、俺達はここで」

「八神、貴様っ……！」

一歩前に出ようとした真也の右の二の腕に、沙穂の手が触れる。

「専務、こちらがスケジュールですわ」

黒い上着に食い込む白い指に、桜は視線を奪われた。けれど真也の視線が沙穂に向いた瞬間、右手首を温かい手に掴まれる。

「行くよ、桜さん」

八神が桜を引っ張るように歩き始める。

「は、い……」

慌ててお辞儀をした桜は、八神に連れられてその場を去った。力が入らない脚を無理やり動かす。

心臓が痛い。胸が痛い。

――でも、その痛みが。

真也と沙穂が二人でいるところを見たせいなのか。

――それとも。

(桜さん、って……)

目の前を歩く大きな背中のこの人に、掴まれた手首が温かいせいなのか。

――どちらなのか、桜には分からなかった。

＊＊＊

「――はい、桜さん」

「ありがとう、ございます……」

ほかほかの湯気《ゆげ》が立つ紙コップを八神に渡された桜は、おずおずと礼を言った。ふっと口元を綻《ほころ》ばせた彼は、桜の左隣に腰を下ろしホットコーヒーを美味《おい》しそうに飲む。

今二人が座っているのは、会社から徒歩十分の場所にある公園のベンチだ。入り口にあるコンビニでホットコーヒーとカフェラテを買った八神が、桜を連れて公園に入り、街灯近くのベンチに座らせてくれた。日中は汗ばむ日もあるが、夜になると少し冷え込むこの季節、淹《い》れ立《た》てのカフェラテの温《ぬく》もりが、指先に優しい。

桜はカフェラテの甘みを味わいながら、ゆっくりと空を見上げた。都心だからそれほど多くないものの、帰宅途中に見る夜空よりも、小さな星が瞬《またた》いているように感じる。

「……桜さん？」

しばらくぼうっとしていた桜は、掛けられた声にびくっと肩を震わせた。半分陰になった八神の顔を見上げると、心臓が痛いくらいに高鳴る。

（変だわ、私。こんなにどきどきしているなんて）

「あ、あの……桜さんって」

「ああ、ごめんね？」

優しい声で八神が謝った。

「社内に『鷹司さん』は沢山いるからね。下の名前のほうがいいかと思って。嫌だった？」

ぶんぶんと桜は首を横に振る。彼は「良かった」とまた笑った。

（そう、よね。特別なことじゃなかったんだ……）

会長である祖父も、社長である父泰弘《やすひろ》も、従兄《いとこ》の保も、そして叔父で副社長の源次郎《げんじろう》を含め、他の親戚も皆『鷹司』だ。そのため、保は、社内では『保部長』と下の名前で呼ばれている。

（……私）

少し――ほんの少しだけ、がっかりしてる？

（この人に、『桜さん』って呼ばれたことが、特別じゃないって分かったから？）

何かが桜の胸の底で蠢《うごめ》く。けれど、それは形になる前に、するりと消え失せてしまう。

「……今日の経営会議、総務部長代理で俺が出席してたんだけど――」

八神はそう言って、桜の顔を見下ろした。物思いに耽《ふけ》っていた桜は目を見開き、彼の顔を間近で見る。

よく見ると、彼の鼻筋は通っているし、笑みを浮かべている薄い唇も綺麗な形をしている。前髪で目の形はそれほど分からないが、もしかしたら八神はかなりの美形なのかもしれない。

「お茶、美味《うま》かったよ。ありがとう、桜さん」

「え……？」

桜が呆然と呟《つぶや》くと、八神は「あれ、桜さんが淹《い》れたんでしょう？」と事《こと》もなげに言う。

「今年の新人が入る前、秘書課から出るお茶は酷《ひど》くて有名で、大事なお客様には外からデリバリーしてもらっている人もいたくらいだったんだ。麻奈さんなんかはぷりぷり怒ってたよ、もっと練習しろって」

「……っ」

「でも、今日いきなり美味《うま》くなってたから、おそらく新人の誰かが淹《い》れたんだろうと見当が付いた。秘書課の古株達がお茶くみの練習をしたなんて話、聞いてないしね。そしてさっきの三好の言葉。雑務しか任せられない——裏を返せば、雑務は全て桜さんがやってるってことだ。どうも今の秘書達は、役員に同行するのがステータスらしくて、それ以外の仕事がおざなりなんだよね。お茶くみなんて、その最たるものだ。だけど今日のお茶は、丁寧に淹《い》れたものだった。あれはお茶くみをばかにしてる彼女達にはできない」

「八神、課長」

「それにね？」

彼は悪戯《いたずら》っぽく囁《ささや》いた。

「保がお茶を飲んで自慢気な顔をしてたんだよ。きっと桜さんに頼んだんだろうなと思った。もっとも、富永さんの言葉を聞いた途端、しかめっ面になってたけど」

「保兄《にい》様……」

桜には、その光景がまざまざと目に浮かんだ。少し潤《うる》んだ瞳を八神に向ける。彼はまたコーヒーを飲んでいた。

（あら？）

その時、桜はふと気付いた。さっき、八神は真也を『三好』と呼び捨てにしていなかったか。それに『保』とも。そう言えば、八神は真也と同じ年なので、保とも年齢が一緒ということになる。

「あの、八神課長って、真也さ……三好専務や保部長と親しいのですか？」

「ああ、俺達は同期だよ。三好は最初に配属された部署が同じだったし、保は新人研修の時に泊まった寮が同室だった」

「そう、だったんですね」

その割には、真也の態度は腑《ふ》に落ちない。八神を睨《にら》み付けて『負け犬』と言うなんて。

（あんな真也さん、見たことなかった）

桜の目から見ても、あまり感じのいいものではなかった。

もし何事もなく予定通り結婚していたら、彼のあの一面を知らないまま新婚生活を送っていたのだろうか。出世頭の優しいエリートが旦那様の、何不自由ない生活——夫は自分を愛している、そう信じて。

ぞくりと寒気が背筋を襲った。慌てて、少しぬるくなったカフェラテを二口飲む。

「三好との食事に割り込んだのは悪かったね。でも、桜さんが行きたくなさそうだったから、ついお節介を焼いてしまった」

「いいえ、ありがとうございました。私……ちょっと彼と距離を置きたくて」

「そう」

八神はそれ以上問い詰めることもなく、コーヒーをゆっくり飲んだ。桜もその隣で、黙ってカフェラテを口にする。

(この人の傍《そば》って、安心する……)

穏やかで、半分しか見えない顔でも、にこやかなことが分かる八神。真也との会話や、お茶くみの話から考えて、頭が切れる人なのだろう。

いつも桜が辛《つら》い時にそっと傍《そば》に来てくれて、励ましてくれて……温かい。八神といると、心が優しい温かさで満たされる。

(真也さんのこと、こんなふうに思わなかった)

どきどきして、憧れていて、会話すら上手くできない。そう、熱に浮かされていた。

「……八神課長。いつもありがとうございます。あなたのお陰で私……頑張れそうです」

桜は小さく笑い、八神はいつものようにぽんぽんと彼女の頭を軽く叩《たた》いたのだった。

＊＊＊

次の日。白いブラウスに黒のタイトスカートを身に着けた桜が机の拭《ふ》き掃除をしていると、黒いパンツスーツ姿の沙穂が近付いてきた。

「鷹司さん。今日は三好専務名義でお届け物の手配をしてもらいます」

「⁉　はい」

（急にどうしたのかしら？）

桜は沙穂の顔を窺《うかが》ったが、彼女の表情はいつもと同じだ。沙穂は手にしている青いバインダーを桜に見せた。

「ここに今までのお届け物に使用した品物が記載されています。今回送る相手の一覧もここに。前回と同じ物で構わないわ。添え状の見本もバインダーに入ってます。三好専務の名前で届くのだから、失礼のないように」

今まで社外に出たことがない桜の、初めての対外的な仕事。桜は頷《うなず》いた。

「分かりました。掃除が終わり次第、始めます」

「そう。じゃあこれは、あなたの机に置いておくわ。頼んだわよ」

沙穂がヒールの音を響かせてその場を立ち去ると、桜は手早く残りの机を拭《ふ》き、急いで自席に戻る。沙穂が言っていた通り、青いバインダーとダブルクリップで留められた書類が置いてあった。桜はパソコンを立ち上げ、バインダーを開く。

バインダーの中の書面は綺麗に一覧になっていて、読みやすい。

数ページ確認したところ、ここ二、三年の間に真也名義で贈り物をした相手は、ほとんど大手の取引先だ。

（……品物はメールで依頼したり、電話で注文したり、それぞれなのね）

間接的にでも顧客と接するのだ。桜はぱんと両手で頬を叩《たた》いて気合を入れ、バインダーとリストを見比べ始めた。

（この会社の本部長は和菓子がお好きなのね。一年前に送ったのは、水羊羹《みずようかん》……季節的にもちょうどいいかしら）

送っていたのは、都心に本店がある有名な和菓子店の品だ。祖父もここの羊羹《ようかん》が好きで、よく買っている。

（会社で購入するから、お祖父《じい》様もこのお店を知っていたのかも）

早速注文することにし、メッセージカードに時候の挨拶《あいさつ》と最近の取引内容について書くようメールで依頼した。

「次は……」

そこでページをめくる指が止まった。視線がページに釘付けになる。

載っているのは、綺麗な金色のリボンのかかった箱に入ったミニ薔薇《ばら》のアレンジメント。白から濃いピンクへグラデーションになるよう配置された薔薇《ばら》に、白いカスミ草が添えられているものだ。

どう見ても、女性へのプレゼントに思えた。

（夕食の……お礼……？）

リストで宛先を確認する。送付先は懇意《こんい》にしている会社の社長令嬢だった。パーティーで同席し、その後会食を共にした、とある。桜が気になったのは、アレンジメントを買った花屋のホームページに載っている包装だった。光沢のある白地に金のリボンが舞う図案の紙。

『桜、誕生日おめでとう。薔薇《ばら》が好きだと会長に聞いて』

『とっても綺麗……真也さん、ありがとうございます』

去年の誕生日に真也から貰ったフラワーアレンジメント。それを包んでいた紙によく似ている。宝石箱に似たアレンジメントが嬉しくて、ベッドサイドにずっと飾り……写真にも撮った。

(同じお花屋さんで注文したの……？)

何となく胸がざわざわする。その気持ちを抑えながら、桜はミニ薔薇《ばら》のアレンジメントをホームページから注文した。

そして、次のページを見た桜は、今度こそ息を止める。

「……っ⁉」

(――誕生日プレゼント……？)

小さなダイヤモンドが煌《きらめ》くプラチナの大小の円《サークル》を組み合わせた、幾何学《きかがく》的なデザインのペンダントトップが指定されている。派手すぎず、かといって質素でもない、上品な印象を与えるアクセサリーだ。

（これ、は）

この特徴的なデザイン。見覚えがあるどころではない。

全く同じデザインのペンダント——それが、桜のアクセサリーボックスの中にある。

桜はバインダーを必死にめくった。一年前……自分の誕生日がある月のページに差し掛かると、舐《な》めるように一覧を確認する。

「っ！」

探していた文字を見付けた桜は、思わず右手を口もとに当てた。

——誕生日プレゼント、メッセージはなし。配送先三好専務室——

『よく似合うよ』

『綺麗なペンダント……ありがとうございます。忙しいのに、わざわざ買ってくださったんですか』

『婚約者なんだから当たり前だろう。指輪にも合ったデザインで気に入ったんだ』

『嬉しい……』

……忙しくても購入できて当たり前だ。秘書が——いや、沙穂が選んでいたのだから。

ゆっくりと右手が机の上に落ちる。胃の辺りに冷たい塊《かたまり》が詰まり、それがせり上がってきた。

（今はだめ……！）

震える指先で、何とかメールでの注文を終える。リストをもう一度チェックし、全て処理済みであることを確認した。

幸い、沙穂は今席にいない。付箋《ふせん》に作業が完了した旨のメモを書き、それを貼ったバインダーとチェック済みリストを沙穂の机の上に置く。

昼休みまであと十分。早めのランチへ出たことにしよう。

ポーチを手に取った桜は、早足で秘書課を出た。だが、左隣の給湯室前を通ろうとした瞬間、聞こえてきた声に足を止める。

「それでどうなの沙穂？　あのお嬢サマの子守りって」

「腰掛けで就職されたっていい迷惑よね。専務だって結婚式が延期されたせいで、スケジュールを調整し直したんでしょ？　面倒だって思ってるんじゃない？」

秘書課の先輩達だ。続いてウンザリしたような響きの声がする。

「専務は仕方ないって思ってるみたいだけど、こっちの手間も考えてほしいわ。大体、何もできなくて、一から教えないといけないし。おまけに、何かあったらいけないから外に出すなって専務に厳命されてるの。安藤課長だって、『鷹司さんに何かあったら』って気を回しちゃって。せいぜい、雑用係として頑張ってもらうしかないわね」

（外に出すなって……真也さんが……？）

では、あのお茶くみの件は、彼が仕組んだこと？　桜を秘書課から出さないように、と。

それなら、このまま頑張っても——彼の秘書になる日は来ない……？

「でも、鷹司さんって大人しいし地味よねえ。お金持ちのお嬢様に見えないわ」

「我儘《わがまま》娘よりは良かったんじゃない？　こっちの雑用を押し付けても何も言わないし。でもあれじゃあ、華やかな専務と釣り合わないわよね。沙穂のほうがしっくりしてるもの」

「ふふっ、専務といる時間が長いせい、かしらね。ともかく、働く必要もないんだし、家で大人しく待ってるのが、あのお嬢サマにはお似合いだと思うわ」

『働く必要などないだろう』

あの時の真也の言葉が桜の胸を刺す。

「——本当……いつになったら辞める気になるのかしらね。専務もそう思ってるわ」

その沙穂の言葉を聞いた桜は、くるりと踵《きびす》を返して反対側に走り出したのだった。

＊＊＊

「……っ、く」

（頑張ると決めた。あの二人に認められるまで辞めたりしないって）

「う、うっ……」

（お祖父様《じい》やお父様、保兄様《にい》にも心配を掛けているんだから。何を言われても、頑張るんだって）

「……う」

（……だけど。最初から……最初から、認める気すらなかった、だなんて）

バタン、と大きな音を立てて屋上のドアが閉まった。はあはあと息を切らせた桜は、屋上の入り口付近に人がいないのを確認した後、ずるずるとその場に座り込む。

嗚咽《おえつ》が漏れないようにぎゅっと唇を噛み、手に持ったポーチごと自分を抱き締めた。

（真也さん……は）

彼に認めてもらおうと、頑張っていた。成長したところを見せたいと、そう考えて。

（初めから、私のことを認める気なんて、なかったんだわ……）

彼が求めていたのは、お人形さんの桜。何も知らず、彼の本心に気付きもしない会長の孫娘が必要だったのだ。

（仕事ができるようになったら、対等に話ができるようになったら……少しでも好きになってもらえるかもって、そう思っていた、のに。……全部……全部、私が勝手に思い込んでただけ。沙穂さんが選んだプレゼントを喜んでいたなんて）

桜は何も分かっていなかった。

（真也さんは、私のことなんて……好きでもなんでもなかったのに……）

真っ黒な闇が、桜の心を捕らえた。心臓が冷たい手に握られ、痛いと悲鳴を上げる。

『――本当……いつになったら辞める気になるのかしらね。専務もそう思ってるわ』

ふっと沙穂の言葉が甦《よみがえ》る。

真也も、沙穂も、桜が仕事を辞めるのを待っているのだ。自立を諦めて、元の扱いやすいお人形になることを。

……このまま続けていても、認められることはない。

……あの二人の態度が変わることもないだろう。

そんな残酷な現実に、胸の奥が軋《きし》んだ。二の腕を掴んでいる手が冷たくなる。

堪《こら》えていた涙が一粒、ぽたりとスカートに落ちた。

（私……は）

……それでも。それでも、私は――

「――桜さん」

ふいに聞き覚えのある優しい声がした。

「え……？」

呆然と顔を上げると、青灰色《あおはいいろ》の上着が目に入る。次の瞬間、ふわりと温かいモノに身体が包まれていた。

「大丈夫」

いつも桜を励ましてくれた声。それが耳元で聞こえる。

「やが、み課長……？」

シトラスグリーンの爽《さわ》やかな香りが鼻腔《びこう》をくすぐり、桜を抱き締めている腕の力が強くなった。

「他に誰もいないから、思い切り泣けばいい。気が済むまでこうしてるよ」

「——っ……」

彼の体温を感じ、張り詰めていた心に亀裂が入った。一粒、また一粒と涙が零《こぼ》れ落《お》ちる。

大きな手が頭を撫《な》でてくれていた。そのゆっくりとした動きが優しくて……

「うっ、あ……」

泣けばいい。その言葉に、桜の中で何かが切れた。

「あああっ……う、ああああっ……！　ああああっ！」

広い胸に両手で縋《すが》り付《つ》いた桜は、ついに初めて大声を上げて泣き叫んだ。

八神は何も言わず、身体を震わせている桜を、強く抱き締め続けてくれていた。

ひとしきり桜が泣いた後、八神は彼女を抱き上げ、屋上のベンチに座らせた。

左隣に座った彼は、俯《うつむ》いた桜の肩を抱き寄せる。

「……落ち着いた？」

「は、はぃ……ごめんなさ――」

桜は強烈な恥ずかしさに襲われていた。八神が着ている作業着は胸の辺りが涙でどろどろだ。もう一度きちんと謝ろうとした彼女の頬を温かな手が撫《な》でた。

「どうしたの、って聞いていい？　余程のことがあったんだろう？」

「八神課長……」

桜が視線を上げると、きゅっと引き締められた彼の唇が目に入る。

「桜さんは秘書課で頑張ると言っていた。その決意をした君が、些細《ささい》なことでこんなに大泣きするとは思えない。何があったんだ？」

「それ、は……」

仕事とは関係ないかもしれない。桜と真也、そして沙穂の問題だ。

躊躇《ちゅうちょ》していると、八神がじっと桜の目を覗き込む。

「悪いようにはしない。俺を信じてくれないか」

（信じる……？）

そんなの、もうとっくの昔に信じている。彼は桜を傷付けない。

「で、も……迷惑じゃ」

その時、初夏の風が二人の間をするりと通り過ぎた。八神の長い前髪が、風に吹かれてはらりと後ろに流れる。

（え……っ……）

どくん、と桜の心臓がひっくり返った。

露《あら》わになった八神の目は真っ直ぐ桜を見つめている。濃いまつ毛にやや切れ長の二重《ふたえ》。すっきりとした鼻筋に引き締まった唇。その顔は、彫像《ちょうぞう》のように美しいという表現がぴったりだ。

綺麗な瞳に迫られ、桜は何も言えなくなる。大きくなった心臓の鼓動だけが、耳に響く。

「迷惑なわけがない。桜さんの力になりたいんだ」

ふわりと微笑《ほほえ》んだこの人の笑顔を、きっと一生忘れられない。そう思った。

桜が途切れ途切れに先程の出来事を話すと、八神はぐっと唇を引き締める。

「三好がそんなことまでしていたとは思わなかった。桜さんの勤務態度や能力を無視する指示を出すなんて」

桜はちらと彼の顔を見上げる。今はもさっとした前髪に隠れていて、何となくほっとした。

腕組みをしてしばらく考え込んだ八神は、やがて桜に向き直る。

「――桜さん。うちの課に来る気はない？」

「え⁉」

意外な提案に桜が目を見張ると、彼はぽりぽりと右手で頭を掻《か》いた。

「実はうちの課、人手が足りないんだ。この春で一名転出してね。だから新入社員の受け入れ先にも挙手したんだけど、適任者がいなくて。君なら麻奈さんとも上手くやっていけると思う。彼女、結構厳しくて、生半可《なまはんか》な社員じゃついていけないんだ」

（あの優しい麻奈さんが？）

想像がつかないものの、ちゃきちゃきした彼女は、仕事をしっかりこなすタイプなのだろうと思い直す。

（私が役に立てるかどうか……）

桜は恐る恐る言った。

「いいのでしょうか？　私……秘書課でも一番出来が悪くて」

「それは違う」

八神の声にむっとした響きが加わる。

「三好が外に出すなと指示してた上に、他の秘書に雑用を押し付けられていただけだ。それがなければ、とうの昔に同期に追い付けていたはずだ。桜さんは立ち振る舞いが綺麗だし、外に出したって何の問題もない」

きっぱり言い切る彼に、桜の胸は熱くなる。

「八神課長」

「桜さんは秘書課で頑張りたいのだろうと思っていたから、真面目な君が欲しいと保に言わなかったんだ。だが、故意に実力を発揮できないようにされているなら、話は別だ」

君が欲しい。お人形さんじゃない桜が欲しい。

(私のこと……認めてくれてるんだ……)

また涙が込み上げてくる。さっきとは違う、温かい涙が。

「……桜さん」

八神が両手で桜の右手を取った。

「備品在庫課に来てもらえないか。うちの仕事は地味だし、汚れ作業も多い。だけど、君を蔑《ないがし》ろにするようなことはしないと約束する」

「八神課長……」

この人ならきっと、桜自身を見てくれる。お人形じゃない、自分の意思を持った桜を。

「……はい。是非、備品在庫課で働きたいです。よろしくお願いいたします」

桜がそう言って頭を下げると、嬉しそうに口元を綻《ほころ》ばせた八神が、また優しく彼女の頭を撫《な》でたのだった。

3. 備品在庫課での日々と甘い上書き

「――本日より備品在庫課にお世話になります、鷹司桜です。よろしくお願いいたします」

机の上に段ボールを置いた後、改めて二人の前でお辞儀をした桜は、麻奈の手荒い大歓迎を受けた。桜の両手を取ってぶんぶん振り回した彼女は、自分の左にいる八神を見上げてにやりと笑う。

「まあああまあぁ！　課長のファインプレーだわ！　あなたみたいないい人がこんなにすぐ来てくれるなんて！　昼行燈《ひるあんどん》って言って悪かったですね、課長」

歯に衣《きぬ》着せぬ言葉に、八神が苦笑する。

「今回はタイミングも良かったからね。保部長も思うところがあったみたいで」

麻奈と八神の会話を聞きながら、桜も同じことを考えた。

（本当、こんなにすぐ異動できるなんて思わなかったわ）

たまたま四半期に一度の人事異動の時期と、秘かに桜の受け入れ先を探していた保の意向が重なり、屋上で大泣きした日から僅《わず》か一週間での異動となったのだ。あの二日後、保に呼び出された桜は、備品在庫課への異動を直々《じきじき》に言い渡されるとともに、今回の件について色々と聞かされた。

　保はやはり沙穂の態度が気になり、秘書課について聞き回ったそうだ。

『安藤課長とも話をしたよ。外に出せない秘書がいても困る、というのが本音だったみたいだね』

　安藤課長も桜の扱いに困っていたらしい。だが、会長や社長の意向で入った桜の異動を簡単に打診することもできず、今回の話は渡りに船だったようだ。

『彬良から申し出があった時は驚いたよ。まさか秘書課全体でそんなことをしていたとは。まあ、異動のいい理由にはなった』

　表向きの理由は、『人員不足の備品在庫課への充当』。今いる役員の秘書は、桜以外の秘書でまかなえている。秘書課は人が余っているのだ。その余った秘書を人手の足りない部署へ回す――公《おおやけ》にはそれで済んだ。

『あの、お祖父《じい》……いえ会長からは何か』

　桜が気掛かりだったことを尋ねると、保はくっくっくと抑えきれないように笑った。

『いやあ、いいものを見させてもらったよ。その話を出した時、会長は「桜を備品在庫課にだと⁉　あそこは力仕事が必要な部署だろう！」って吠えたのだけどね、中谷さんが――』

祖父に話をした場には桜の父と保、そして安藤課長に八神と麻奈がいたそうだ。

『「会長がそんな態度を取るから、鷹司さんが辛《つら》い思いをするのです！　いい加減、爺《じじ》ばかの暴走をおやめになったらどうです？　写真自慢ぐらいならお付き合いしますけれど、たった一人の孫娘に、余計な口出しをして嫌われたいのですか？」とぴしゃり一喝《いっかつ》して。本当、あの時の祖父《じい》さんの顔が忘れられないよ』

（麻奈さんっ⁉）

はっきりものを言う人だとは思っていたけれど、祖父にまできちんと主張できるとは。彼女のセリフを聞いた祖父は、ぐぬうと唸《うな》って黙り込んでしまったらしい。

『ま、そういうわけで、円満な異動だから安心してほしい。彬良――八神課長も、君を一人の社員として公平に扱う、と言っていたしね。あいつ、嘘はつかないよ』

そう言って笑う従兄《いとこ》に、桜は「ありがとうございました」と礼を言ったのだ。

そしてここに来る前、秘書課で挨拶《あいさつ》をしたが、その反応はあっさりしたものだった。

元々桜は雑用しかしておらず、誰かに引き継ぎをする業務はない。私物を段ボール一箱に詰めて、それで終わりだ。

『備品在庫課ですって？　いいんじゃないかしら。あそこも対外的なことは何もしない部署だし、お似合いよ』

ばかにしたような笑みを浮かべた沙穂に、桜は黙って頭を下げた。同期達にも挨拶《あいさつ》したが、皆『向こうでも頑張ってね』と強張《こわば》った笑顔で言うのみ。先輩達は忙しそうに仕事にいそしんでいた。

桜は段ボール箱を抱えて、一人静かに秘書課を後にしたのだった。

「――さ！　鷹司さん――いえ、桜さん、席に座っていてちょうだい。渡すものがあるのよ」

回想に耽《ふけ》っていた桜は、麻奈にぽんと肩を叩《たた》かれて我に返った。八神から見て左前の机が桜で、右側の壁に近い机が麻奈の席となっている。桜は段ボール箱を開け、荷物の整理を始めた。麻奈はどこかに立ち去り、八神は自席でノートパソコンに向かっている。

量が少ない荷物の整理はすぐに済み、桜が再び席に座ると八神が話し掛けてきた。

「麻奈さんが戻ったら、ここでの仕事を説明するよ。分からないことがあれば、俺か麻奈さんに聞いて」

「はい、分かりました」

彼はいつもと同じ笑顔だ。桜はほっと息を吐く。沙穂は色々と教えてくれたものの、面倒だという態度があからさまだったし、他の先輩達には聞きづらい雰囲気だった。

（ここでなら、きっと）

頑張ろう。今まで以上に頑張ろう。仕事ができるようになるんだ。そして、八神課長に——

(……え?)

桜の思考が止まるのと同時に、部屋のドアが開く音がした。ビニール袋を抱えた麻奈が近付いてくる。

「桜さん、ほら、これ着てみて!」

「麻奈さん」

桜は渡されたビニール袋から灰青色《はいあおいろ》の作業着を取り出した。立ち上がってスーツの上着を脱ぎ、作業着を羽織《はお》ってみる。指先が袖口から見え隠れする長さだ。

「ちょっと袖が長いかしらね。でも袖口はゴムで絞れるようになってるから」

そう言われ、袖を引っ張って長さを調節してみた。二の腕付近が多少だぶついているが、問題ないだろう。

「あ」

前身ごろの内側にあるポケットに、『鷹司』とオレンジ色の刺繍《ししゅう》が入っている。

「これであなたも備品在庫課の一員よ。よろしくね、桜さん」

桜は麻奈と八神を交互に見た。桜と同じ上着を着ている二人が、歓迎してくれているのが伝わってくる。秘書課での、あの冷ややかな対応とはまるで違う。

(今日からここの一員なんだわ……)

じわじわと嬉しさが込み上げる。この人達の役に立ちたい。少しでも早く、助けになれるよう一人前になりたい。そう思った。

「はい。ご指導よろしくお願いいたします」

桜は職場で初めて自然な笑みを浮かべて、挨拶《あいさつ》ができた。

＊＊＊

「――備品在庫課です。備品をお持ちしました。ご確認お願いします」

「あ、はーい」

人事部の庶務係の女性に、桜はリストを手渡した。彼女は書類籠に入った備品とリストをを見比べる。

「ええ、間違いなし。ありがとう、ちょうど赤ペンがなくなって困ってたのよ」

「確認ありがとうございました。何かありましたら、ご連絡ください」

桜はお辞儀をして人事部を後にする。営業部を目指し台車を押す足取りは軽い。鼻歌を口ずさみそうなぐらい、口元も緩んでいた。

備品在庫課の人手が足りない、と言っていた八神の言葉は本当だ。彼と麻奈から大まかな一日の仕事の流れを教えられた桜は、実践あるのみという麻奈の言葉に従い、少しずつ担当業務を増やしている。

地味で汚れ作業が多い、というのも嘘ではない。

文房具を始めとする備品を触る桜の作業着は、袖口が黒ずんできた。八神は相変わらずちり取り片手に会社中をうろつき回っている。麻奈もあちらこちらに顔を出しては、色々と指示をしているようだ。そんな中、桜は各部署から要請があった備品を届ける役目を任されている。

あっという間に一ヶ月が過ぎた。秘書課にいた時とは全く違っている。毎日が充実していて、新しい仕事を覚えるのが楽しくて仕方がない。

（八神課長が、桜の指導係には麻奈さんが厳しいって言っていたのは、本当だったけれどではなかった。空《あ》いた時間に、会議でのメモの取り方のコツ、スケジュール管理の方法、各役員の性格や好み等々、知識を惜しみなく伝えてもらっている。

桜が必死になればなるほど、『やっぱり桜さんは教えがいがあるわね！　根性もあるし観察力もある。あの秘書課の面々なんかに負けないよう、しっかり鍛《きた》えるわよ！』とやる気満々なのだ。

桜はそんな麻奈に感謝している。だが、八神が言うには他の社員はそうではなかったらしい。

『麻奈さんの要求水準は高いからね。ついていけない、と音《ね》を上げる人が大半だったよ』

そう苦笑する彼も、のんびりした見た目とは違い、かなり仕事ができることが、桜にも分かってきた。

麻奈曰《いわ》く、『課長が来てから効率化が進んで、随分評判が上がったのよ、うちの課』ということだ。

今まで書類や電話で備品申請していたのを、Ｗｅｂを通して申請できるシステムに変えると同時に、在庫管理システムも連動するように一新したのだとか。そのお陰で、手間が省《はぶ》けると、他部署から評判になった。また、リアルタイムに申請と在庫の数を管理し、発注予測も立てられるため、無駄な発注もなくなり、経費削減に大いに貢献したとか。システム連動の仕組みや予測機能については、他部署から問い合わせがあるらしい。

空《あ》いた時間で、八神と麻奈は各部署を回り、横の連携を図ったり、手伝いをしたりするようにしている。麻奈がやたらと社内情報を握っているのはこのせいなのか、と桜は感心した。

「――ああ、桜さん」

営業部に到着し、庶務担当に備品を渡している桜に、恰幅《かっぷく》のいい壮年の男性が声を掛けてきた。八神と麻奈が『桜さん』呼びしているお陰で、いつの間にか他の社員もそう呼ぶようになっている。

「服部《はっとり》部長」

桜が会釈《えしゃく》をすると、服部部長はにこにこと恵比須《えびす》様のような笑顔を見せた。

「八神課長は今、席にいるかな？」

「はい。午後からは在席の予定です」

桜の返答に、ぱっと服部部長の表情が明るくなる。彼は持っていた社名入りの封筒を桜に手渡した。結構な厚みがある。

「これ、チェックを頼んでもらえるかな。前々からお願いしていた件なんだが」

「はい、承知しました。お渡ししますね」

桜が受け取ると、「助かるよ」と言った彼は、遠い目になった。

「……本当なら八神君に戻ってきてほしいけれど、何度も断られてるんだよね。もう時効だと思うんだけどなあ」

はあと溜息をついた部長は、そうそう、と桜に向き直る。

「あと、桜さんにもお願いできるかな。近藤《こんどう》が送ったお礼状、取引先の社長にいたく気に入られてねえ。『メールのご時世に手書きとは！』って感激して、仕事を発注してくれたそうだよ。私達世代は、手書きのほうがいいと感じる者も多いからね」

桜は思わず破顔した。

「はい！　いつでもおっしゃってください」

「そうか、また若い営業が備品在庫課に行くと思うけど、頼んだよ」

じゃあね、と立ち去る服部部長の後ろ姿を見ながら、桜の胸には充実感が広がっていた。

（私でも人の役に立てることがあるのね）

これは、桜が書道師範の免状を持っていると知った麻奈が『じゃあ、お礼状を書いてみて』と言ったのがきっかけだ。その言葉に従い、備品在庫課と取引のある会社に手書きでお礼のはがきを書いたところ、わざわざお礼の電話が掛かってくるほど、好評を得た。

それを麻奈が服部部長に売り込み、若手営業の交渉が滞《とどこお》っている取引先へも日頃のお礼状をしたためたのが、大評判となったのだ。

『初めてじっくりと話を聞いてもらえました！』

満面の笑みでそう桜に報告してくれたのは、同じ新人の近藤だ。

季節の色を意識した和紙に達筆の威力は凄《すご》かったらしく、時々近藤を始めとする若手営業が、桜にお礼状やはがきを依頼するようになった。さっきの服部部長の話は、一週間ほど前に近藤の依頼で書いた礼状のことだ。

（営業さんって大変な仕事だもの。少しでもお手伝いできたら嬉しいわ）

ふと桜は、八神の言葉を思い出した。

『三好は最初に配属された部署が同じだった』

（真也さんは営業部出身だったはず……ということは、八神課長も営業部だったのよね？）

真也は、大口の顧客を新規開拓した功績で若くして営業部課長から経営企画部部長に就任。その後、会長に目を掛けられ、最年少の専務に取り立てられた。社内でも、そのサクセスストーリーはよく知られている。

『負け犬のお前にはぴったりだよな』

（同じ部署にいた自分が出世したから、八神課長をあんなふうに言ったのかしら）

桜には男性同士の出世を巡る確執《かくしつ》はよく分からない。ただ、八神のほうは部署や地位を気にしている素振りがなかった、と思う。

（今でもこうして営業部に頼りにされているのに、戻る気はないのね）

腕に抱えた書類の重みを感じながら、どこかほっとする桜だった。

＊＊＊

「——人を当てにするのも、いい加減にしてほしいんだけどなあ」

桜が渡した服部部長からの書類に目を通した八神は、深く息を吐いた。麻奈がコーヒーを彼の机の上に置き、「仕方ないでしょ」と言う。

「何言ってるんですか、課長だって頼りにされて嬉しいくせに。愚痴《ぐち》ってる暇があるなら、営業部の後輩を鍛《きた》えてください。最近、骨のある営業って少なくなってますからね」

「麻奈さんほど骨太な営業って、そうそういないと思うよ」

ぽんぽんと言い合っている二人の声を聞きつつ、桜は頼まれているお礼状を書く。薄い緑から青へとグラデーションになっている和紙は、お気に入りのメーカーの製品だ。

『それくらいは備品で購入できるよ』と八神に言われ、お礼状用に購入していた。

書き終わったお礼状を見た麻奈が、ほうと感心する。

「桜さんは字も綺麗だし、お茶くみも上手。性格も穏やかで気配りができるし、本当、いい秘書になれると思うわ」

手放しで褒められると、こそばゆい。

「ありがとうございます、麻奈さん」

「今の秘書課には、後輩を指導する技量のある人がいないのよねえ。目立つ仕事ばかりやりたがるんだから」

そう麻奈が不満を漏らしたところで、電子音が響いた。桜は手を伸ばし、充電器からスマホを取る。

「はい、備品在庫課です」

『……桜？』

低くて耳に響く声。桜は一瞬息を呑んだが、すぐに自分を取り戻した。

「はい、何のご用でしょうか、三好専務」

八神と麻奈の会話も止まった。

『万年筆のインクと修正テープ、それからB５判のノートを二冊、至急、専務室まで持ってきてくれ』

「はい、承知しました」

さらさらとメモを取った桜は、電話を切って席を立つ。備品が置いてある棚から目当ての品を探して書類籠に入れた。

「三好専務は何て言ってきたの？」

そう聞かれ、麻奈を振り返る。八神も手を止め、こちらをじっと見ていた。

「備品を至急届けてほしいそうです。私、行ってきますね」

八神の口元がへの字に曲がった。麻奈も眉をひそめている。

「桜さん、私が行きましょうか？」

気遣わし気な麻奈の声に、桜は首を横に振った。

「いいえ、私が行きます。備品を届けるだけなので」

いつまでも専務室を避けてるわけにもいかない。これはいい機会だ。

「行ってきます」

備品在庫課を出る時、桜は背中に八神の視線が突き刺さっているような気がした。


「――失礼いたします。備品をお持ちしました」

深呼吸をした後、あのドアをノックして、桜は専務室に入った。

重厚な雰囲気の専務室は相変わらずだ。部屋の中央にある黒い革張りのソファセットに、その奥にある真也の机。右の壁際の書庫も左の壁に飾られた絵画も、彼を訪ねてきていた頃と何も変わっていない。

あの一件以来、この部屋に入るのは初めてだ。

ソファに座っていた真也が桜に顔を向ける。脱いだ上着がソファの背もたれに掛けられていた。桜はソファの前にあるローテーブルに書類籠を置き、「ご確認ください」とだけ告げる。

「桜」

ゆっくりと真也が立ち上がった。鋭い視線を浴びた桜が一歩後ずさると、彼は不機嫌そうに口を歪《ゆが》める。

「もうそろそろ、いいんじゃないのか？」

「え？」

戸惑う桜に、真也はますますしかめっ面になった。

「結婚の準備だ。三ヶ月以上も式を延期したままになってるんだぞ。今から準備を再開すれば今年中に挙式ができるだろう」

（結婚の準備……？）

桜は目の前に立つ長身の男を呆然と見上げる。確かに中断した作業を再開すれば、年内の挙式も可能だ。だけど……。桜は拳《こぶし》を握り締めた。

「……私は、まだ結婚する気はありません」

真也の眼光が鋭くなる。桜はぐっと息を詰めた後、言葉を続けた。

「備品在庫課に配属されて、一ヶ月しか経っていません。未だに覚えることばかりです。もっと仕事ができるようになりたいんです」

「こんなになってもか？」

桜の左手を真也の右手が掴む。彼はじっと彼女の細い指先を見ていた。

短く切り揃えられた爪はところどころが黒ずんでいて、薬指には絆創膏《ばんそうこう》が貼ってある。

桜は手を引っ込めようとしたが、強く手首を握られていて、できなかった。

「……これは仕事をした証《あかし》です。私はこの手を誇りに思ってます」

（前の綺麗な、あかぎれのない手。それは何も知らなかった私、そのもの）

今の手は、傷ができたり、黒ずんだりしているけれど、桜が自分の意思で歩いている証明でもある。

「戻りますので、手を離し……きゃっ⁉」

ぐいと引き寄せられた桜はバランスを崩し、真也の胸にぶつかった。

「三好専……っ、んんんっ⁉」

彼の唇が桜の唇を塞《ふさ》ぐ。強引な舌が唇を割り込んで侵入してきた。

（真也さんっ⁉）

「んんっ、んんんんーっ！」

桜が必死に首を振って逃げようとしても、逞《たくま》しい腕にがっちりと抱えられ身動きが取れない。激しく動く真也の唇に、食い散らかされているように錯覚する。

（――怖い……っ……！）

ふいに真也は唇を離すと、そのまま桜の身体を抱き上げた。ぐるりと視野が反転する。

「きゃあ！」

ソファの上に仰向けに下ろされた彼女の上に、真也が伸《の》し掛《か》かってきた。怯《おび》える桜の両肩を押さえ付けた彼の顔には、獰猛《どうもう》な肉食獣の笑みが浮かんでいる。

「い……」

桜は目を見開き、わなわなと唇を震わせた。

あの時と同じ。あの時と同じだ。真也が沙穂の身体に覆《おお》い被《かぶ》さり、彼女の指が彼の背中に食い込んで……

「――嫌っ……！」

振り上げた右手は、あっさりと真也の左手に掴まれた。

「嫌、だと？　婚約してるんだ、これくらい当たり前だろうが」

彼の右手が作業着のファスナーにかかる。ジャッと鈍い音と共にファスナーが下ろされ、大きな手が桜のブラウスに触れた。

「嫌、いやああっ！」

声を上げて抵抗する彼女を見下ろし、ちっと舌打ちした彼がまた強引に唇を奪う。

「いっ、やあんんんっ」

手も身体も真也の身体に押さえ込まれて動かない。彼の身体は熱いのに、桜の身体は冷たく固まっていた。

――怖い。嫌だ。ここで、あんなことがあったここで、こんなのは、いやっ……！

（やめっ……！）

ぎゅっと瞑《つむ》った桜の目から涙が溢れた瞬間、バタンと音がした。

「やめろ、三好っ！」

「ぐっ⁉」

呻《うめ》き声《ごえ》が聞こえたのと同時に、身体が軽くなる。目を開けると、真也の身体がソファから転がり落ちていた。その彼の、ワイシャツの首元を後ろから掴んでいるのは――

「やが、み、かちょ……？」

「大丈夫か、桜さんっ⁉」

今まで聞いたことのない、焦《あせ》りと怒りが混ざった八神の声。仁王立《におうだ》ちになった八神の姿に、ぽろぽろと涙が零《こぼ》れ落《お》ちた。桜は上半身を起こして、乱れた前身ごろを右手で押さえる。

「八神、貴様っ！」

真也が八神の手を払って立ち上がり、彼を睨《にら》み付《つ》けた。八神は唇を歪《ゆが》める。

「婚約者といえども、嫌がる女性に乱暴など許されない」

「ちょっと性急にしすぎて驚かせただけだ。久しぶりだったからな」

あんなに好きだった真也の声が、今の桜にはざらざらと不快に聞こえてならない。

八神は真也を一瞥《いちべつ》すると、桜のもとへ歩いてきた。彼女の前に跪《ひざまず》き、右手を差し出す。

黒ずみやあかぎれの痕《あと》が残る彼の指を、桜は涙も拭《ふ》かずにじっと見つめた。

「桜さん。立てる？」

「は、い……」

右手を八神の手の上に載せると、彼がゆっくりと立ち上がる。それに引っ張られて、桜もソファから立ち上がった。

「桜っ」

真也が苛立《いらだ》たし気な声を上げる。びくんと肩を揺らした桜を庇《かば》うように、八神が真也の前に立つ。

「これ以上、桜さんを追い詰めるな。彼女は直属の上司である俺が責任をもって家まで送る。お前は少し頭を冷やせ」

「っ！」

真也の顔色がどす黒く染まる。憎々し気に八神を睨《にら》み付《つ》けた後、彼は乱暴にドアを開けて専務室を出ていく。派手な音が専務室に響き渡った。

「桜さん」

ふうと溜息をついた八神が、振り返って桜を見る。いつの間にか彼女は、八神の右腕を掴んでいた。

「もう大丈夫だから。歩ける？」

今になって膝ががくがくと震え出す。何も言えないまま首を横に振ると、八神が困った表情になった。

「じゃあ、ちょっと我慢してね」

ふわりと桜の身体が浮く。いつかみたいに、八神が桜を抱き上げて歩き出した。

桜は灰青色《はいあおいろ》の彼の作業着に顔を埋《うず》める。爽《さわ》やかな香りを胸いっぱいに吸うと、強張《こわば》っていた心が解《ほぐ》れていく。目を瞑《つむ》り、ゆらゆらと優しい振動に身を委《ゆだ》ねた桜は、いつの間にか意識を手放していた。

＊＊＊

――桜さん……

「……ん……？」

優しい声がする。ゆっくりと瞼《まぶた》を開けると、グレーのスーツ姿の八神が顔を覗き込んでいた。

「八神、課長……？」

ぼうっとした状態での呟《つぶや》きに、彼は「良かった」と笑う。

「随分ショックだったんだろう？　あのまま気を失ったから、すぐに退社したんだよ」

「ここ、は」

少しずつ桜の意識がはっきりしてきた。

広いガラス窓にクッションの効いた座席。桜は今、車の助手席に座っていた。ファスナーが締められた作業着姿だ。黄色い小さな光が天井に灯《とも》っている。

「私……」

ぞくりと肌が震え、桜は自分の身体を抱き締めた。

（こわ、かった……）

真也のことは好きなはず。だけど、強引に押し倒されて感じたのは、嫌悪と恐怖だけだ。

（同じ場所で……沙穂さんと抱き合ってたあの場所で、なんて……）

もし八神が来てくれなかったら。

その恐怖に押し潰されそうになった時、八神が桜の拳《こぶし》を手のひらで覆《おお》った。その手の温かさが、恐怖を退《しりぞ》けていく。

「もう大丈夫だよ」

「八神課長……」

（どうしてこの人は、私がくじけそうな時に助けてくれるんだろう。温かい手で触れてくれるんだろう。優しい声を掛けてくれるんだろう）

「ちょっと降りてみない？　少し肌寒いけど」

「はい……」

八神はすぐに外に出て、助手席側に回ってくる。ドアを開けてもらった桜は、シートベルトを外し、差し出された右手を取った。

すうっと夜風が髪を揺らす。虫の声が聞こえた。彼に手を握られたまま二メートルほど歩くと、ぐるりと柵《さく》が設置されている場所に出る。

「わあっ……」

桜は思わず歓声を上げた。遠くに広がっているのは、きらきらと輝く街の灯《あか》り。白や青、オレンジ色の光の粒が、宝石箱をひっくり返したように散らばっている。そして周囲は、黒い山影に囲まれていて、見上げると綺麗な星空が見えた。普段見ている夜空よりも、闇が濃くて星の数が多い気がする。

「綺麗……」

「郊外の山の展望台まで来てるんだ。街灯が少ないから、星がよく見えるだろう？」

桜はしばらく黙って、星の光を見つめていた。八神も何も言わず、彼女の手を握り締めている。

「八神課長……あの、ありがとうございました」

桜がそう言うと、彼はふわりと口元を綻《ほころ》ばせた。

「桜さんが無事だったのなら、それでいいんだ。怖かっただろう？」

「は、い」

俯《うつむ》いた拍子にじわりと涙が滲《にじ》む。あんなに乱暴にされたことなんて、一度もなかったのに。

思い切り掴まれた肩が痛み、無理やりこじ開けられた唇はまだ腫《は》れぼったい。

以前の優しい真也とは、別人のようだった。

「……ったく、あの野郎」

低い唸《うな》り声《ごえ》が聞こえる。けれど、桜が顔を上げると、ぴりっとした八神の雰囲気が霧《む》散《さん》した。

「桜さん」

「あ」

大きな手が桜を抱き締めた。彼の体温が伝わってくる。さっき真也に抱き締められた時は冷たかった身体が、今はぽかぽかと温かい。

「八神課長……」

桜もおずおずと両手を八神の身体に回した。ぎゅっとしがみ付くと、見た目よりも胸板が分厚いことに気が付く。爽《さわ》やかな香りも、とくんとくんと規則正しい鼓動の音も、その全てが温かくて優しくて。

（安心、できる……）

この人はいつだって自分を助けにきてくれる。何の根拠もないのに、そう信じられた。

「桜さんは今日、ここでの思い出を持って帰ってほしい」

（え？）

八神の言葉に顔を上げた桜の額《ひたい》に、彼の前髪が触れる。

「八神か――」

――次の瞬間、柔らかい感触が桜の唇を塞《ふさ》いでいた。

（八神……課長……？）

触れるだけのキス。桜が抵抗せずじっとしていると、やがてちゅ、ちゅと軽い音を立てて唇が吸われ始める。

「や、が……んんっ」

甘い唇が桜の唇を擦《こす》り上《あ》げる。それだけで、脚の力が抜けた。

下唇を優しく噛まれて、びくんと身体が揺れる。少し開いた唇から、熱いモノが中に入ってきた。

「あ、んんっ」

滑《なめ》らかな粘膜同士が擦《こす》れ合《あ》う感触に、頭の芯が痺《しび》れてしまう。唾液が混ざり合い、ぴちゃぴちゃと厭《いや》らしい音がしていることに、桜は気が付いていなかった。

「ふ、う……ん……」

どこまでも、優しい時間が過ぎていく。

桜は、とろんと熱い吐息を漏らし、蕩《とろ》けるような感覚に身を委《ゆだ》ねる。何も考えられない。

もう桜の中には、八神の感触と香りしか残っていなかった。

どのくらい時間が経ったのか。彼の唇が離れた時、桜は逞《たくま》しい腕に縋《すが》り付《つ》かないと立っていられない状態になっていた。

ぼうっとしたまま彼を見上げる。八神はうっと息を呑んで視線を逸《そ》らした。

「その顔、反則だろ……」

横を向いた頬骨の辺りが赤くなっている、気がする。

そんな八神はこほんと咳払《せきばら》いをした後、桜の両肩に手を置く。

「桜さん」

「はい……」

まだ身体に残る甘さに身震いした桜の頬に、彼の右手が添えられる。

「これで、上書きしたから。今日桜さんにキスをしたのは俺だ。俺のことだけを覚えていて」

――もう、思い出さなくていい……

そう言った八神は、もう一度桜の唇にしっかりと自分の匂いを押し付けたのだった。

4. 本当の気持ちは

「おはようございます……」

「おはよう、桜さん」

——恐る恐る備品在庫課に出社した桜を待っていたのは、いつもと全く同じ態度の八神だった。

（ううう……顔が見れない……っ……）

『俺のことだけを覚えていて』

あの後、家まで送ってくれた彼は、車から降りる直前にも軽く唇を合わせてきた。そのせいで桜は、ぼうっとしたまま家に戻り……ベッドの上で枕を抱き締め、ごろごろ転がる羽目になったのだ。

頭に浮かぶのは、八神の優しい声。温かい手。そして、柔らかな唇の感触。

心臓が痛くなるくらいどきどきして、頬も熱くて堪《たま》らない。

（明日、どうやって挨拶《あいさつ》したらいいの……っ！）

そんなふうに散々悩んで寝不足になったのに、彼の態度はまるで変わらない。桜はちょっとだけ、むっとした。

自席に腰を下ろし、ノートパソコンの画面越しにちらと八神を見ると、彼は何事もなかったかのように書類とパソコンの画面を見比べている。

「おはよう、桜さん」

その時、ぽんと後ろから肩を叩《たた》かれた。飛び上がった桜が振り返ると、麻奈が心配そうにこちらを見ている。

「おはよう、ございます……」

「昨日、大変だったわね」

（えっ）

桜が息を呑むと、麻奈は腰に手を当ててむっと口を歪《ゆが》めた。

「課長から電話で、桜さんが気を失ったからこのまま連れ帰るって言われて、私がバッグを持っていったのよ。まったく、か弱い女性を追い詰めるなんて、何考えているのかしら、あの坊やは」

専務を坊や扱い。目を丸くした桜に、麻奈は頷《うなず》く。

「これから三好専務の対応は私がするわ。桜さんは電話にも出なくていいわよ。私にすぐ代わってちょうだい」

「はい……ありがとうございます」

麻奈の心遣いが嬉しかった。正直、しばらく真也には会いたくない。

「桜さん」

続いて掛けられた八神の声に、どきんと心臓が高鳴る。彼はいつもの笑みを浮かべていた。

「今日は営業部から依頼されたお礼状を仕上げてくれる？　備品の配達は俺と麻奈さんでやるから」

「……はい」

（真也さんに会わないようにって、気を使ってくれてるんだわ……）

目頭《めがしら》が熱くなったが、何とか堪《こら》えて笑みを浮かべ、桜は小さく頷《うなず》く。そんな桜を見つめる二人の視線は、とても優しくて温かかった。

＊＊＊

「――これで全部終わりね」

筆ペンに蓋《ふた》をして、桜はふうと溜息をついた。集中して作業できたので、頼まれていたお礼状は全て書き終えた。ふと、壁に掛けられた丸い時計に目をやる。

（もうすぐ五時……）

八神は各部署の見回りに出ているし、麻奈は人事部に用事があると出ていった。二人が戻ってくる前に、コーヒーでも淹《い》れておこうと、桜は席を立ち、湯沸かしポットが置かれたテーブルに向かう。

ドリップパックのコーヒーをマグカップの上に載せ、湯沸かしポットから細口のポットにお湯を移す。そのお湯をこぽこぽとパックの上に注いで、数十秒蒸らした。ゆっくりとお湯を回しながら淹《い》れる。八神はブラック、麻奈は牛乳を混ぜてカフェオレに。

二人の机の上にマグカップを置きながら、桜はあることに気が付いた。

（そう言えば私……真也さんにお茶を淹《い》れたことがなかった……）

いつも外に連れ出されていたため、桜自《みずか》らお茶を淹《い》れる機会などなかったのだ。

（真也さんが選んだレストランで、真也さんが選んだディナーを食べて……）

一体、彼とどんな付き合いをしていたのか。あまりに相手任せだったことに、桜は愕《がく》然《ぜん》とした。

（舞い上がってたんだ、私……）

真也みたいな素敵な大人の男性が自分を選んでくれて、まるでシンデレラだと浮かれていたのだ。だから、気付かなかったのだ……真也が『桜』という人間を見ていないことに。

（私だって真也さんのこと、何も分かってなかった）

優しくしてくれる表面上の顔しか知らなかった。

力尽くで言いなりにしようとする人だということも、不機嫌そうな声も、全く知らなかった。

（……沙穂さんは知っているのかしら）

彼女は自分のほうが真也との付き合いが長い、と言っていた。苦楽を共にした専務と秘書。当然、桜よりもずっと彼を理解しているのだろう。

（沙穂さんは……どう思ってるの……？）

いつも自信たっぷりで、桜を見下すような目付きをしている彼女は、真也と桜が結婚すると聞いてどう思ったのだろう。

何も知らない桜が真也の隣で笑っているのを見て、何を考えていたのだろう。

（私……）

今まで自分の気持ちに精一杯で、沙穂の気持ちを考える余裕はなかった。

そのことに――たった今、気が付く。

桜は呆然とその場に立ち尽くす。

「桜さん？」

「どうしたの、桜さん？　ぼーっと突っ立って」

「八神、課長……麻奈さん」

振り向くと、いつの間にか二人が部屋に戻っていた。

桜はドアの開く音にも気付かなかったらしい。

「……お疲れさまです。コーヒーを淹《い》れたので、良かったら飲んでくださいね」

桜が顔を引《ひ》き攣《つ》らせつつも微笑《ほほえ》むと、八神の唇が歪《ゆが》み、麻奈の眉が真っ直ぐになった。

八神が桜の目の前に立ち、彼女を真っ直ぐに見据《みす》える。

「桜さん。何かあったら我慢せずにすぐ相談してほしい」

「八神課長？」

くしゃと前髪を掻《か》き上《あ》げる彼の視線に、桜は胸に何かがずくんと刺さった気がした。

「桜さんは自分さえ耐えればと我慢してしまうから、心配なんだ。もっと我儘《わがまま》を言ってもいいんだよ」

「そんなこと――」

ないです――と言おうとした桜の唇を、二本の長い指が塞《ふさ》ぐ。唇に触れる硬い指の感触に、声が止まった。

「ちゃんと相談するように。分かった？」

「はいっ」

慌てて飛《と》び退《の》く彼女に、八神がにやりと不敵に笑う。

どくどくと鼓動する心臓が痛い。だけど、その痛みは甘さを含んでいて――真也と沙穂の二人を見た時の痛みとは違う。

「ほら、課長も桜さんを揶揄《からか》わないでちょうだい。桜さん、カフェオレいただくわね」

美味《おい》しい、と微笑《ほほえ》む麻奈を見て、ようやく桜の気持ちが少し落ち着く。柔らかくて、ほのかに甘く、苦いものが、胸に広がっていた。

（私……ちゃんと考えないといけないんだわ。真也さんのこと）

これからどうするのか。自分がどうしたいのか。

仕事に逃げていたけれど、きちんと向き合わないといけない。

真也とも。自分の気持ちとも。

（それに……）

桜は右手を胸に当てる。

この胸の痛みが何なのか。それをはっきりさせないと……

「桜さん、これ美味《うま》いね。ありがとう」

そう言って笑った八神に、桜は胸の痛みを隠して小さく笑ったのだった。

＊＊＊

『――大丈夫』

彼と初めて会った時も、ここだった。

桜は屋上のベンチに座り、お弁当を食べた後、青空を見上げて流れる雲を眺める。

備品在庫課での日々は、滞《とどこお》りなく過ぎていた。真也と出会わないかとひやひやしていたものの、今彼は大きな案件に関わっていて、この二週間ほど、ほぼ沙穂と外出している。

真也と沙穂が一緒に行動している……それを知った桜の胸に過《よぎ》ったのは、かつての抉《えぐ》るような痛みではなく――

（……ほっとしただなんて）

秘書課に入ったばかりの頃は、沙穂の予定表に真也の名前が記載されているだけで辛《つら》かったのに、今では二人が社内にいないことに安堵している。

仕事が忙しいせいか、真也からはメッセージや電話もない。就職する前は、遠慮しつつも桜から様子を聞いていたけれど、当然それもしていない。

（いつの間に、変わってしまったのかしら）

専務室で押し倒されてから？　『えらく生意気な口を叩《たた》くようになったんだな。素直で可愛かったのに』と言われてから？　それとも……

桜は自分の手を見た。左の薬指の先には絆創膏《ばんそうこう》が貼られ、爪にはプリンターのインクが付いている。

切れかけた蛍光灯を取り換える手伝いをしたり、プリンターのトナーを運んだり、コピー機の周りを掃除したり。そういった作業に勤《いそ》しむ桜を、沙穂達はばかにしたような目で見ていた。

でも、誰かがやらなければ皆が困る仕事だ。この手は、その仕事をやったという証《あかし》。

祖父も父も、何も言わない。祖父は『これを使え』といい香りのするハンドクリームをくれた。

（お祖父《じい》様もお父様も、私を見守ってくれているのよね）

真也が結婚を急《せ》かす一方で、二人はそちらについても口を出していない。

ただ、就職してからもう四ヶ月が過ぎた。中断した結婚準備は、このままというわけにはいかない。

（……真也さんと結婚）

何も……そう、何も思い浮かばない。真也とどんな結婚生活を送りたいのか、どんな式を挙げたいのかすら、思い付かなかった。

桜は作業着のポケットからスマホを取り出し、アルバムの中の写真を探す。

真っ白なウェディングドレスを着て、微笑《ほほえ》んでいる自分の写真はすぐに見付かった。

重ねたレースも、ふわりと膨らんだ袖も、気に入って選んだもののはずだ。

綺麗だと皆が褒めてくれたそのドレスを見ている今の桜の胸には、何とも言えない苦々しい想いが広がっている。

（この時……何を思っていたのかしら……）

早く結婚したくて堪《たま》らなかった気がする。大好きな真也の隣に並びたいと、少しでも早く彼に会いたいと、そう思っていた、のに。

あの日、あの専務室で抱き合う二人を見て、全てが変わった。

お人形だと思われたくない。成長しているところを認めてもらいたい。そうしたら、好きになってもらえるかもしれないと、そう考えていたことも、変わってしまっている。

たとえ真也が認めてくれなくても、自分を必要としてくれる人のために働きたい。皆の役に立ちたい。今はそう思うようになった。

『もうそろそろ、いいんじゃないのか？』

桜を見下ろしていた冷たい目。嘲《あざけ》る声。

桜はくっと唇を引き締めた。結局真也には、この数ヶ月間、煩《わずら》わしく思われていただけだ。彼女が努力している姿は、見てくれなかった。

虚《むな》しい気持ちが胸に込み上げる。だけど……

（私、もう……悲しく、ない……？）

桜は自分の胸に手を当ててみる。あの時――自分の退職を真也が望んでいると知った時、ショックで、悲しくて、辛《つら》くて……それで八神に縋《すが》り付《つ》いたはず。

もう、真也を思う気持ちは桜の中からなくなってしまった。

ふと桜は、唇に指を二本当てた。そこに残っている熱と感触は、真也のものではない。

『俺のことだけを覚えていて』

（その通りになってる）

今、桜の心臓をどきどきさせて、胸を痛くさせて、頬を熱くさせているのは、八神だ。

もさっとした前髪に隠れた綺麗な瞳に、優しく綻《ほころ》ぶ唇。重い物を持ち慣れている腕は逞《たくま》しくて、いつも桜を撫《な》でてくれる手のひらは硬い。爽《さわ》やかな匂いも、抱き締められた時の体温も、すぐに思い出せる。

真也と結婚しようと思っていたのに、婚約までしたのに、今、桜の心を占めているのは――優しい笑みを浮かべている八神だ。

（私……）

桜はまた空を見上げた。風が白い雲の形を変えていく。

（私、八神課長が……）

「――桜さん」

どきん、と心臓が高鳴る。慌てて視線を右に移すと、いつの間にか作業着姿の八神が桜を見下ろしていた。いつものちり取りを手に持っている。

「八神課長」

桜が腰を浮かせると、「ああ、いいよそのままで」と彼は右隣に腰を下ろした。ふわりと吹いた風が、彼の綺麗な横顔を露《あら》わにする。

どくん、どくん……

胸が締め付けられるように軋《きし》む。心臓が痛い。

彼が自分を見ている。ただそれだけなのに、桜はびくっと飛び上がりそうになった。

「備品在庫課にはもう慣れた？」

「は、はいっ」

勢い良く返事をした彼女に、八神は「そう、良かった」と言ってゆるりと口元を綻《ほころ》ばせる。

「麻奈さんからも、桜さんがとても頑張っていると聞いてるよ。今の仕事だけじゃなく、将来のためにと色々勉強していて助かると」

「八神課長」

桜は八神を見上げた。いつも自分を見守ってくれる、温かな視線。

「私……」

──あなたが、好きです。

そう言い掛けた言葉を、すんでのところで呑み込む。

「──備品在庫課に来て、本当に良かったと思っています。ありがとうございます」

頭を下げると、八神は照れたように頭を掻《か》いた。

「いや、助かってるのはこちらのほうだよ。桜さんが来てくれて、業務がスムーズに回るようになったしね。麻奈さんの機嫌もいいし、良いこと尽くめだ」

どくんどくんと煩《うるさ》いくらいに高鳴る心臓に、どうか気付かれませんように、と桜は祈る。

「じゃあ私、行きますね。課長はもうしばらくお休みしてください」

やっとの思いで微笑《ほほえ》んで、ベンチから立ち上がる。軽く会釈《えしゃく》すると、八神が右手を振ってくれた。

たったそれだけのやり取りで、こんなに胸が熱くなる。

(私……八神課長が好きなんだ……)

辛《つら》い時に助けてくれた優しい声も、手の温《ぬく》もりも、綺麗な横顔も。その全てがこんなにも――

備品在庫課を目指す桜の歩調は速くなる。自覚したばかりの想いが、全身から溢れそうだ。

(真也さんを責められないじゃない……)

真也のことは本当に好きだった。だけど、憧れが多分に入っていたのだと気付いてしまった。

（真也さんが私を『お人形』としてしか見ていなかったのと同じで、私だって真也さんのこと）

自分よりも大人で素敵な男性。そういう『枠』でしか捉《とら》えていなかった。本当の彼の姿を見て、好きになったわけじゃなかったのだ。

「わた、し」

備品在庫課のドアの前に着いた桜は、そこで立ち止まる。

（このまま結婚なんてできない）

他の人を好きになったのに、結婚なんてしてはいけない。その考えが、すとんと心に落ちる。

（お祖父《じい》様やお父様、お母様に心配を掛けてしまう……それでも）

特に真也を紹介してくれた祖父は驚くだろう。真也なら社長にもなれると、そう思って桜に引き合わせたに違いないのだ。

（真也さんは――）

沙穂と恋人同士なのに桜と結婚する気だった真也は、どんな反応をするのか。

冷たい氷を背筋に入れられたかのような悪寒《おかん》がする。彼が……怖い。無理やり押さえ付けられた時の手の強さが甦《よみがえ》った。

（怖い、けれど）

桜はふるふると首を横に振る。

（ちゃんと……ちゃんと言わないと。それが婚約した相手への礼儀だわ）

祖父と父、母に話をして、それから真也にも。周囲の人に迷惑を掛けても、筋は通さなければ。そうしないと、自覚したばかりのこの想いを、どうすることもできない。

（……頑張ろう）

とにかく、今は仕事第一。家に戻った後で、婚約について祖父と両親に相談すればいい。

大きく息を吸った桜はドアノブを回し、備品在庫課の中に入る。「おかえりなさい」と笑顔で迎えてくれた麻奈に、「ただいま戻りました」と笑顔で答えたのだった。

5. ずっと、好きだった

「お祖父《じい》様、お父様、お母様。真也さんとの婚約を解消させてください」

「何を言ってる、桜⁉」

帰宅後、すぐに桜は家族に婚約解消の意思を伝えた。

予想通り、祖父の源一郎にとっては寝耳に水の話だったようだ。茶色の羽織《はおり》と袷《あわせ》を着た彼は、驚愕《きょうがく》の表情を浮かべソファから立ち上がる。

祖父の左隣に座っている父泰弘は、紺色のポロシャツ姿で穏やかな表情を変えない。中年になっても端整な顔立ちの彼は、頭の切れる経営者として有名だ。

そのまた左隣に座っている母恭子《きょうこ》は、薄い桜色の着物を纏《まと》い桜と同じ色の髪をアップにしていた。桜と姉妹に間違えられることもあるくらい若々しい美人で、父と並ぶとお似合いの夫婦だ。そんな母もじっと桜の様子を窺《うかが》っている。

「お祖父《じい》様」

真正面に座った桜が見つめると、「ううむ」と唸《うな》りながら祖父は腰を下ろした。

「ご迷惑をお掛けすることは申し訳なく思っています。でも、このまま真也さんとは結婚できないと気が付いてしまったのです」

アンティークの家具が綺麗に並べられた広いリビングは、何とも言えない雰囲気になっている。源一郎は腕を組んで渋い顔をしていた。泰弘は、桜を見て口を開いた。

「桜。お前が生半可《なまはんか》な気持ちで、婚約解消を言い出したのではないと分かっている。就職すると言い出してからのお前は、今までとは違っていた」

「お父様」

泰弘が小さく微笑《ほほえ》んだ。祖父よりも優し気な父だが、桜に対しては祖父よりも厳しい。

「だが、ちゃんと理由を言いなさい。三好君が納得する必要があるだろう？　こう言っては何だが、彼は桜をかなり気に入っていたようだ。解消に同意してもらうのは難しいかもしれない」

（……気に入ってた？　私を？）

桜は目を見開き、一、二度瞬《またた》く。真也が自分を気に入っていた？　沙穂とあんなことをしていたのに？

（真也さんが好きなのは、沙穂さんなのに）

「そうよね、桜に気を使ってくれているのが私にも分かったわ。世間知らずの桜に遠慮していたのかと思っていたけれど」

おっとりとした口調で恭子にまで言われてしまった桜は、一瞬言葉を失う。だけど、ここでやめるわけにはいかない。膝の上に置いた拳《こぶし》に力を入れた。

「……私、他に好きな人ができたんです。こんな気持ちで真也さんと結婚する方が、不誠実だと思いました」

「何っ⁉」

かっと源一郎の目が開く。わなわなと身体を震わせている祖父を見て胸が痛んだものの、桜は引けなかった。

「その相手はどこの誰だ⁉　お前に相応《ふさわ》しい男なのか⁉」

身を乗り出した源一郎を泰弘が手で制す。

「落ち着いてください、お父さん。……桜。お前が心変わりをしたから婚約解消したい。それでいいのかい？」

「はい」

桜が真っ直ぐ見つめ返すと、父は眉を少しひそめた。

「その、お前の好きな人というのは、お前の気持ちを知っているのか？」

桜はゆっくりと首を横に振った。

「いいえ、何も言っていませんので。他の人と婚約している状況で、気持ちを打ち明けるなんて、できません」

「そうよね、桜は真面目だもの」

ふうと息を吐いた恭子は、優しい笑みを浮かべ頷《うなず》く。

泰弘が桜を見据《みす》えた。

「三好君と結婚する気はない。そうだね、桜？」

「はい」

桜の声に迷いはない。泰弘はしばらく目を瞑《つむ》って考え込んだ後、目を開けた。

「……分かった。三好君には、婚約を解消しても彼の立場には影響しないと伝え、私からも謝罪しよう」

「ありがとうございます、お父様。私も真也さんに謝ります」

桜が思っていたよりも、父はすんなり認めてくれた。少しだけ肩の荷が下りる。

恭子が桜をじっと見ている。

「桜、この数ヶ月で随分成長したわね。やっぱり社会に出て揉《も》まれると変わるのかしら。以前だったら、お義父《とう》様に口答えもできないくらいだったのに」

そう言って苦笑した彼女は、言葉を続けた。

「まあでも、結婚する前で良かったと思いましょう。三好さんには申し訳ないけれど」

「ううむ……」

源一郎はまだ納得がいっていないのか、唸《うな》り声《ごえ》を漏らしている。

「お祖父《じい》様。真也さんと結婚しても、いずれ上手くいかなくなったと思います。お祖父《じい》様の顔に泥を塗るような真似をして申し訳ないのですが……」

「儂《わし》が気にしているのは、そういうことではないぞ、桜」

源一郎がきっぱりと言い切った。

「お前が三好を振ってまで好きになった男が誰なのか、が気になるのだ。今すぐどうこうなることはないにしても、いずれは紹介してくれるのだろう?」

桜の頬に熱が集まった。つい視線を祖父から逸《そ》らしてしまう。

「そ、の……できれば、ですけど……」

(お祖父《じい》様ったら気が早いわ。八神課長の気持ちも分からないのに)

八神は桜に優しくしてくれたが、『好きだ』と言われたわけではない。

それに——

(私には『鷹司コーポレーション』がついてくるんだもの……)

社長令嬢との結婚。逆玉《たま》の輿《こし》と思われるかもしれないが、実際は重い責務を背負う。

(保兄様《にい》を跡継ぎにって話もあるのに、まず私の結婚相手に、と兄様《にい》は言うのよね)

会社社長の座の重みを、八神が知らないとは思えない。現場が好きで、縁の下の力持ちとして己《おのれ》の能力を発揮している彼が、その重さを受け止めてもいいと考えるほど、桜を好きになれるかどうか。

大体、彼の前では恥ずかしい姿ばかり見せている。大泣きして、縋《すが》り付《つ》いて、気を失って。

優しくしたのは、泣いている女性を放置できなかっただけかもしれないのだ。

黙り込んでしまった桜を見た恭子が間に入った。

「まあまあ、お義父《とう》様ったら。まだそんな段階ではないのでしょう。桜も今度はじっくりと考えなさい」

「はい……お母様」

桜は大人しく頷《うなず》いた。

＊＊＊

『三好君にはまず私達が話をするから、桜はそれからにしなさい』

泰弘にそう言われた桜は、その結果を待つことになった。仕事をしながらも、ついちらちらと壁掛け時計を見てしまう。

「桜さん、何かあったの？　えらく時間を気にしてるわよね」

真正面に座る麻奈に指摘され、「ご、ごめんなさい。連絡を待っていて」と答えた。

麻奈は桜をじっと見据《みす》えた後、にっこりと笑う。

「まあ、そんな時もあるわよね。今日は課長もいないし、仕事も少ないから、いいんじゃないかしら」

桜はそっと右側を見た。いつもそこに座っている八神の姿はない。服部部長から声を掛けられ、今日と明日の二日間、営業部のメンバーと外出なのだ。

「そう言えば、服部部長が課長にそろそろ営業部に戻ってほしいっておっしゃってましたけど」

桜がそう言うと、麻奈の眉間に皺《しわ》が寄った。

「……多分戻らないと思うわ。あんなことがあったんじゃあ、ね」

「あんなこと？」

麻奈は渋い表情をしているが、それ以上は何も言わない。

（何があったのかしら……）

口を閉ざした彼女の意向を尊重し、気になりつつも、桜は何も聞かなかった。

三十分ほど経った頃、業務時間の終わりを告げるチャイムが鳴る。桜はパソコンの電源を落とした後、机の上を整理して、備品在庫課の隣にある更衣室に向かった。

ロッカーに脱いだ作業着を掛け、薄手のジャケットを着てショルダーバッグを左手に取る。そこで、スマホのバイブ音がした。バッグからスマホを取り出すと、メッセージの着信アイコンが画面に出ている。

（お父様からだわ）

――三好君と話をした。非常に残念だが、桜が婚約を解消してほしいと言うのなら仕方がない、と納得してくれている。彼の立場に不利益がないように取り計らうことも告げた。ただ、一度桜と話をしたいと言っていたので、彼と話をしなさい――

ふっと身体から力が抜ける。スマホの画面を見ながらロッカーの扉を閉め、桜はそこに背中を預けた。

「真也さん……」

彼の強い眼差《まなざ》しに曝《さら》されている気がする。今、何を思っているのだろう。いきなり勝手な婚約解消を言い出した桜を、怒っているかもしれない。

（ちゃんと話をして、謝らなくちゃ）

決心が鈍る前に、と久しぶりに真也宛てのメッセージを送る。申し訳ないことをしたと思っている、ちゃんと謝りたい——との内容に、短い返信がすぐに来た。明日夕方なら時間が取れるので、話し合いたいと書かれている。

（……専務室、で？）

胸に暗い思いが込み上げる。あの部屋には嫌な思い出しかない。だが、忙しい真也の時間を割《さ》いてもらうのだから、こちらが出向くのが筋だろう。

『——分かりました。十七時ごろお伺いします』

そう返信した後、桜は溜息をついてスマホをショルダーバッグのポケットに入れた。

「八神課長……」

彼が傍《そば》にいない。それだけで、こんなに不安になる。

あの大きな手で頭を撫《な》でてほしい。優しい声で「桜さん」と呼んでほしい。

——逞《たくま》しい腕で抱き締めてほしい。

桜の頬に熱が集まった。頬に右手を当てる。こんなことを思うようになるなんて。

（真也さんの時はこうはならなかったのに）

会うだけでどきどきして、笑い掛けてもらうだけで満足だった。こんなに素敵な人が結婚相手なのだと思うだけで良かったのだ。彼のほうも、桜に触れることはほとんどなく、抱き締めてもらったこともない。真也が桜に触れたのは、あの無理やり押さえ付けられた時くらいだ。

(本当に……恋に恋していただけだったのね……)

桜は姿勢を正し、ショルダーバッグを左肩に掛ける。

(きちんと、けじめをつけなきゃ)

社長令嬢と婚約解消となれば、彼にとっても醜聞《しゅうぶん》になり得る。ちゃんと真也の不利にならないように、話し合わないといけない。それが誠意というものだ。

桜はそのまま更衣室を出る。玄関ロビーに向かう彼女の足取りが、規則正しく廊下に響いたのだった。

＊＊＊

「ねえ、桜さん。課長が戻るまで待ったほうがよくないかしら?」

心配そうな顔をしている麻奈に、桜は少しだけ笑ってみせた。

「大丈夫です、麻奈さん。話し合いをするだけですし。それが終わればすぐに帰りますから、麻奈さんも帰宅してくださいね」

十七時前に作業着を脱ぎ、タイトスカートと薄手のジャケット姿になった桜は、バッグを持って真也の専務室に向かった。

最近、役員フロアへの業務は麻奈が担当してくれていたため、この階に来るのは久しぶりだ。廊下で二人の秘書課の先輩とすれ違い、軽く会釈《えしゃく》をする。沙穂ではなかったことに、ほっとした。

そして、備品在庫課とは違う重厚なドアの前で、立ち止まる。深呼吸をした後、こんこんとノックをした。

「……桜?」

真也がドアを開けて出てくる。上着を脱いだワイシャツ姿の彼は、桜を中に促《うなが》した。

「失礼します」

桜が入ってすぐに、彼はドアを閉めた。かしゃん、と音がしたため彼女が振り返ると、仮面のような顔をした真也がすぐ傍《そば》に立っている。

「……座ってくれ」

桜は黙ったまま革張りのソファに腰を下ろし、バッグをソファの端に置く。真也が隣に座ったはずみで、座席のクッションが沈んだ。桜は腰を少し離す。

「婚約を解消したい、と社長から聞いた」

彼がおもむろに口を開く。桜は彼を見上げたが、その表情は読めない。

「はい、そうです。……真也さんにはご迷惑をお掛けしますが、このまま結婚はできないと気が付いたんです。ごめんなさい」

頭を下げ、婚約指輪の入ったケースをバッグから取り出してテーブルの上に置いても、真也は眉一つ動かさない。じっと桜を見据《みす》えているだけだ。

「……他に好きな人ができたとも聞いた」

「はい……」

彼の瞳がぎらりと光った。

「それは誰だ？」

冷たい顔で桜を睨《にら》む真也。桜は口元を強張《こわば》らせながらも、視線を逸《そ》らさずにいた。

「お答えする必要はないと思います。私の片思い、ですから」

くっと真也が唇を歪《ゆが》めた。獣が顔を覗かせる。

「お前の性格では、自分から他の男に声など掛けられないだろうな。とすればだ……」

「っ！」

彼は右手で桜の顎《あご》を掴んで引き寄せた。間近で見る真也の瞳に、狂気に似た色を見る。

「今一番お前の近くにいる男——八神か？」

「……っ……」

桜がぴくりと身体を震わせると、彼は急に笑い出す。

「ははは……あいつを！　あの負け犬を好きになったのか⁉　備品在庫課みたいな閑《かん》

職《しょく》に追いやられたあいつを？」

その言葉に、桜はきっと真也を睨《にら》み付《つ》ける。

「そんな言い方しないでくださいっ！　八神課長は仕事もできて、皆から信頼されています！」

「……何も知らないお嬢様のくせに」

真也の声が一層低くなった。

「あいつは俺と同じ営業部に配属された同期だ。俺が大型案件を獲得した時、あいつは案件を取り逃がして……備品在庫課に飛ばされたんだぞ。服部部長が目を掛けていたにもかかわらず——だ」

真也の顔には、嘲《あざけ》りが浮かんでいる。顎《あご》を掴まれている指の力に、桜は顔をしかめた。

「以来あいつは、あの部署から出てこなくなった。俺が経営企画部の部長になり、更に専務に取り立てられた時も、あいつは備品在庫課の課長のままだ」

「っ、八神課長は！　今の仕事を気に入ってると言っていました！」

ちり取りを片手に会社中を回っている時も、脚立《きゃたつ》に乗って切れかけた電灯を交換する時も、営業部の相談に乗っている時も、いつでも彼は楽しそうで嫌がる素振りなどない。

「あの課の仕事は地味かもしれません。だけど、この会社の社員を支える仕事なんです！　私は備品在庫課に配属されて、誰かの役に立つことができて、良かったと思っています！」

備品を届けてありがとうと言われた時。お礼状を喜んでもらえたと報告を受けた時。お茶を淹《い》れて八神や麻奈から美味《おい》しいと言われた時。それは華やかな秘書課の仕事と比べると、些細《ささい》なことかもしれない。だけど、桜にとっては——本当に嬉しい出来事だったのだ。

真也の左手が桜の右肩を掴む。食い込む指に思わず身を引こうとしたが、彼の力には敵《かな》わなかった。

そのまま桜をソファに押し倒した真也が、顔を覗き込んでくる。瞳をぎらつかせて、獲物を喰おうとする狼みたいに舌舐《したな》めずりをした。

「綺麗な手を汚してまで、あんな仕事がいいって言うのか？　会長や社長も心配していたぞ。秘書ならともかく、雑用だらけの備品在庫課でいいのか、と」

「お祖父《じい》様……いえ、会長や社長はそんなこと言いません。どんな仕事も仕事だと、そう言うはずです」

祖父も父も、備品在庫課の仕事を見下す言動をしない。桜の手にできたあかぎれを心配はしていても……。

「……可愛い桜。結婚するまで綺麗なままでと思っていたが、それが裏目に出たらしいな」

「きゃっ⁉」

真也がぺろりと桜の頬を舐《な》めた。熱い舌の感触に身体が強張《こわば》る。

「八神はお前に手を出したのか」

真也の口元が嗤《わら》うように歪《ゆが》む。こんな彼の表情は見たことがない。

「そ、んなことっ！」

桜が首を横に振ると、彼はくっくっくと低く嗤《わら》った。

「気持ちのすれ違いで婚約解消を要求したが、話し合いの結果、元のさやに戻る。それでいいだろう」

「あっ！」

首元をがぶりと噛まれた桜は、痛みに悲鳴を上げる。すぐに彼の舌に噛まれた肌を舐《な》め回《まわ》され、あまりに気持ち悪くて鳥肌が立つ。

「嫌、やめてっ！」

ブラウスのボタンが次々と外されていく。肌を這《は》う指が、キャミソールの紐《ひも》をずらした。

「綺麗で可愛いお人形。俺の……モノだ」

「いやああっ！」

ぐにと左胸を直接掴まれた桜は、身体をくねらせて逃げようとした。涙で、真也の紅潮《こうちょう》した頬が霞《かす》んで見える。

「沙穂さんにもこんなこと、してたくせにっ！」

その言葉に、下着の下に潜《もぐ》り込《こ》んだ真也の手が止まった。

「沙穂？ ……ああ、そういうことか」

桜の耳元で嬉しそうに囁《ささや》く。

「妬《や》いていたのか？ そんな必要はない……沙穂とは身体だけの関係だ。あいつだって承知している」

胸の先端をぎゅっと抓《つま》まれて、鋭い痛みが走った。

「あ、やあっ！」

「お前が嫌なら、あいつとは関係を切る。だから――」

「ん、んんんんっ！」

いきなり唇を塞《ふさ》がれたせいで、息ができない。真也に伸《の》し掛《か》かられ、桜は手も足も動かせなかった。

「婚約解消など認めない。第一」

唇が触れるすれすれのところで、彼がぞっとするような笑顔を見せる。

「俺の子を孕《はら》めば、婚約解消などできないだろう……？」

さっと桜の身体から血の気が引く。大きく見開いた目に、狂気を宿した真也の瞳が映った。本気……だ。

「いやあああああっ！　あ、んんっ！」

（——いっ……）

開いた唇の間から舌が侵入してきた。逃げ惑う舌は獰猛《どうもう》な舌に搦《から》めとられて、思い切り吸われる。

気が遠くなりかけた桜の肌を、真也の指が這《は》った。

両手を彼の胸板に当て、何とか離れようと力を入れると、その両手首を片手で掴まれて頭上に縫い留められる。喉元から胸の谷間へ真也の唇が動いていく。

「桜……」

掠《かす》れた声が桜の恐怖を煽《あお》った。

（——嫌、嫌、嫌っ……！）

「いやああっ、放してっ！」

「諦めが悪いな。鍵も掛けたし、この部屋は防音だ。ここには誰も来ない」

「やあっ、ひっ……！」

涙が頬を伝って落ちる。ブラウスの裾《すそ》はスカートから引き抜かれ、露《あら》わになった胸の肌に、真也はうっとりと視線を投げた。桜の身体はがたがたと小刻みに震えている。

「……男を知らない色。胸の先もピンク色で……美味《うま》そうだ」

「い、や……っ……！」

真也が胸に唇を付け、白い肌を強く吸う。ちりとした痛みが、桜の心を凍り付かせていった。

（やめて、やめて……やめてっ……！）

真也の頭を避けてぎゅっと目を瞑《つむ》る。ひくっと嗚咽《おえつ》が漏れた。真也が白い膨らみに舌を這《は》わせ始める。冷たくなった手足が強張《こわば》って動かず、怖い。

「桜……」

「桜さんっ！」

バタン！　と大きな音と共に、怒りに満ちた声が聞こえた。

「三好、貴様っ……！」

「ぐっ……!?」

急に桜の身体から重さがなくなったかと思うと、呻《うめ》き声《ごえ》と共にどさりと重い物が床に落ちる音が響く。恐る恐る目を開けると、床に尻もちをついた真也と、その前に立つ広い背中が見えた。

「大丈夫か、桜さん！」

涙が零《こぼ》れ落《お》ちる。振り返って桜を見つめているのは、息を切らせた八神だ。

「八神……課長……」

来てくれた。助けに来てくれた。

やっぱりこの人は……いつだって、私を助けてくれるんだ……

八神はスーツの上着をさっと脱ぎ、桜の身体を起こして、彼女の肩に掛ける。桜は震える指で、上着の襟《えり》を握り締めた。

「っ、八神っ！」

真也が手の甲で左の口元を拭《ふ》きながら立ち上がる。口の端が切れて血が滲《にじ》み、左頬も赤くなっていた。

「前にも言ったはずだ。嫌がる女性に無理強《じ》いするなと」

はっ、と真也がばかにしたように嗤《わら》う。

「婚約者が拗《す》ねているのをなだめていただけだ。お前こそ、いきなり殴りかかってきて、ただで済むと思ってるのか」

「どういうことだ」

八神の声は聞いたことがないくらいに低い。口調は冷静なのに、怒りが透《す》けて見える。

「会長の覚えめでたい俺と、備品在庫課に左遷《させん》されたお前では、信用度が違う。俺という婚約者がいるのにもかかわらず、桜に手を出した。それに惑わされた桜が婚約解消を言い出し、話し合っている途中で乱入したお前に暴力を振るわれた――なら、筋が通るだろう。優しい桜はお前に有利なように嘘をついているだけだと言えばいい」

真也の言葉を聞いた八神は、黙ったままズボンのポケットからICレコーダーを取り出した。

「これを聞いてもそう言えるのか、三好」

親指でレコーダーのスイッチを入れる。

――沙穂……

――ふふっ……待ち切れないの？　三好専務？

――いいだろ、欲求不満なんだ。

――いけない人ね……

「っ！」

真也がかっと目を見開く。頬骨の辺りが赤くなっていた。

八神がレコーダーのスイッチを切り、ポケットに仕舞う。

「お前は秘書である富永沙穂と関係を持っている。それを隠して桜さんと結婚しようとした」

「お前っ！　どこでそれをっ！」

「……役員室には防犯カメラが付いている。お前はその電源を切っていたようだが、点検がてら電源を入れておいた。この音声は防犯カメラの保存データを録音したものだ」

八神は淡々と言葉を続けた。

「備品在庫課はこのビルの全てのマスターキーを使用できる。電灯が切れて交換することがあるからな」

真也がはっとした表情を浮かべる。

「鍵を掛けておいたのに、お前が入れたのはそれでか！」

「ああ。お前がばかにしている在庫課だが、役に立つこともあるだろう？」

八神がそう言うと、真也は右手を伸ばして彼の胸倉を掴んだ。

「負け犬のくせに、生意気なっ！　大体、お前ごときが桜の相手として認められると思ってるのか⁉」

ぎらぎらした目で八神を睨《にら》む真也の顔には、彼に対する憎しみが浮かんでいる。

「俺でも専務になるまで、桜に声を掛けることすら会長に認められなかったんだぞ！　備品在庫課の課長など、会長と社長が認めるわけがないっ！」

「っ！」

桜はぐっと息を呑んだ。祖父は桜の結婚相手を気にしている。将来の社長になり得る人物なのか、という目で見るはずだ。

そんな祖父や父が、桜の好きな相手は八神だと知ったら……？

（お祖父《じい》様……は）

「……そんなことはお前に言われなくても分かっている」

桜の不安を知ってか知らずか、八神の声はあくまで冷静だった。真也の右手首を掴み、何の苦もなく彼の手を振り払う。真也の顔が一瞬歪《ゆが》んだ。

「八神……課長」

桜を振り返った八神は、身を屈めて彼女を抱き上げた。桜は両手を伸ばして彼の首筋に縋《すが》り付《つ》く。そんな彼女を優しく見下ろした後、八神は真也を真っ直ぐに見据《みす》えて言った。

「――三好。桜さんがお前の浮気を会長達に告げないのは、元婚約者への優しさだ。それをいいことに、彼女が望まない行為を強《し》いるなら――」

八神の声色に、桜は背筋がぞくりと寒くなるのを感じる。

「俺が音声データを証拠として会長達に渡す。なんなら、あの時のことも一緒に報告してもいい」

「お前っ……!?」

真也が息を呑んだ。さっと血の気が引いていて、明らかに動揺している。

(あの時のこと?)

八神と真也の視線が激しくぶつかり合う。桜は息をするのも忘れて、ただ二人を見ていた。

そして、先に目を逸《そ》らしたのは、真也だ。ち、と舌打ちをした彼は、憎々し気な表情で吐き捨てるように言った。

「お前は専務室に侵入したあげく、会社が保存していたデータを個人的に持ち出した。そのツケは払ってもらうぞ」

桜がぶるりと身体を震わせると、彼女を抱く八神の腕に力が入る。

「お前こそ、足をすくわれないようにするんだな」

真也の鋭い視線を浴びながら、八神はドアに向かって歩く。彼は桜を抱いたまま、器用に取っ手を上げ、専務室のドアを開けた。

八神の後ろでドアが閉まる。真也は追い掛けてこなかった。

業務時間が過ぎた役員フロアの廊下には、誰もいない。八神は役員専用のエレベーターホールへ向かった。

ぎゅっと胸元に縋《すが》り付《つ》いている桜の耳に、優しい声が落ちてくる。

「……桜さん。もう大丈夫だから」

「やが、み課長……」

大丈夫、の言葉に止まっていた涙がまた溢れ出た。ちゅ、と涙に濡れた頬にキスを落とした彼は、ちょうど来たエレベーターに乗ると、桜の身体を下ろす。地下二階のボタンを押した後、彼女を抱き寄せる。

桜は大きな胸に顔を押し付けた。

「……三好のところに行ったのは、婚約解消を言い出した罪悪感からだろうが――」

八神は、はあと深い溜息をつく。

「あいつは桜さんを諦めていない。もう二人きりで会うな」

「……はい……」

真也が桜に固執《こしつ》するのは、彼女がこの会社の社長令嬢だからだ。結婚すれば、鷹司コーポレーションの社長の座が手に入る、そう思っているせいに違いない。

(沙穂さんという恋人がいるのに……)

『お前が嫌ならあいつとは関係を切る』

真也のねっとりと冷たい声が耳に甦《よみがえ》る。

(真也、さんは……社長になるために、恋人を捨てるの……?)

沙穂を好きだと言っていたのに。桜を好きじゃないのに。そうまでして社長になりたいのか?

結婚も考えた、あの優しい人はもういない、いや、最初からいなかったのだ。

真也との思い出が全部砂になり、桜の心からさらさらと零《こぼ》れ落《お》ちていく。

優しく微笑《ほほえ》み掛けられたことも、花束やアクセサリーを貰ったことも、仕事をしている時の真剣な横顔も、その全てが消え去っていった。

残ったのは――憎しみではなく、心に穴が空いたような虚《むな》しさだけだ。

桜は一層、八神の胸に縋《すが》り付いた。すると彼は、震える桜の身体に腕を回して、力強く抱き締めてくれる。

やがて、エレベーターが駐車場の階に着いた。桜は八神に抱きかかえられるように歩く。薄暗い駐車場をしばらく進むと、以前乗せてもらった黒のセダンが停めてあった。

「家まで送るよ。乗って」

八神が左手で助手席側のドアを開け、右手で桜の背中を軽く押す。けれど桜は、開いたドアの前でじっと動かなかった。

「桜さん？」

左側に立つ彼を見上げる。

真也が吐き捨てた言葉が、頭の中をぐるぐると駆け巡っていた。

『備品在庫課の課長など、会長と社長が認めるわけがないっ！』

桜自身は、八神は立派に仕事をしていると思っている。備品在庫課は会社にとって、なくてはならない部署だ。けれど――

（お祖父《じい》様……）

祖父が真也を紹介したのは、彼が実力のある若手専務だからだ。もし、真也が備品在庫課の課長であれば……おそらく源一郎は紹介しようとは考えなかっただろう。

──もし……もし、この人に好きだって言ったら。

(私、は)

自分の心は決まっている。たとえ尊敬する祖父や父母に反対されても、八神を好きな気持ちは止められない。

でも、八神のほうは？　今の仕事が好きだと言って、現場を笑顔で回っている彼に……

──迷惑を掛けてしまうかもしれない。

告白して、万が一彼が受け入れてくれたとしても、次期社長という重責を背負わせることになる。

いや、受け入れてもらえなかったところで、祖父が何か彼に圧力をかける可能性もあった。

(それでも、私は……)

『もっと我儘《わがまま》を言ってもいいくらいだよ』

いつか彼がくれた言葉。今、我儘《わがまま》になったら、この人は許してくれるのだろうか。

「……迷惑、ですか」

八神の上着の襟《えり》をぎゅっと握り締め、桜は俯《うつむ》いたまま小さな声を出す。

「え？」

戸惑ったような声。桜は思い切って顔を上げ、八神を見つめた。彼が息を呑む。

「私が……八神課長を好きだと言ったら、迷惑ですか」

八神の動きが止まった。

「桜さ……ん？」

桜は震える手を伸ばして、白いワイシャツにしがみ付く。

車のドアを開けた状態で、八神は身体を強張《こわば》らせた。

桜の心の中に溜まっていた想いが、一気に溢れ出る。

「好き、なんです。あなたのことが」

八神の顔を見ていられなくて、彼の胸元に顔を押し付けた。すると彼の両手が、桜の肩に掛かる。

「さ、くら、さ――」

「いつだって私を助けてくれて、見守ってくれて、信じてくれて。あなたがいてくれたから、私は――」

――真也と沙穂が抱き合っているのを見た時も。

――二人が一緒に外出しているのを知った時も。

――真也から自分へのプレゼントは沙穂が選んだものだと気付いた時も。

――真也に無理やり押し倒された時も。

皆、この人がいてくれたお陰、この人が温かい手で支えてくれたお陰で、桜という人間は、壊れずに済んだのだ。

「……桜さんは自分で頑張ったんだ。俺の存在なんか関係ない」

「いいえ！」

抱き付いた彼の温かさ。穏やかで優しい声。その全てが、愛《いと》おしい。

「八神課長がいてくれたお陰で、私は頑張れたんです。真也さんと婚約していた私がこんなことを言ったら、困らせると分かってます。でも——」

どうしても……

他に何も望まない。だから、この想いを告げることだけは、許してほしい。

「……好きだって、どうしても言いたかったんです。それだけです。あなたには迷惑かもしれ——」

突然力強く抱き締められ、桜の言葉が止まった。

どくんどくんと大きく響く心臓の音が、自分のものなのか、彼のものなのか、それすら分からなくなる。

「……かじゃない」

唸《うな》るような声がした。顔を上げると、八神がそっと唇の端にキスをくれる。

「迷惑なんかじゃない。俺は——」

　そして、桜の耳元に唇を近付け、掠《かす》れた声で告げた。

「ずっと桜さんが……好きだった」

「え……?」

(す、き……?)

　右手でもさりとした前髪を払った八神がこちらを見つめている。

　その瞳の熱さに、息が止まった。熱が胸の奥に飛び火したように、桜の身体も熱を帯《お》びていく。

「……桜さん」

　八神が左頬を桜の右頬に摺《す》り寄《よ》せ、また強く抱き締めた。

「今の俺では、あなたに相応《ふさわ》しくない。そう思っていても、あなたに惹《ひ》かれる気持ちを抑えられなかった」

　心臓がうるさいぐらいに音を立てているのに、彼の声が心に響き渡る。

「や、がみ課長――」

「あなたに告白されなければ、黙って行くつもりだったのに」

　僅《わず》かに苦さが混ざる声で八神が呟《つぶや》いた。

「い、く?」

　何のことだろう。それを聞こうとしても、苦しいほど抱き締められていて、声が出ない。

どのくらいそうしていたのか、分からなかった。ただ、彼の温かさが、身にも心にも染みている。

やがて八神は顔を上げ、桜の両肩を掴んで身体を少し引き離す。

彼と自分の身体の間に生まれた空間を、桜は寂しく感じた。目を上げると、八神が頬をほんのりと赤くする。

「……そんな顔、絶対俺以外に見せないで」

「そんな顔？」

半開きの唇から漏れた無邪気な疑問。すると八神は、右手で髪を掻《か》きむしった。

「このまま食べられてもいいって顔をしている。自覚ないのか？」

桜の頬の熱が上がった。深い溜息をついた彼は、「とにかく家まで送るから、乗って」と背中を軽く押す。それでも彼女の足は動かなかった。

今、なら。

今なら、言えるかもしれない。

祖父も父も会社のことも関係なく、ただの『桜』の願いを。

「……八神課長」

桜はもう一度、彼を見上げた。

（多分今を逃《のが》したら……もう言えなくなる）

自分が何を望んでいるのか、それはもう分かっていた。それを、この人に告げるだけ。

桜は、何とか声を絞り出す。

「食べてくださいって言ったら……私を軽蔑《けいべつ》しますか？」

「っ！」

その言葉に、八神の肩がびくっと揺れる。桜は震える手を伸ばして、彼のワイシャツを掴んだ。

「お願い……」

「桜、さ――」

彼の顔が涙で霞《かす》む。零《こぼ》れ落《お》ちる涙を拭《ぬぐ》わないまま、桜は八神を見つめる。

「少しでも、私を好きでいてくれるなら……その証《あかし》を、ください」

それだけで満足できると思うから。

八神の顔から表情が消え失せる。黙って突っ立っている彼に、桜はぽつりと言葉を落とした。

「やっぱり、だめ……ですか？　私みたいな……」

「違……う」

掠《かす》れた八神の声はいつになく低い。ぐっと抱き締められた桜に、彼の鼓動が伝わってくる。

「……いいのか？　今の俺は備品在庫課の課長にすぎない。会長や社長に認められる存在じゃない。それでも？」

「……いいんです」

泣き笑いの表情を浮かべた桜は、彼の香りを思い切り吸った。ほのかな柑橘系《かんきつけい》の匂いは爽《さわ》やかだ。

「私が好きになったのは、辛《つら》い時に傍《そば》にいて、自信を失った時に支えてくれた、備品在庫課の八神課長ですから」

その言葉を聞いた八神は、ぐうと唸《うな》り声《ごえ》を上げたかと思うと、一層強く桜を抱き締めたのだった。

6．待っていてほしい

桜を車に押し込んだ八神が向かったのは、会社から車で数十分の距離にあるビジネスホテルだった。急いでチェックインすると、ドアを閉めるなり彼女の唇を奪う。

「桜さん……」

噛み付くようなキスの合間に呼ばれる自分の名前。それを聞くだけで、桜の胸からお腹の辺りが熱くなる。

「や、が……あっ」

熱い舌が歯茎を舐《な》め回《まわ》す。舌を絡めると、鳥肌が立つほどの快感が桜の肌を襲う。

「ん、ふぅ……んん」

自分の唇から彼の唇が離れた時、頭の中は真っ白に染まっていた。銀色に光る唾液が二人の間に筋を引いている。ぼうっとした目を八神に向けると、彼は右手を桜の頬に当てた。

「そのとろんとした瞳も」

親指で少し開いた唇をなぞる。

「桜色の可愛い唇も、いつだって俺は欲しいと思ってた」

唇に触れる硬い感触に、桜の背筋はぞくぞくした。

八神は桜の靴を脱がせて抱き上げると、そのまま部屋の奥に進む。そして、そっと桜の身体が下ろされた場所は、大きなベッドの上。スプリングがぎしっと音を立てる。

ネクタイを放り投げた彼が、桜の身体から自分の上着を脱がせた。その下にあるブラウスに手を掛け、ボタンを一つ一つ外していく。

ブラウスを完全に脱がされ、急に恥ずかしくなった桜は、視線を彼から外して露《あら》わになった胸を両手で隠した。白いレースの下着で隠し切れない肌は、ほんのりと桜色に色付いている。

「綺麗だ……」

「んっ」

喉元にちゅくりとキスをされ、思わず声を出す。肩の細い紐《ひも》がずらされた後、ブラジャーのホックが外された。両手を上げた桜の身体から、薄布が引き抜かれていく。柔らかく盛り上がった肌が八神の目に曝《さら》された。

「ここも……白くて柔らかくて、甘い匂いがする」

柔らかな髪が肌に触れた次の瞬間、桜の左胸の蕾《つぼみ》は温かいモノに含まれていた。

「ひゃあ、あああっ」

初めての感覚に、桜はびくんと大きく身体をくねらせる。敏感になった蕾《つぼみ》がみるみるうちに硬く膨らんできた。

「あっ、あんんっ」

右胸の蕾《つぼみ》も硬い指でこりこりと擦《こす》られ、尖《とが》っている。胸への刺激だけで、下腹部の奥が疼《うず》いた。知らない、こんな感覚は知らない。

すっと弧を描いて、八神の指が桜の肌を這《は》う。肌を撫《な》でるその優しい動きに、何故か目頭《めがしら》が熱くなった。

（大事に……されてる……）

無理やり力で征服しようとした真也とは違う。八神の指や唇は、桜をいたわるようにゆるりと動いている。肌に触れる彼の温《ぬく》もりも、身体の重さも、ただ愛《いと》おしい。

（好きな人に大切にされるのって、こんなに幸せなことなのね……）

身体が熱くて蕩《とろ》けそうだ。ほんの少しの刺激で、肌に電流が走り、身体が痙攣《けいれん》する。少し怖い。でも――

（大丈夫……）

この人と一緒なら、大丈夫――

「桜さん……」

胸の膨らみを大きな手が覆《おお》う。柔肉をすくい上げるようにその手のひらが動く。尖《とが》った先端を捉《とら》えた指が、そこを強めに抓《つま》んでいる。

「あ、あうっ」

敏感になりすぎて、軽い痛みを感じた桜は、ぎゅっと目を閉じた。胸の膨らみからウエストを辿《たど》る唇は、ところどころで肌を吸い上げ、熱を残していく。

「滑《なめ》らかで、柔らかくて……どこもかしこも甘い……」

しばらくしてぼんやりと開いた桜の目に映ったのは、自分を組み敷いている八神の姿だ。ワイシャツを着ていても、肩から二の腕にかけての筋肉がほど良く盛り上がっているのが分かる。桜を軽々と抱き上げたのも、納得できる身体付きだ。

「八神か――」

言い掛けた唇は、熱い唇に塞《ふさ》がれた。

「彬良って呼んで」

キスの合間に、掠《かす》れた声でそう懇願《こんがん》される。すぐに半開きの桜の唇から、彼の求める言葉が零《こぼ》れ落《お》ちた。

「彬良……さん……あああっ」

ちゅくちゅくと音を立てて左胸の蕾《つぼみ》を吸う八神の右手は、スカートのホックを器用に外し、ファスナーを一気に下げる。腰から邪魔な布が取り去られていく。

初めて感じる快感に夢中になっている間に、彼女の身を覆《おお》っていたものは全てなくなっていた。

薄いピンクに染まった肌を、彼の手と舌が這《は》う。桜の肌に自《みずか》らが咲かせた赤い花を、八神はうっとりと見つめた。

「綺麗だ……」

するりと太腿《ふともも》の間に手が侵入し、柔らかな茂みを長い指で掻《か》き分《わ》ける。

「やぁ、んっ……」

自分でも触ったことのない場所に、八神の指先が触れている。くちゅくちゅと厭《いや》らしい音が聞こえ、ますます桜の身体が熱くなった。長い人差し指が襞《ひだ》を捲《まく》り上《あ》げ、膨らみかけた花芽を撫《な》でる。

「やああ、あああんんっ！」

頭の中で何かがぱちんと弾《はじ》け、桜の腰が大きく跳ねた。強い刺激に口を開け、はくはくと息を吐く。

「感じてる？　ここ、濡れてる……ほら」

八神が右手を上げ、桜の目の前で人差し指と親指を擦《こす》り合《あ》わせた後、そっと開いた。透明な蜜が指の間に糸を引いている。

「あ、やあんっ」

かっと頬を火照《ほて》らせた桜に見せつけるように、彼は人差し指と親指を舐《な》めた。小さくくすくす笑う顔は、やたらと色っぽい。

「甘くていい匂いがする。誰も味わったことのない味だ……」

「いやあっ」

桜は咄嗟《とっさ》に両手で顔を隠したのに、右手首を掴まれて顔から引き離された。

「可愛い顔を見せて？　俺の指で快楽に染まっている顔を」

「ひ、あ、ああああんっ」

また彼の指が濡れた茂みを擦《こす》る。柔らかな襞《ひだ》をなぞり、ぷくりと腫《は》れた花芽を優しく抓《つま》む指に、桜は翻弄《ほんろう》されっぱなしだ。

身体の奥が燃えるように熱い。指で触られている柔らかなトコロに、温かい何かが流れていく。

「あ、ふ……んんっ」

唇を食べられている間にも、彼の指は止まらない。襞《ひだ》を擦《こす》っていた人差し指が、つぷんとナカに埋《う》まった。

「んん、あああっ」

ぴりと小さな痛みが走り、眉をひそめた桜の顔に、八神のキスが降り注ぐ。ゆっくりとナカの壁をまさぐる指に合わせ、いつの間にか桜の腰は揺れていた。

「はっ、はあっ……あう」

初めに覚えた違和感は、次第に『気持ちいい』に変わる。身体の内側がぎゅっと締まる感覚がした。

「俺の指、しっかり咥《くわ》え込《こ》んでる。気持ちいい？」

ぐるりと入り口近くで円を描かれ、桜の口から吐息が漏れる。

「あ、はうっ……ああんっ」

襞《ひだ》が勝手に蠢《うごめ》いて、彼の指を包み込もうとしていた。熱はとめどなく溜まっていく。溺れる。呑み込まれてしまう。

桜は右手を伸ばして、八神の二の腕を掴んだ。

「あき、らさ……んっ……」

うねるような衝動に駆られ、ワイシャツの腕に爪を立てる。

「いいよ、我慢しなくて」

彼の微笑《ほほえ》みが、少し意地悪に見えるのは何故だろう。

人差し指に続いて中指までナカに侵入してきて、更に激しく濡れた内壁を擦《こす》られた。同時に親指で花芽を撫《な》でられ、桜は熱い息を乱して首を左右に振る。汗ばんだ肌に、柔らかな髪が纏《まと》わり付《つ》いた。

「あ、あ、ああっ、はあっ……あああっ」

「桜さん……」

ちゅるりと音を立てて、八神の唇が桜の左胸の蕾《つぼみ》を吸う。どろっとした熱が彼の指を濡らしていく。

「だ、だめ……っ……あ、あうっ……」

自分の一番奥が焦《こ》げ付《つ》きそうになっている。激しくうねる波が、次第に桜を押し上げていった。

「ひっ……っ、あああ、ああああっ――っ」

八神がくいと指を曲げ、ざらざらとした箇所を擦《こす》った瞬間、桜の世界が真っ白に染まった。腰が大きくしなり、ベッドの上で跳ねる。ぎゅうぎゅうと締まる襞《ひだ》が、彼の指をもっと奥へ引き込もうとした。

しばらく彼はそのままにしていたが、やがてずるりと指を抜く。その刺激に桜は「あうっ」と声を上げた。そんな桜の唇を、八神の唇が塞《ふさ》ぐ。

「いい子だ。上手にイケたね」

「い、く……？」

まだ身体の奥がじんじんと痺《しび》れている。太腿《ふともも》に温かな蜜が流れ、身体中の神経が敏感になっていた。

ぼんやりと見上げる桜を、彼がまなじりを下げて見つめてくる。

「あき、らさん……？」

経験の少ない桜でも、一方的に快楽を与えられたことは分かった。大体、八神はまだ服を着た状態だ。

「……今日はここまでにしておこう」

ちゅ、と軽いキスを落とした彼は、ベッドから下りて桜の服を集め始める。そしてバスルームから熱いタオルを持ち帰り、彼女の肌を綺麗に拭《ぬぐ》った。身体がだるくて動けない桜を起こし、服を着せる。

「乱れた桜さんも魅力的だけど、こんな姿を他の奴に見られたくないから」

ベッドに座る桜の髪を、アメニティのブラシで梳《す》く彼の顔は、もういつもと変わらなかった。

桜は寂しいような、物足りないような気持ちになる。無意識に彼を見上げると、彼の頬が赤く染まった。

「そんな顔で見られたら、帰せなくなってしまうだろ」

すぐに跪《ひざまず》いて桜の足にパンプスを履かせながら、八神がぶつぶつと呟《つぶや》く。

「彬良さん」

立ち上がって桜を見下ろす彼の瞳にさっきまでの情欲はなく、とても優しい色になっていた。

「送っていくよ、桜さん」

差し出された大きな右手。桜はそっと溜息をついた後、その手に自分の右手を重ねたのだった。

帰りの車の中にも、気怠《けだる》い雰囲気が流れていた。桜はぐったりと座席の背もたれに身を任せ、心地良い振動に、うとうとと目を瞑《つむ》る。

「着いたよ、桜さん」

はっと目を開けると、車は大きな門の前に停まっていた。桜の家だ。

「桜さん」

運転席では、八神が桜をじっと見つめている。その表情は、どこか硬い。

「……待っていて、ほしいんだ」

「えっ……？」

桜が目を見開くと、彼は助手席側に身を乗り出して彼女のシートベルトを外す。八神との距離が縮まる。唇が触れそうなほど近くで、彼は桜を切な気に見た。

(待っていてほしい……？)

どういう意味だろう。それを聞こうとして開きかけた唇に、八神の指がそっと当てられる。

「桜さんは、そのままの桜さんでいいんだ。誰に何を言われようとも、堂々としていて」

「彬良、さん？」

「さあ、降りて。会長達が心配してる」

何かが心に引っ掛かっていたが、桜は大人しく車を降りた。ドアを閉めて窓から中を覗き込むと、運転席の彼が少しだけ微笑《ほほえ》む。

「じゃあね」

静かに車が動き出す。黒い車体が見えなくなるまで、彼女はその場に立っていた。風が髪をさらさらと揺らす。

（どうして、こんなに……？）

さっきの八神の表情を思い出し、何とも言えない不安な気持ちが胸に込み上げてくる。

（待っていてほしい、って……もう会えなくなるみたい……）

ふるふると首を横に振った桜は、アイアンワークの門扉に手を掛ける。もう一度、八神の車が走り去った方角を振り返った後、中に入ったのだった。

＊＊＊

翌朝。

黒の上着にタイトスカート。ブラウスは白。その格好は昨日までと同じ。

けれど、潤《うる》んだ瞳に、上気した頬。ふっくらと腫《は》れぼったい唇。

出勤前に鏡で見た自分の姿を、桜はいつもより艶《つや》っぽく感じた。

駅から会社までの道のりを歩く間も、ふわふわとした感覚が抜けない。

（昨日私、彬良さんに……愛されたのよね……）

最後まではなかったものの、彼は大切に桜を愛してくれた。肌に触れた指や舌の感触が甦《よみがえ》る度《たび》に、じたばたと悶《もだ》えそうになる。

（好きだって……ずっと好きだったって言ってくれた）

桜は胸にそっと手を当てた。昨日の熱が、まだ奥に残っている。白い肌にいくつも散った赤い花が、あの出来事が夢ではないと語っていた。

好きな人に好きだと言ってもらえることが、こんなに幸せだなんて……知らなかった。どきどきして、温かくて、胸がぎゅっとして。

（今日会えたら、昨日のこと何て言おうかしら。おはようございます、のその後は？）

――あなたが好きです。

――また、愛してくれますか？

そんなセリフが頭に浮かび、かああああっと頬が熱くなった。

（はしたないって思われる？）

彼の息遣いも、匂いも、指の腹の感触も……みんな覚えている。また触ってほしい、抱き締めてほしい、キスしてほしい――

（こんなこと思うようになるなんて）

真也の時には、こんなことはなかった。こんなふうに思うのは、八神だけだ。

（早く、会いたい）

ガラス張りの大きなビルが見えてきた。桜は青空の映ったビルを見上げると、深呼吸をして一階ロビーに足を踏み入れる。部署に向かう人に交ざり挨拶《あいさつ》を交わしながらも、心は彼に囚《とら》われたままだった。

「――遅いわねえ、八神課長」

メール室から社内便を取ってきた麻奈が、そう言って眉をひそめた。席に座った桜も、誰もいない右側の席を見る。

いつもは桜よりも先に着席している八神が、今日に限って出社していない。あと五分で業務開始時刻だ。

「メールや電話連絡もないし、昨日だって元気そうだったわよね。交通事故や電車遅延のニュースもないし」

「……はい」

(もしかして昨日のことが原因？　だけど、彼はいつもと同じ――)

『待っていてほしい』

とくんと心臓が嫌な動きをする。

「一度連絡してみようかしら」

八神の机に社内メールを置いた麻奈が電話を取り上げた時、ドアをノックする音がした。

桜が席を立つのと同時にドアが開く。入ってきた人物を見て、桜は大きく目を見開いた。麻奈がさっと桜の前に立ち、ぴんと姿勢を正す。

「三好専務に、保部長？　備品在庫課に何かご用ですか？」

（真也さんと保兄様《にい》がどうして？）

　黒のスーツを着た真也とライトグレーのスーツを着た保は、並んで立っている。保の表情はどこか硬い。真也は麻奈の後ろにいる桜を見て、口もとに小さく笑みを浮かべた。一見優しそうに見えるその笑みの中に嘲《あざけ》りの気配を感じた桜の背筋が、ぞくりと寒くなる。

　口火を切ったのは真也だ。

「突然だが、本日付けで八神課長は退職した」

（えっ⁉）

　――退職⁉

　ひゅ、と桜は息を吸った。頭の中が真っ白になって、何も考えられない。

「は⁉　退職ですって⁉」

　麻奈は声を荒らげる。二人の反応に真也は満足気な表情になり、言葉を続けた。

「あの男は、備品在庫課の課長という立場を利用し、個人的な目的のためマスターキーや防犯用データを悪用していた。それを俺に告発される前に自《みずか》ら退職願いを出した、というわけだ」

「そんなばかなこと！」

麻奈の抗議にも、彼はどこ吹く風といった様子だ。

「いいや、本当のことだ」

桜は右手を口に当てた。指先が僅《わず》かに震える。

（わたし、のせい、で……？）

桜を助けようと、専務室に飛び込んできた八神の姿が頭を過《よぎ》る。ＩＣレコーダーのデータもマスターキーも、全部桜のために使ったものだ。

（彬良さん……！）

納得しそうにない麻奈を見て、それまで黙っていた保が一歩前に出る。桜をちらと見た彼の瞳は、気遣うような色をしていた。

「急なことなのでしばらくの間、俺が備品在庫課の課長を兼務する。よろしく頼む。業務は今までと変わらないが、何かあれば俺に言ってほしい」

「保部長」

麻奈が毅然《きぜん》とした態度で保に聞く。

「八神課長の私物はどういたしますか？　ご自宅に送りましょうか」

「……おそらく、私物はあまり残されていない、と思う。住んでいたマンションも引き払うと言っていた」

（そ、んな）

桜はふらりとよろけた。麻奈が肩に手を掛けて支えてくれる。

「保……部長」

震えを抑えて、桜は何とか声を出した。

「八神課長は、いつ辞表を出したのですか？」

「昨日の夜、電話で辞意を聞いた。朝早くに俺に辞表を提出して、すぐに立ち去ったよ」

保の声も表情と同様、硬い。

「通常なら有休消化後に退職となるが、それを待たずに辞めると言われてね。手続きはこれからだが、日付けを遡《さかのぼ》って今日が正式な退職日となるだろう」

何も言えない。黙り込んだ桜を見て、真也が「ははは」と笑い声を上げた。

「いい気味だ。大人しく備品在庫課の課長に納まっていればいいものを、余計なことに首を突っ込んだせいだ」

桜はぐっと唇を噛んだ。俯《うつむ》く彼女の肩を掴む麻奈の指にも力が入る。

「三好専務。そんな言い方はないでしょう」

保がじろりと睨《にら》むと、真也は肩をすくめた。

「俺は業務があるので、これで失礼する。……桜」

名前を呼ばれ、桜はのろのろと顔を上げる。うすら笑いを浮かべた彼と目が合う。

「もう一度、話し合おう。また連絡する。じゃあ」

そう言い、踵《きびす》を返して備品在庫課を出る真也を、残った三人は黙って見送った。ばたんとドアが閉まった直後、麻奈が桜の顔を覗き込む。

「桜さん、大丈夫？　酷《ひど》い顔色よ」

「……は、い」

血の気が引き、立っているのがやっとの状態だ。ふらつく彼女を見た保が、すぐに椅子を運んでくる。麻奈に促《うなが》されてその椅子に座り込んだ桜は、自分の前に並んで立つ二人をぼんやりと眺めた。

「保部長。今回の辞職、裏があるでしょう」

そんな桜を見て、麻奈が鋭い口調で保に迫る。

「こんなに早く辞めるだなんて、例がないわ。三好専務から何か言われましたか」

保は目を見開いた後、小さく頷《うなず》いた。

「中谷さんは相変わらず鋭いね。その通りだ。本人が話していた通り、三好から、八神が不正にマスターキーを使用し、防犯データを無断借用したと苦情があった」

「で、でも、それはっ……」

桜を守るためだ。

（私のせいで彬良さんは――!?）

何をどう説明すればいいのか迷い、言葉に詰まった桜を見下ろし、保は淡々と話を続けた。

「もちろん八神にも確認した。彼は三好の発言を認め、責任を取って辞めると言ったんだ」

「ばからしい」

麻奈がすぱっと一刀両断に真也の証言を斬り捨てる。

「防犯データって、どうせ三好専務の部屋の音声データでしょう。わざわざカメラの電源を切って何をしてるのだか」

眉をひそめた彼女の顔を見て、桜は呆然と呟《つぶや》いた。

「麻奈さん……まさか知って……？」

麻奈が腕組みをして頷《うなず》く。

「ええ。あんな男に桜さんは勿体《もったい》ない、と考える程度にはね。本人達は隠してるつもりでも、自然にバレるものなのよ。あなたが気付いていたようだから、口を挟まなかっただけで」

そして彼女は、はあと深い溜息を漏らす。

「多分、八神課長は桜さんを醜聞《しゅうぶん》に巻き込みたくなかったのね。事実を全て明らかにすれば、あなたも好奇の目に曝《さら》される。それに三好専務のことだもの、逆にあなたと八神課長が先に関係を持ち、それを正当化するために自分を陥《おとしい》れたのだ、と言いかねないわ。あの二人は同期で、彼は課長の性格をよく知ってる。桜さんに嫌な思いをさせるのを嫌って、課長が黙って立ち去ると踏んだのでしょう……あの時のように」

麻奈はそう言うと、保に鋭い視線を投げる。

「保部長も薄々勘付いていたんじゃないんですか？　五年前の営業部での騒ぎの真相を」

麻奈の言葉に、保が口元を歪《ゆが》めた。その苦々しい表情を見た桜の胸に、嫌な予感が広がる。

（真也さんと言い合っていた時、確か彬良さんは……）

彼女は思い切って口を開いた。

「あの時のことを言ってもいいと、八神課長は言っていました。それを聞いた真――三好専務は動揺していたようです」

「えっ⁉」

麻奈が息を呑み、保も目を見開いている。桜は膝の上でぎゅっと両手を握り締めた。

「五年前、営業部で何があったんですか？」

麻奈と保の視線が一瞬交差する。一拍置き、麻奈がゆっくりと当時の話を始めた。

＊＊＊

かつて鷹司コーポレーション本社営業部には、若手ホープが二人いた。一人は三好真也、そしてもう一人が八神彬良だ。彼らは営業部で一、二を争う成績を収めたが、先に課長になったのは八神だった。

「八神課長は、三好専務を同期の仲間だと思ってたんじゃないかしら。だけど、専務のほうは違った。彼に対して、異様なまでの対抗心を燃やしていたみたい」

その頃の営業部では、特大プロジェクトを二件抱えていた。うち一件を三好が、もう一件を八神がメインで担当したという。課長の八神は三好担当の案件にも加わり、彼のサポート役をしていた。

「三好はスタンドプレーが得意で、顧客の要望を的確に捉《とら》えた提案が上手かった。一方八神はきめ細《こま》かいサポートが得意で、裏方の仕事にも力を入れていたんだ。当然、あいつは三好の案件ではサポートに徹《てっ》して表に立とうとはしなかった」

保がそう言うと、麻奈も頷《うなず》く。

「そうしているうちに、三好専務も『いつもお世話になっているから』と八神課長の案件を手伝うようになったの。課長は助かると思っていたのね。……だけど――」

そこで麻奈の声が低くなる。

「ある日、八神課長に、顧客の取締役から連絡があったわ。契約のことで大切な話があったのに打ち合わせをすっぽかされた、と」

「えっ……」

「課長はすぐに相手先に向かった。平謝りして、契約書やプロジェクトの提案内容を見直し——その結果、重大なミスが見付かったの。先方が是非にと要望した内容が見積もりに入っていないのに、提案金額は向こうの予算をはるかに超えるもの。当然ながら納得してもらえる内容じゃなかったわ」

彼女が遠い目をした。

「わざわざ取締役が時間を取ってくれたのに、連絡もなしにすっぽかす。しかも、提案の内容がそんなのでしょ。当然相手は大激怒で……契約は流れてしまったわ」

少し間を置いた後、麻奈がぐっと下唇を噛む。保が言葉を引き継いだ。

「その連絡が会社に入るのとほぼ同時に三好専務からもう一件の案件を受注したと報告があった」

二つの大型案件。片方は信じられないようなミスで失注、もう片方は受注に成功。対照的な出来事を、周囲はどう見るのか。

「三好は案件獲得を手柄に課長になり……八神は、当時課長が退職したばかりだった備品在庫課へ異動になった。事実上飛ばされたんだ」

彼の話に、麻奈が悔しそうな表情を浮かべた。

「ダメになった契約の提案内容は八神課長が作って顧客に確認したことにされていた。でも本当は、三好専務が作ったものだったのよ。自分が責任をもって提案すると課長に言い、それを信じた課長は別の仕事をしていたのに——彼は説明に現れなかった。そして、八神課長が対応で走り回っている間に、課長のサポートで受注した案件を自分だけの手柄にしてしまっていたわ」

「そ、んな」

桜は想像以上に酷《ひど》い話に言葉を失う。

(まさか……わざと……?)

八神に責任が降りかかるように仕向けた。そういうことなのだろう。そうして、ライバルを蹴落としたのだ。

保を見ると、彼も沈痛な面持《おもも》ちで頷《うなず》いた。

「八神が言い訳の一つでもしてくれたら、まだ何とかできたかもしれない。だが、あいつは何も言わなかった。『全て俺の責任だ』と営業部を去ったんだ」

当時、副部長だった服部部長もかなり引き留めたみたいだったが、と保は言う。

「八神は、もう争いたくないと言っていた。営業部を離れる時も淡々としていたよ。三好はその後、最短で経営企画部の部長になり、じいさんの目に留まって専務にスピード出世だ。あいつの実力も本物。だが……本当は八神のほうが仕事はできる」

　麻奈も小さく首を振った。

「課長は目立たないようで、服部部長から話が来ても営業部には戻らない、と言い続けてたわ。目立たないって意味では、ここでの仕事は合っていたのかもしれないし」

「そんなことが……」

　真也に陥《おとしい》れられて営業部を去った八神。当時は何も言わなかったのに、今更『あの時のことを一緒に報告してもいい』と言ったのは……

「……五年も黙っていたことを、桜さんのためになら言ってもいいと考えたのでしょうね」

　そのセリフに桜の目頭《めがしら》が熱くなる。嫌な思いをしてもう目立ちたくないと思っていたはずの八神が、桜のために動いてくれたのだ。

「桜」

　保の声がして、彼女は涙に濡れた瞳を向けた。

「八神はここからいなくなった。あいつ、お前を守っていたんだろう？」

「保、兄様《にいさま》」

　保は厳しい表情をしたまま、桜に告げた。

「三好の発言も気に掛かる。あいつがまだお前を諦めていないなら、俺からも言って――」

「だめですよ、保部長。当事者の八神課長がいないのに、傍《はた》から何を言っても三好専務には痛くも痒《かゆ》くもないでしょう。かえって、味方を得るために自分に都合のいい噂《うわさ》を社内に吹聴《ふいちょう》しかねません。何をどう言っても、桜さんが注目されることになります」

麻奈の声に保はぐっと言葉を詰まらせる。

「ねえ、桜さん。あなたはどうしたいの？」

保の隣に立つ麻奈が、桜を真っ直ぐに見つめた。

「私も力になるけれど、八神課長と同じというわけにはいかないわ。三好専務がまた何か手を出してくる可能性は高いと思うの。保部長が課長を兼務してくれても、従兄《いとこ》という関係上、桜さんをあからさまに庇《かば》うのは難しいでしょう」

祖父や父や叔父が会社で桜に何も言わないのは、それが理由だ。ただでさえ、縁故入社した桜を祖父の意向で秘書室に配属させたのだ。これ以上、桜が優遇されていると社員に思わせては、社内の雰囲気を著《いちじる》しく損ねてしまうだろう。それは避けなければならない。

「今桜さんが会社を辞めるというのも、選択肢の一つよ。そうすれば、三好専務にちょっかいを出される機会は確実に減るわ」

（……辞める？　仕事を？　真也さんを避けるために？　入社してから頑張ってきたことを手放して？）

『助かったよ、桜さん』

備品を届けた時、礼状を書いた時、そう言われたことが甦《よみがえ》る。人の役に立てたという、あの充実感も、できなかったことができるようになっていく、あの達成感も……

『待っていてほしい』

ふいに桜の耳に、八神の声が聞こえた。

あの時の切なそうな瞳。温かい手。彼はもう、会社を辞めることを決意していたのかもしれない。それなら――

心はすぐに決まった。

「麻奈さん。保部長」

桜はゆっくりと立ち上がる。ごしごしと手の甲で涙を拭《ふ》き、二人を交互に見た。

「私は備品在庫課で仕事を続けます。まだまだ一人前にはほど遠いですし、それに――」

一つ息を吸う。

「――八神課長をここで待ちたいんです」

桜の決意を聞いた麻奈は、ふっと微笑《ほほえ》んだ後「それでこそ桜さんよ！」と、ばしばし桜の背中を叩《たた》く。保は仕方ないなと笑いながら「分かった。俺も善処しよう」と言った。

「これからもお願いいたします」

桜は微笑《ほほえ》む八神の顔を思い浮かべつつ、麻奈と保に深く頭を下げたのだった。

＊＊＊

「桜さん、暑中見舞いの葉書ありがとう。相変わらず好評だったよ」

その日、営業部に備品を届けた桜に、服部部長がそう声を掛けてきた。桜はにこやかに「良かったです。またいつでもおっしゃってくださいね」と答える。

「ああ、そうさせてもらうよ」

「服部部長、契約書の確認お願いします」

部屋の奥から飛んできた声に、やれやれと頭を振った服部部長は「一息つく暇もないよ」とぼやき、軽く右手を上げて去った。桜も台車を押し、営業部を後にする。

そろそろ気温が下がってきたものの、まだ暖房が入っていないため、桜は変わらず黒のタイトスカートの上に灰青色《はいあおいろ》の作業着を着ていた。栗色《くりいろ》の髪は後ろで一つにまとめている。

（……最近、営業部はかなり忙しそうね）

一年以上前から検討されていた、大企業との共同案件。その契約締結に向けて、大詰めを迎えているのだ。父も真也も相手先に出向く機会が多く——麻奈が危惧《きぐ》していたほど、真也に迫られることはない。

からからと軽い音を立てて台車が進む。あれ以来——八神が退職して、今日で三ヶ月となる。

（彬良さん……）

彼からの連絡は一度もなかった。今どこで何をしているのかは、分からない。

でも、あの優しい声も、手も、抱き締めてくれた時の温かさも、桜は皆、覚えている。

（待っていてほしいって言われたもの）

——大丈夫。

（ええ、彬良さん）

だから——大丈夫。

桜はすれ違う社員に会釈《えしゃく》しながら、備品在庫課へと戻る。

「ただいま、戻りました」

桜が備品在庫課に入ると、麻奈がちょうどお茶を淹《い》れているところだった。

「ご苦労さま、桜さん。保部長がさっきまで来ていて、状況を確認されてたわ」

「そうですか」

人事部長として忙しいはずの保だが、週に一度は備品在庫課に顔を出している。桜が麻奈と二人で無事業務をこなしている、と確認する度《たび》にほっとしたような表情を浮かべていた。

（あの時、心配を掛けてしまったから）

八神が退職すると知った日。桜は麻奈から住所を聞き、会社帰りに八神のマンションに行くことにした。それを知った保が、マンションまで送ると言い張り、一緒に訪ねたのだ。

着いた場所は、会社から一駅離れた駅前にある新築のワンルームマンション。二階にある八神が借りていた部屋に行ってみると、電気はついておらず、表札もなくなっていた。呼び鈴を鳴らしても、誰も出ない。

『八神課長……』

思わず涙ぐんでしまった桜を、保は家まで送り届けてくれた。『あいつのことだから、きっと大丈夫だ』と必死に慰《なぐさ》めてくれる従兄《いとこ》に、桜は黙ったまま頷《うなず》くしかなかったのだ。

知っていた電話番号もメールも、会社携帯のもの。プライベートの番号は交換していない。彼の個人的なことは何も知らなかったのだ、と桜は思い知った。

（それでも私は――）

『待っていてほしい』

（あの言葉を信じてる）

連絡がないのも、きっと何か事情があるはず。

(だから、備品在庫《こ》課で待っています……彬良さん)

そう思いながら席に座った桜は、麻奈に淹《い》れてもらったお茶を一口飲んだ。ほんのり甘みのある緑茶の香りが口の中に広がっていく。

「とても美味《おい》しいです、麻奈さん」

麻奈も自席に座り、ふふふと笑った。

「お茶くみは随分鍛《きた》えられたから。まあ、これを後輩に伝授できなかったのが心残りだったのだけど、桜さんは上手だから心配ないわね」

「ありがとうございます……」

そこで桜は、ふと疑問に思う。麻奈は何故、備品在庫課にいるのだろうか？

彼女から教わっている業務は、多岐に亘《わた》る。特に秘書業務についての知識は豊かで、社内の情報にも精通していた。ここでなくても、彼女を欲しがる部署は沢山あるだろうに。

「あの、麻奈さん」

湯呑を置いて桜が声を掛けた瞬間、どんどんと焦《あせ》ったノックの音がした。

「中谷さんっ！」

転がり込むように備品在庫課に入ってきたのは、秘書課の安藤課長だ。

「安藤課長? そんなに慌ててどうしたんですか?」

麻奈が彼に近付く。桜も立ち上がり、後ろに続いた。

安藤課長は汗をハンカチで拭《ふ》きつつ言う。

「中谷さん、至急社長室まで来てくれないか。大切な顧客の応対をしてほしいんだよ」

麻奈は眉をひそめて安藤課長に向き直った。

「秘書課の人間に頼めばいいでしょう。何人いると思っているんですか」

「それが皆、流行性の胃腸炎にやられてしまったんだよ!」

「え」

目を丸くした麻奈と桜に、彼は早口で説明する。

「先週、二人体調を崩したかと思ったら、今週はあっという間に秘書課全体に広がって。発熱、下痢《げり》、嘔吐《おうと》が続いて出社できる状態じゃないんだ」

安藤課長には悲愴《ひそう》感が漂《ただよ》っていた。

「あの三神カンパニーの専務が来られるんだ、失礼があってはならない。秘書経験者で本日出社しているのは中谷さんだけなんだよ」

(秘書? 麻奈さんが秘書経験者?)

驚く桜を尻目に、安藤課長は「頼むよ、中谷さんっ」と縋《すが》り付《つ》かんばかり。一方の麻奈は冷静そのものだ。

「三神カンパニーといえば、共同プロジェクトを立ち上げようとしている相手ですね。そこの専務への対応となれば、確かに経験がないと厳しいかもしれません」

「だったら！　頼むよ、中谷さんなら完璧に――」

そこまで聞いて、麻奈がにっこりと微笑《ほほえ》み、桜を振り返った。

「あら、安藤課長。秘書を引退した私よりも、もっとふさわしい人がここにいるじゃありませんか。ねえ、桜さん？」

「えっ？」

ぽかんと口を開けた桜の肩を、彼女がぽんと軽く叩《たた》く。

「あなたなら大丈夫よ、桜さん。私の知ってる限りの技術を教え込んでるもの。安藤課長、桜さんにお願いしてください。私が推薦します」

（麻奈さん……！）

胸が熱くなった。麻奈も桜を信頼してくれているのだ、八神と同じように。

「桜さんに？」

安藤課長の視線が自分に移った。桜は思わず息を呑む。

『せいぜい、雑用係として頑張ってもらうしかないわね』

沙穂のセリフが甦《よみがえ》る。あの時の桜は泣いて逃げることしかできなかった。でも今は……

——大丈夫。

——あなたなら大丈夫よ、桜さん。

八神と麻奈、二人の声が重なる。桜はぐっとお腹に力を入れ、安藤課長を真っ直ぐに見据《みす》えた。

「私でよろしければ、対応させていただきます」

揺るがない彼女の視線を受け止めた安藤課長は、一瞬麻奈を見た後、ふうと息を吐き「よろしく頼むよ、鷹司さん」と頭を下げたのだった。

「——失礼いたします」

桜はお盆を持ったまま社長室に入った。シックな茶色い革張りのソファセットがまず目に入る。そこに座る三人が一斉に彼女に目を向けたが、桜は動揺せずにっこりと微笑《ほほえ》んでみせた。

桜から見て右手のソファに座っているのが、社長である泰弘と真也だ。そして父の真正面に座っている男性が、三神カンパニーの専務、三神和希《かずき》なのだろう。三人はローテーブルの上に書類を広げ、議論していたらしい。

(真也さんと同じくらいの年齢ね)

黒に近い茶色の癖毛に、やや茶色がかった瞳を持つ三神は、俳優といっても通りそうな美形。グレーの三つ揃いのスーツを着た彼が、ふっと桜に向ける視線は柔らかく、湯《ゆ》気《げ》の立つ湯呑を置いた彼女に「どうもありがとう」と礼を言う声も心地良かった。

「これは、旨《うま》い」

湯呑から一口飲んだ三神が、感心したように呟《つぶや》く。泰弘も満足気だ。真也だけは、眉をひそめたまま黙ってお茶を飲んでいた。

「お茶の甘みとほど良い苦みが感じられる。こんなに美味《おい》しいお茶を飲むのは久しぶりです。あなたが淹《い》れたのですか？」

にこにこと笑って桜に話し掛けて来た三神に、桜も微笑《ほほえ》んで答える。

「はい。お気に召していただけたのなら、光栄です」

三神は軽く頷《うなず》くと、泰弘に顔を向けた。

「流石《さすが》、鷹司社長のお嬢さんですね。立ち振る舞いも綺麗だし、作法も完璧だ」

その言葉に、泰弘が驚いた顔をした。

「三神専務は桜をご存じでしたか」

「ええ。お美しいだけでなく、真面目に仕事に取り組む努力家だと伺っていますよ」

(伺う？)

三神とは初対面のはずだ。人前が苦手だった桜は、祖父や父母が出席するパーティーにもほとんど出席したことがない。桜本人を知っている人は少ないのに、誰に話を聞いたのだろうか。

内心首を捻《ひね》りつつも、桜は秘書スマイルを浮かべる。

「……桜さん。不躾《ぶしつけ》なことをお聞きしますが」

すっと姿勢を正した三神が、テーブルの横に立つ桜を見上げ、急に真剣な表情で言った。

「桜さんには今、ご婚約者がいらっしゃらないと聞きましたが、それは本当でしょうか」

「っ⁉」

書類を持つ真也の手が僅《わず》かに強張《こわば》った。桜は戸惑いながらも、「ええ」と頷《うなず》く。

「三神専務、そのお話はどこから」

泰弘がそう聞くのを、三神は「色々伝手《つて》がありますから」とさらりと流した。

そして、「突然で失礼とは思いますが」と頭を下げ、とんでもないことを口にする。

「実は、是非桜さんに我が家と縁を結んでいただきたくて」

「はあっ⁉」

「えっ⁉」

真也と桜は同時に声を上げていた。真也をちらと牽制《けんせい》するように見た三神は、桜に微笑《ほほえ》み掛ける。男の色気たっぷりなその笑顔に、桜はどうしたらいいのか分からなくなった。

「三神家と鷹司家の縁談は、どちらにとっても有益なものとなるでしょう。桜さんが嫁《とつ》いできてくだされば、一生大切にすると誓いますよ」

突然の申し込みに、泰弘は呆然としている。桜も何も言えず、ただ三神を見つめることしかできない。

「……いや、これは。三神家から縁談のお申し込みがあるとは、思ってもみませんでした」

泰弘が唸《うな》るように言うと、「困らせてしまい申し訳ございません」と三神が苦笑した。

「桜さんご本人にお会いできるとは思っていなかったもので。気が急《せ》いてしまいました」

そこで再び桜を見る。その視線に、桜の心の奥がざわりと動いた。

「どうでしょうか、桜さん。検討してみてはいただけませんか？　もちろん、今すぐにどうというお話ではありませんので、気楽にお考えくだされば」

日本有数の大企業を運営する一族からの縁談を『気軽にお考え』など、できそうもない。三神の家は鷹司の家とは格が違う。

それに――

「大変ありがたいお話だと思います。……ですが――」

心に浮かぶのは、ふわりと笑うあの人の顔。

『待っていてほしい』

「私には心に決めた人がいます。申し訳ございませんが、ご縁がなかったということにさせていただきたいと存じます」

桜が頭を下げると、三神は一瞬目を見開いた後、くすりと笑った。

「躊躇《ためら》いがないのですね。失礼ですが、その心に決めた方とは何かお約束を？」

桜は小さく首を横に振る。

「……いいえ。ただ、待っていてほしいと言われました。ですから、待つつもりでいます」

すると三神はすっと目を閉じたが、すぐに柔らかな笑みを浮かべた。

「そうですか、分かりました。あなたにそこまで思われる男性は果報者ですね」

あっさりと身を引いた彼に疑問を覚えつつも、桜は軽く会釈《えしゃく》する。三神の態度を見た泰弘も、そこまで真剣な話ではなかったのだろうと思ったらしい。ほっとした表情でソファに座り直す。

「では、話を戻してもよろしいでしょうか？」

泰弘の言葉に、三神はゆっくりと頷《うなず》いた。

「ええ。……こちらの資料では、キャンペーン期間を半年設《もう》けて宣伝するとありますが、この効果はどの程度を見込まれていますか？」

　彼はすぐにビジネスマンの顔に切り替わった。泰弘と真也も討議に加わる。桜は、追加の資料を運んだり、メモを取ったりと細《こま》かい対応をした。

　三神が満足気にソファの背もたれに身を預けたのは、およそ一時間後だった。

「……では、今日はここまでとしましょう。次回は是非、我が社にいらしていただけませんか。桜さんも一緒に」

「えっ」

　桜が目を丸くすると、彼はくすっと小さく笑う。

「今日のあなたの働きぶりを拝見しました。指示を出す前に、資料を準備されていたことといい、我々が見やすいようにテーブルの上を整理してくださった手際といい、我が社にもここまで気の利く秘書はあまりいません。社長秘書としても十分やっていけるのではないですか？」

「あ、ありがとうございます」

　麻奈に教わった通りのことをしただけだが、役に立ったようだ。桜の胸に、じわじわと充実感が広がっていく。

「三神さんにそう言っていただけるとは。分かりました、桜も同行させましょう」

泰弘の言葉に、真也は一瞬口元を歪《ゆが》めたが、すぐに元の愛想笑いを顔に貼り付ける。

そんな彼を不安に思いつつも、父に同行を認められたことが桜には嬉しかった。

「桜さん、次にお目にかかる時を楽しみにしています」

微笑《ほほえ》む桜にそう挨拶《あいさつ》して、三神がにこやかな笑みと共に鷹司コーポレーションを後にする。彼が乗ったタクシーを見送っていた桜は、右隣に立つ真也が自分をじろじろと見ていることに気が付いた。

「三好専務、何かご用でしょうか」

そう聞くと、彼は眉をひそめる。

「……本当に同行する気か？」

父に聞こえないようにか、小さな声で聞かれた桜は、少しだけ唇を引き締めた。

「ええ。父……社長も認めてくださいましたし、三神専務も是非にと」

ちっ、と真也が舌打ちをする。不機嫌そうな表情なのは何故だろう。

「……いきなり縁談を申し入れてくるなど、裏があるとしか思えない。お前のような世間知らずは騙《だま》されるのがオチだ」

その言葉に、桜は真也をまじまじと見た。

結婚まで考えた人。憧れていた人。

だけど、今目の前にいるこの人は桜を心配して言っているのではない。それが分かる。

(本当に私……目が眩《くら》んでいたんだわ)

彼女はぴんと背筋を伸ばした。

「喜んで同行させていただきますわ、三好専務。……社長、訪問の日が決まりましたら、お知らせ願います」

泰弘は桜を見て目を細めた。

「分かった。同行を頼むよ、鷹司君」

「はい」

父に秘書として扱ってもらえたのだ。それが嬉しくて、桜は小さく微笑《ほほえ》んで会釈《えしゃく》した。


備品在庫課に戻った桜は、事《こと》の次第を麻奈に報告した。

「まあ、三神専務に認められたの？　さすがね、桜さん！」

ばしばしと麻奈に背中を叩《たた》かれ、苦笑しながら礼を言う。

「麻奈さんの教えのお陰です。ありがとうございました」

そんな桜を見る麻奈の目は、とても優しい。

「いいえ、桜さんの頑張りの成果よ。いくら教えても、覚える気がない人はそれまでだもの。あなたはよく頑張ったわ。これを機に、秘書課に戻ってもいいんじゃないかしら」

桜はゆっくりと首を横に振った。

「私はここで待つと決めましたから。三神カンパニーへは同行させてもらいますが、それ以外は備品在庫課の通常業務をしっかりこなすつもりです」

「頑固ねえ、桜さんも」

呆《あき》れたように溜息をつく麻奈の表情は明るい。

「八神課長もこのことを知れば、喜んでくれるでしょうね」

彼女の言葉に、とくんと心臓が動いた。

「そう、でしょうか」

桜の頑張りを見守っていてくれた彼なら……きっと『よくできたね、桜さん』と優しい笑みを浮かべ、ぽんと肩を叩《たた》いてくれた。

(彬良さん、私……認めてもらいました)

その喜びを一番伝えたい人は、今どこにいるのか分からない。だけど、あの優しい彼のまま、どこかで頑張っているに違いない。

「八神課長に褒めてもらえるように頑張ります」

またご指導よろしくお願いします、そう言って頭を下げた桜を前にして、麻奈は目頭《めがしら》を押さえていたのだった。

結局、訪問は二週間後ということになった。桜は社長室に出向き、資料の準備や整理にも携《たずさ》わっている。

桜が手際良く資料をさばいていくのを見た泰弘は、満足気に頷《うなず》いた。

「……よく頑張ったのだな、桜。中谷さんから桜は優秀だと聞いていたが、ここまでだったとは」

「社長」

机の前に立つ桜を見上げ、彼は溜息混じりに言う。

「……桜は何も言わなかったが、コネで入社した社長令嬢が色眼鏡で見られることくらいは想像が付く。秘書課に入れたのは、私達が一番身近に接する部署だったからだ……しかし、逆に辛《つら》い思いをさせてしまったようだな。済まなかった」

頭を下げる父に、桜は慌ててかぶりを振った。

「社長と会長が私を心配してそうしてくれたんだってことは、分かっています。私も覚悟して入社したんです」

とんでもないと微笑《ほほえ》む彼女に、泰弘は微笑《ほほえ》み返した後、机の上で指を組み、再び溜息をついた。

「それにしても、三神家から縁談が来るとはな……思ってもみなかった」

断ったものの、桜も気にはなっている。あの時の三神は、桜を知っているような口ぶりだった。一体どこで知ったのか、よく考えてみたが分からない。

「父さんに言ったら、残念がっていた。三神専務なら、申し分ない相手だと。仕事ぶりもさることながら、彼は次男だ。うちに婿《むこい》入りが可能だったかもしれないからな」

「次男？　お兄《にい》様がおられるのですか」

昨日の資料に書かれていた、このプロジェクトに関連する役員名の中に、それらしい名前はなかった気がする。父も同じことを考えているのか、ううむと唸《うな》っている。

「長男はどうやら海外にでも行っているようでな、私も会ったことがない。パーティーに出席するのは、もっぱら三神専務だ。かつては派閥争いがあったようだが……」

一人娘の桜が鷹司家を継ぐためには、夫に婿《むこい》入りしてもらう必要がある。祖父は、三神が次男ならば、もしかしてと期待したのだろう。

「そう、ですね」

（……そう言えば）

桜は、八神のことをふと思い出す。彼の家庭環境も知らない。両親がどこに住んでいて、兄弟がいるのかも、何も。

（ほとんど知らなかったのね……）

彼とはまだお付き合いすらしていない関係だ。優しく愛された記憶だけが、桜の心のよりどころとなっている。

それでも、彼の優しい声も、手も、思い出すと、胸の底がほわんと温かくなった。

(彬良さん……)

『待っていてほしい』

(はい、待っています)

八神の言葉を胸に抱きながら、桜は父との会話を続けたのだった。


「いよいよね、桜さん！　準備はいい？」

「はい、麻奈さん。全て完了しました」

二週間後。黒のタイトスカートのスーツを着た桜は、バッグを肩に掛けて麻奈に微笑《ほほえ》んだ。今から父と真也、桜の三人で三神カンパニーへ向かうのだ。

「社長が一緒だから大丈夫だと思うけど……三好専務、色々口出ししてたでしょ？　今日も用事が終わったら、さっさと帰宅したほうがいいわ」

「はい」

桜の瞳が一瞬曇る。この二週間というもの、真也からメッセージや電話が複数あった。

そのどれもが、あの時、三神から告げられた縁談に関するものだ。

『あの話を受けるのか、どうなのか？』

『三神が本気とは思えない。三神カンパニーの次期社長とまで言われている男が、鷹司家に婿入《むこい》りするはずがない』

自分にその気はないと返事をしているのに、しつこくそんなメッセージが来たのだ。

桜は思わず溜息をついた。

(そう言えば、沙穂さんと二人でいるところも見なくなったわね)

三神カンパニーに行く準備のため、秘書課に出向くこともそれなりにあったが、沙穂はほとんどいなかった。てっきり真也に同行しているのかと思ったが、彼とは社長室でちょくちょく顔を合わせている。社内での打ち合わせがあり、彼はあまり外出していなかったようだ。

真也の顔を見ても、何とも思わない。かつて好きだった人に対する反応としては、冷たすぎるが、心に響いてくるものがないのだ。

(そうよね……真也さんと沙穂さんのことは、もう関係ないわ)

縁談はさておき、桜が三神専務に認められ、三神カンパニーに同行する秘書として選ばれたという話は社内に広がっている。秘書課に行っても、以前みたいにばかにした視線を向けられることはなく、これまでの経緯を知りたいと言えばスムーズに教えてもらえた。

……もっとも、『社長令嬢だから』と遠慮されるのは、相変わらずだ。

溜息をついた瞬間――

『あいつを待ち続けるつもりか。どこに行ったのかも分からないのに』

真也の言葉が甦《よみがえ》る。

（そんなこと……よく分かっているもの）

真也に言われなくても、行方も分からない状態で待ち続けるなんて、長くはできないと思う。真也と婚約解消した桜を気遣い、祖父も父母も何も言わないが、これがずっと続くわけではないだろう。折り合いを見て、また見合い話が持ち上がる。その時に、再び三神からの話があったら、縁談を受けるようにと言われるかもしれない。

（それでも私は――）

八神は必ず連絡をしてくれるはず。そう信じて、備品在庫《こ こ》課で待とうと決めたのだから。

「桜さん、本当に辛抱《しんぼう》強いわよねえ。私だったら、さっさと次を探してると思うわ」

「麻奈さん」

さばさばとした性格の麻奈なら、すぐに思い切れるのかもしれない。でも、桜はそうできない。

（こんなに好きになった人を忘れるなんて、できない……）

眉を下げた桜に、麻奈はふふふと笑って彼女の肩を叩《たた》いた。

「そこが桜さんのいいところよ。さ、自信持って行ってらっしゃい。上手くいくことを祈ってるわ」

「はい、行ってきます」

ぺこりと頭を下げた桜は、備品在庫課のドアを開け、待ち合わせの一階ロビーへ足を進めたのだった。

――鷹司コーポレーション本社も大きなビルだが、三神カンパニーもまた、ガラス張りの高層ビルだった。一階ロビーは三階までの広々とした吹き抜けがあり、太陽光がきらきらと中まで入っている。受付から専用エレベーターで案内された役員フロアは、高価そうな絨毯《じゅうたん》が敷かれ、壁に絵画が等間隔に飾られている、重厚な造りとなっていた。

「どうぞ、こちらへ」

案内されて入ったのは、二十畳ほどの広さの社長室だ。一番奥の窓を背にして立派な机が置かれている。両脇の壁には、資料がずらりとならんだ書棚が備え付けられており、部屋の中央には来客用のソファセット、入り口の左側にはコーヒーメーカーやポットが置かれたカウンターテーブルがあった。壁も天井も艶《つや》のある木材張りで、机やソファセットも年代を感じさせる。実家でアンティークの家具を見慣れている桜の目からしても、逸品が揃えられているのが分かった。

「ようこそ、鷹司社長、三好専務……桜さん」

出迎えてくれたのは、やはり三神だ。真也が着ているのと似た黒のスーツをぱりっと着こなした彼は、にこやかに三人を出迎え、ソファを勧めてくれた。

ソファに泰弘、真也、そして桜の順に腰掛ける。三神は泰弘の真正面に座り、秘書にコーヒーを淹《い》れるよう指示を出した。

挽《ひ》き立《た》てのコーヒーの香りが、社長室に漂《ただよ》う。白いコーヒーカップを各々《おのおの》手に持ち、雑談から始まった。

「三神社長のお加減はいかがですか？　入院されたと伺いましたが」

グレーのスーツを着た泰弘が、気遣わし気に話を切り出す。

その一報が入ったのは今朝のことだ。桜は待ち合わせで父に会った時に聞かされた。社長が急に入院したが、今日の契約はそのまま進めたい、予定通りお越しくださいと連絡があったという。

三神は困ったような笑みを浮かべる。

「実は急性虫垂炎でして。昨晩、救急搬送されましたが、手術も無事終わり一週間で退院できますので、ご心配は無用です。社長代理および本プロジェクトの責任者は兄が務めさせていただきます」

「お兄さん？」

泰弘が目を見張った。真也も、戸惑った顔をしている。

「兄は長らく三神家を離れていたのですが……このプロジェクトのために急遽《きゅうきょ》、戻ってきたのですよ。こちらから提示した体制図に兄の名は載っていませんので、後で最新版をお渡しします」

この巨大プロジェクトの責任者に三神の兄が就《つ》くということは、そちらが次期社長になるのだろうか。三神は涼《すず》し気な顔をしていて、何を考えているのかよく分からない。

（お父様もお会いしたことがないって言っていた……お兄さんは、どんな方かしら）

三神に似ているなら、上品な青年に違いない。その人とも上手くやっていければ、と桜は秘かに思った。

「今、兄は父の主治医に呼び出されておりましてね。間もなく戻りますので、先に大筋を固めてしまいましょう」

ひとしきりコーヒーを味わった後、持参した資料をローテーブルの上に広げ、泰弘と三神の確認が始まった。真也も時折口を挟み、桜はその議事録を書いていく。

ほぼ双方とも承諾済みの案件とあって、話はさくさくと進み、後は契約印を押すだけの状態となった。

「社長代理がいらっしゃったら、もう一度説明いたしましょうか？」

真也がそう言うと、三神は小さく首を横に振る。

「いえ、それには及びません。兄も書類には全て目を通しておりますし、私の判断を信用すると言ってくれましたから」

「そう、ですか」

真也の顔からは、あまり納得していないといった感じがありありと伝わってきた。

(派閥争いがあったとお父さんから聞いたけれど、兄弟仲は悪くないみたい)

三神の表情に、兄を嫌っているような印象はない。また、三神に判断を任せると言ったのであれば、兄も弟を信頼しているのだろう。

「ところで、桜さん」

「はい？」

突然話を振られた桜は、メモを置いて背筋を伸ばした。三神は先程仕事の話をしていた時とは違う、柔らかな表情を浮かべている。

「実はあなたに申し込んだ縁談の相手は、兄の方なのですよ」

「えっ⁉」

桜は目を見開いた。泰弘も呆気《あっけ》にとられた顔をしている。真也は……一瞬で表情を失《な》くした。

そんな三人を見据《みす》えて、三神はゆったりと話し始める。

「兄は今まで表舞台には立っておりません。私とは父が違うため、本人の意思で遠慮していたらしい。我が社に就職することはなく、家を出て自分で選んだ会社で働いていました」

（義理の兄弟ってことなのかしら？）

疑問に思いつつも、桜は三神の言葉を聞く。

「父も母も私も、兄に再三戻ってくるよう言っていたのですが、中々聞き入れてもらえませんでした。それが今回、自分から三神カンパニーで働くと宣言したのですよ。私達家族はもろ手を挙げて歓迎しています。兄は戻ってきてからというもの、実力をいかんなく発揮し、あっという間に副社長の座に就《つ》くこととなりました」

「それは……かなり優秀な方なのですね」

泰弘が唸《うな》るように言った。

三神カンパニーは実力主義で有名な会社だ。いくら社長の義理の息子とはいえ、力がなければ短期間で副社長にはなれないと、桜は思う。専務である三神を超えたのなら、父の言う通り仕事ができる人間に違いない。

（だけど、どうして）

桜は膝の上に置いた手をぎゅっと握り締めた。

「あの……何故そのような方が私と？　今までお会いしたこともないと思いますし」

遠慮がちにそう言った桜に、三神は「ははっ」と声をあげて笑った。

「ああ、申し訳ない。あなたがあまりに可愛らしくて……兄の気持ちがよく分かります」

　自分を見つめる三神の瞳は優しくて——桜はどこかでこの瞳を見たことがある気がした。

「桜さん、あなたは鷹司コーポレーションの社長令嬢というだけでなく、真面目で責任感の強い方だ。それに控え目で心優しい女性だと評判ですよ。兄も私も、財産目当ての女性に追いかけられることが多くて……あなたのように見目麗《うるわ》しく、性格も好ましい女性には中々お目に掛かれないのです。兄があなたを選んだのは当然でしょうね」

「あ、りがとうございます……」

　こんなあからさまな賛辞を受けたことはない。桜は、恥ずかしさで頬が熱くなった。泰弘も真也も、何も言わない。ただ、真也の視線にとげとげしさが増したのを、桜は感じ取っていた。

　くすりと笑った三神は、手のひらを天に向けておどけた表情を浮かべる。

「申し入れた縁談をあなたが断ったと知った時の、兄の顔と言ったら！　あんな顔は今まで一度も見たことがありませんでした。勝手に申し込んだことを怒られましたがね」

「勝手に？　ではお兄さんはこの縁談について知らなかったと？」

　泰弘が聞くと、三神は「ええ」と事《こと》もなげに頷《うなず》いた。

「桜さんのような素敵な女性はさっさと申し込んでおかないと奪われる、と言ったら黙りましたが。まあ、私のほうでも桜さんのお気持ちを知りたかったので、申し込んだ次第です」

かつて、真也からも言われたセリフ。桜はきゅっと唇を引き締めた。

三神は目を細め、口の端を上げる。

「安心しました。……あなたが『待っている人がいる』とお断りされたので」

三神の言葉に、桜の思考が止まった。

「……え……」

目を見開いた彼女を前に、彼がバインダーから一枚の紙を取り出し、テーブルの上に置く。

「そろそろ兄も戻るでしょう。……これが先程申し上げた、新しい体制図となります。ご確認ください」

どれどれと覗き込んだ泰弘の顔色は変わらなかったが、真也の顔からは血の気が引いた。桜も身を乗り出して、ちょうど三人の真ん中に置かれた体制図に目をやる。

――総合プロジェクトマネージャー　三神カンパニー副社長　三神……

「えっ……」

桜は二度瞬《まばた》きした。そこに書いてあった名前は――

その時、どんどんと激しめのノック音がしたかと思うと、社長室のドアが開いた。

「失礼いたします。……和希！　お前また勝手に」

とくん……

桜の心臓が大きく跳ねた。この、声は——

「兄さん、早かったですね。もう少し後でもよかったのに」

しれっとそう言った三神が席を立ち、入り口へ向かう。社長室の入り口に立つ人物に、泰弘も真也も、そして桜も目を奪われた。

呆然としたまま、桜はふらっと立ち上がる。膝に置いていたメモ帳とシャープペンシルがソファに落ちたが、そんなことは気にならなかった。

小声で話していた三神が振り返り、三人を見てにっこりと笑う。

彼の後ろに立っているのは、ライトグレーのスーツを着た長身の男性。茶色の髪、長いまつ毛にやや切れ長の二重《ふたえ》の目。真っ直ぐな鼻筋に薄い唇で、イケメンというより彫《ちょう》像《ぞう》のように美しいという表現がぴったりな顔。けれど、長かったはずの前髪は綺麗に切り揃えられていて、端整な顔立ちが露《あら》わになっている。

綺麗な瞳が桜を捉《とら》えた。目を細め、口をゆるりと緩めて笑うその笑顔に、胸がぎゅっと痛くなる。

「あき、らさん……？」

——三神カンパニー副社長　三神彬良。

体制図には、そう記されていた。

「桜さん」

忘れられなかった優しい声。聞きたいとずっと願っていた声。

桜は震える手で口元を押さえた。涙が滲《にじ》み、八神——彬良の姿が霞《かす》んでいる。

(ああ、彬良さんだ。こんなところにいたのね。やっと……会えた)

「やっ……八神っ⁉」

真也が立ち上がり、ざらついた声で叫ぶのも、桜の耳には入らなかった。

「八神？　……備品在庫課の課長だった八神君か？」

泰弘も呆然としている。彬良は困ったように眉を寄せ、頭を下げた。

「三神カンパニー副社長、三神彬良です。……この度《たび》、姓を父方の八神から三神に変更いたしました。よろしくお願いいたします」

わなわなと震えている真也を一瞥《いちべつ》した彬良は、すっと三神の後を追い、彼の右隣に腰を下ろす。泰弘に促《うなが》され、真也と桜も再びソファに座った。

(彬良、さんが三神家の……)

前髪で顔を半分隠し作業着で掃除をしていた彬良の姿が、目に浮かぶ。なのに今、目の前に座っているのは、高級そうなスーツに身を包んだ、俳優を思わせる美形だ。左手首に嵌《は》めている腕時計も、艶《つや》のある革靴も、一目で上等なものだと分かる。

備品在庫課での姿とあまりにも違い、桜はまじまじと彼を見てしまった。

次の瞬間、彼と目が合い、小さく微笑《ほほえ》まれる。桜の心臓は、またどくんどくんと早鐘を打つ。

そんな彼女の左隣に座る真也の、膝の上で握り締めた手の甲には、筋が立っていた。

「……あの、これは一体」

泰弘の声には戸惑いが混ざっている。それはそうだろう。退職した課長が、大手取引先の副社長として現れたのだ。

彬良が真面目な顔をして泰弘を見た。

「混乱させてしまい、申し訳ございません。私はここにいる和希の異父兄になります。八神というのは、亡くなった私の父の姓です」

（お父様の？）

桜は目を瞬《またた》いた。では、三神家の血を引くのは母親のほうなのだろうか。

「母は……三神本家の一人娘でしたが、遠縁にあたる八神圭一《けいいち》――私の父と駆け落ちしました。そして二人の間に生まれたのが私です」

泰弘も目を丸くしている。ここまでプライベートなことを告げられるとは思っていなかったようだ。父親がこれほど驚いた顔を見たのは、桜が『結婚を延期して就職する』

と宣言して以来だった。

「父は私が二歳になった直後、事故で亡くなり、私は母と共に三神の家に戻りました。その後、母が再婚して生まれたのが、この和希です」

彬良の口調は淡々としていて、どこか他人事のような感じすら受ける。

「八神、いえ三神さん。何故我が社に？」

泰弘がそう聞くと、彬良は少し黙り、やがて静かに言った。

「……逃げていたんです。三神の家から」

「逃げて……？」

桜がそう呟《つぶや》くと、彬良が何とも言えない表情で彼女を見た。

「ああ。三神の父も母も……和希も、俺を受け入れてくれていたのに、俺の存在で余計な争いが起こることが怖かったんだ。俺と和希、どちらを跡取りにするかで親族の意見が割れていたから」

「兄さん」

三神が眉をひそめると、彬良はすまない、と小声で謝り、改めて泰弘のほうを向いた。

「ですから、ずっと姓を変えずにいました。私は和希と争う気などなかった。義父は私を和希と差別することなく育ててくれましたし、関係も良好です。けれど、私が身を引くことで争わなくて済むなら、それでいいと思っていました」

「仕事の実力は、兄さんのほうが上でしょうに。些細《ささい》な情報から全体の流れを予測する、兄さんのあの感覚は真似できませんよ」

三神の声はどこか拗《す》ねたように聞こえる。泰弘はふむと考え込んでいる様子だ。

（真也、さん……？）

ふと隣に座る真也の横顔が目に入り、桜は凍り付いた。

彼の身体は強張《こわば》り、能面みたいに無表情だ。こんな真也は今まで見たことがない。いつも自信に満ち溢れ、不遜《ふそん》なイメージすらあったのに。

（彬良さんが三神家の長男だっていうことが、それほどショックだったのかしら）

桜も驚いたことは驚いたが、それよりも再び会えた喜びのほうが大きい。

話の続きである彬良の過去。どうして三神家の長男という立場を隠して鷹司コーポレーションにいたのか、それが聞きたい。

その思いが伝わったわけではないだろうが、彬良は再び話し始めた。

「――大学卒業後、鷹司コーポレーションに就職した私は、営業部に配属されました。そこで営業の基本を学び……備品在庫課に異動しました」

ぴくっと真也の肩が震える。五年前の出来事を思い出しているみたいだ。泰弘は眉をひそめていたが、何も言わず、彬良の言葉を聞いている。

「備品在庫課の日々は、私にとって都合が良かったのです。両親や和希にも就職先を伏せていた私は、自分と三神家との関係を周囲に知られたくなかった。あの部署は社外に出ることもなく、目立つ仕事はない。仕事自体は細々《こまごま》とある。ここでなら、平穏な日々を送れると思いました」

「っ！」

ふいに、ぎりっと真也が歯ぎしりをした。握られた拳《こぶし》がふるふると小刻みに震えている。

(じゃあ五年前、彬良さんが何も言わず営業部から去ったのは)

——事《こと》を大きくして、三神家との関係を暴かれたくなかったから？

(だから言い訳一つせず、営業部から備品在庫課へ移ったの？)

もし、あの事件があった時に、彬良が三神家の長男だと知られていたら——リバーシのように状況はひっくり返っていただろう。それを彼は望まなかったのだ。

一瞬真也を見た彬良は、そのまま桜に視線を移した。決然とした意志を秘めた彼の瞳に、桜は短く息を吸う。

「……ですが、このままではいけないと、自分の責任から逃げていてはいけないと……桜さんに出会ってそう思うようになりました」

(彬良さん……)

桜は胸の前でぎゅっと拳《こぶし》を握り締める。

「桜に？」

泰弘が桜と彬良の顔を交互に見て、はっと何かに気が付いたような顔になった。

「まさか桜、お前が待っていた人というのは――」

父の問いに桜は返事ができない。喉が熱い。唇が震えて、何か言おうにも、言葉が出てこない。

穏やかな彬良の声だけが社長室に響く。

「桜さんは、慣れない仕事にも一生懸命で……辛《つら》いことがあっても、それを乗り越える強さを持った人でした。素直で真っ直ぐな彼女を見ていて、逃げている自分が恥ずかしくなったんです。それに……恥ずかしながら備品在庫課の課長では、彼女の相手として認めてもらうのに時間が掛かるのではないかと考えました」

「あき、らさん……」

（『待っていてほしい』の意味は……）

すうと息を吸った彬良が、真っ直ぐに桜を見つめた。

（胸が痛くて……熱い）

「……桜さん。何も言わずにいなくなってすまなかった。俺は、自分自身の力を認めさせる必要があったんだ。社長の義理の息子だからではなく、自分の力で地位を得なければならなかった。そうでなければ、『社長令嬢』という立場に関係なく頑張っていた、桜さんに相応《ふさわ》しくないから」

「彬良さん」

今にも涙を零《こぼ》しそうな桜を見て、彬良は右手を伸ばしかけたが、途中で止める。

「三神カンパニーに戻り、正式に義父と養子縁組をした。八神彬良ではなく、三神彬良として、ここでやり直して……ようやく副社長にまで辿《たど》り着《つ》いた」

口の端を少し上げ、照れたように笑う彼の顔は、桜が好きだった笑顔そのままだ。

「和希が俺に黙って縁談を申し込んだと知って、思わず怒鳴ったよ。だけど、桜さんに『待っている人がいるから』と断られたと聞いて……、顔が真っ赤になっていると和希に揶揄《からか》われた」

「あき、らさん……」

ぽろりと涙が桜の頬を伝って落ちた。

「嬉しかった。三神彬良ではない、備品在庫課の八神彬良を待ってくれていることが。三神家という後ろ盾のない俺自身を待つと言ってくれたことが。……だから、その気持ちに応えたいと思った」

彬良は泰弘に向き直り、深々と頭を下げる。

「……鷹司社長。どうか桜さんとの結婚を認めていただきたい。彼女を一生大切にします。お願いいたします」

自分の目の前で頭を下げている彬良。会社を辞めてから三ヶ月、こんな短期間で副社長になるのには、どれだけ努力をしたのだろう。生来の才能があったとしても、死にものぐるいで頑張らなければ、ここまで来られなかったはず。

（私の、ために……？）

鷹司コーポレーションの社長令嬢である桜と結婚するために。ありのままの桜を受け入れるために。そのために、この人は――

心が、震えた。彬良の想いが、桜を包み込む優しさが、じわりと肌を伝わってくる。唇から、嗚咽《おえつ》が漏れた。

「……桜」

泰弘が、桜のほうを向く。

「お前が待っていた人というのは、三神さんで間違いないのか」

「っ……は、い……っ」

掠《かす》れ声で返事をした彼女は、こくこくと首を縦に振った。

「そう、か」

ふうと深い溜息をついた泰弘は、右隣で真っ青になっている真也を見た後、顔を上げた彬良を見る。

「今ここで、すぐ返事をというわけにも参りません。会長である父にも話す必要がありますので。……ですが――」

泰弘の表情が、社長から娘を気遣う父親のものに変わった。

「桜の気持ちが確かであるなら……私はその意志を尊重したいと思います」

「お、父様……」

桜は唇から漏れる嗚咽《おえつ》を右手で押さえる。就職したいと言った時も、真也との婚約を解消したいと言った時も、いつだって父は娘の意志を何より尊重してくれた。

泰弘の言葉に、彬良は再び頭を下げて言う。

「ありがとうございます……桜さん」

「は、い」

優しい瞳が桜を包み込むように見ていた。涙を拭《ふ》いた桜は、震える唇を少しだけ開く。

「待っていてくれてありがとう。俺と結婚してもらえませんか」

目の前から、彬良以外の全てが消えた。見えるのは優しく微笑《ほほえ》む彼の顔だけ。聞こえるのは心地いい彼の声だけ。

桜は彼の膝の上に置かれた手に目をやった。もう備品在庫課にいた時のように、角ばった指先は黒ずんでいないけれど、この指が、手が、優しく自分を守ってくれたことを覚えている。

ああ、そうだ。この人は最初から――見守ってくれていたんだ。

涙がまた溢れてくる。喉の奥から込み上げる熱さをぐっと抑えて、桜は小さく頷《うなず》いた。

「っ、はいっ」

その返事を聞いた彬良は、ふわりと嬉しそうに、本当に嬉しそうに笑う。彼の隣に座る三神はやっとか、と言わんばかりの顔をしている。泰弘も桜に頷《うなず》いた。

そんな穏やかな雰囲気を壊したのは――真也の鋭い声だ。

「……八神。お前は……俺をばかにしていたのか……？」

はっと真也を見上げた桜は、その横顔の冷たさに背筋が寒くなる。

「三好君」

泰弘が眉をひそめたが、真也は彬良の顔しか見ていなかった。

「三好」

けれど、彬良の声は変わらず穏やかだ。

「ばかになどしていない。お前の実力は俺が一番よく知っている。最短で専務の座を手に入れた、若手社員の出世頭に違いないだろう」

「……っ、お前は！」

ダン！　と真也がテーブルに拳《こぶし》を打ち付ける。かしゃっと音を立ててぶつかったコーヒーカップとソーサーにも、彼は目もくれなかった。

「あの時、何も言わなかったのも……身を隠すためだと⁉」

「ああ、そうだ」

ぎりと歯ぎしりをした真也は、テーブルに手をつき身を乗り出して、彬良を見下ろす。

彬良の表情は全く動かない。

「お前は！　三神家という後ろ盾がありながら、それを使わなかった！　何故だ⁉」

「言っただろう。俺は三神家の争いに巻き込まれたくなかったんだ」

その答えに、真也の目がぎらりと光った。

「お前は……お前はっ！」

右手が彬良のネクタイに伸び、ぐいとワイシャツの首元を掴む。顎《あご》を上げた彬良の顔は、やはり冷静なままだ。

「よせ、三好君！」

泰弘が真也の左肩に手を掛けたが、その手を真也は払いのけた。思わず桜は悲鳴を上げる。

「真也さんっ⁉」

彬良がゆっくりと立ち上がり、ローテーブルを挟んで真也の前に立った。真也が彼を睨《にら》み付《つ》ける。

「お前は俺が持っていないモノを持っていたくせに！　俺には俺しかなかった！　桜の前に立つためには、出世するしかなかった！　だから俺はっ！」

（……え⁉）

その言葉に、桜は呆然と彼を見つめた。真也を紹介してくれたのは祖父だが、それ以前に彼と会ったことはない。

（真也さんは、何を言ってるの⁉）

「それを今になって三神になるだと⁉　桜と結婚⁉　いい加減にしろ！　何喰わぬ顔で桜に近付き、婚約解消になるように仕向けて、陰で嘲笑《あざわら》っていたんだろう！」

「――三好」

彬良が低い声で呟《つぶや》く。ぞくりと悪寒《おかん》が走った桜は、二の腕を擦《さす》った。今まで冷静だった彬良の声色があからさまに変わっている。低くて、硬くて、人を脅《おびや》かす声。

真也の右手首を掴んだ彬良は、あっさりと彼の手を振り払う。憎々し気に自分を睨《にら》み付《つ》ける真也を見ている彬良の顔には、何の感情も浮かんでいない。

……それが桜には、とても怖かった。

「お前は俺のライバルだった。お前が正当なやり方で桜さんの婚約者の座を得て、彼女を泣かせることをしなければ、俺は何もしなかったんだ。桜さんへの想いも、胸に秘めたままにしていただろう」

「っ！」

真也の頬が赤くなる。それが怒りのせいなのか、多少なりとも罪悪感があったせいなのか、桜には分からない。ただ彼が身体の脇で握り締めた拳《こぶし》は小刻みに震えている。

「……桜さんは一生懸命、お前に相応《ふさわ》しい女性になろうと努力していたんだ。なのに、お前は何をした？　彼女の努力を認めるどころか貶《おとし》めた。それはお前の専属秘書、富永沙穂も同罪だ」

沙穂の名前が出た瞬間、真也はくっと唇を噛む。

「お前が桜さんに誠実だったなら、変わろうとしている彼女を支えて励ましていたのなら、俺は……ここにはいなかった」

彬良の瞳に力強い光が宿る。決然とした口調で、彼は話を続けた。

「もうお前は桜さんと何の関係もない。これ以上、彼女に手を出すな。彼女の安全を脅《おびや》かすのであれば、俺は容赦しない。三神の力でも何でも使って、お前を破滅させてやる」

「――っ！」

彬良と真也の視線が激しく絡み合う。

――先に視線を逸《そ》らしたのは、真也だ。その顔色は酷《ひど》く悪い。

「気分が悪いようですね、三好専務。先に会社に戻られたらいかがです？」

しれっとした口調で三神が口を挟むと、真也はのろのろと視線を三神に合わせた。

「……ええ、そうですね。私はここで失礼させていただきます。……社長、先に社に戻ります。申し訳……ございませんでした」

（真也さん）

「三好君」

真也は泰弘にすっと頭を下げ、黒い鞄《かばん》を持って足早に社長室を出ていこうとする。

「真也さん！」

けれど、桜が思わず立ち上がり声を掛けると、彼はドアノブに右手を掛けたまま動きを止めた。

真也には怖い思いも、嫌な思いもさせられたけれど……楽しい思い出がなかったわけではない。振り向かない彼の広い背中に、桜は頭を下げる。

「……今までありがとうございました。あなたは社長令嬢だからと私に優しくしてくれたのでしょうが……私にはそれが、嬉しかった。それは本当です」

「……っ」

「さようなら、真也さん」

一拍置いた後、さようなら、と小さな声がした。真也は一度も振り向くことなく、部屋を出ていく。

やれやれとばかりに、三神がソファの背もたれに身を預けた。

「そんなに優しいセリフを言ってやる必要はなかったのでは？　自業自得でしょう」

ネクタイを整えつつ、彬良が三神を窘《たしな》める。もっとも三神は、どこ吹く風といった様子だ。

「……でも、けじめですから。引《ひ》き籠《こ》もりがちだった私を、色んなところに連れ出してくれたのは、真也さんでした」

そして今、こんな気持ちになれたのは、目の前にいる人のお陰だ。

（彬良さんがいる……それだけで、こんなにも心強いもの）

桜がふわりと微笑《ほほえ》むと、彬良の頬がさっと赤くなる。彼が右手で口元を覆《おお》い、ふるふると震えているので、桜は不思議に思って見つめた。

「……桜さんが可愛すぎて辛《つら》い……」

彬良が呟《つぶや》いた瞬間、ち、と舌打ちする音が三神から聞こえたのは、幻聴だと思いたい。

「さ、座ってください、二人とも。まずは契約でしょう？」

そう言った三神に爽《さわ》やかな笑顔を向けられた桜は、彬良と目を見合わせて頬を染めた後、大人しくソファに座り直したのだった。

＊＊＊

「和希」

「……桜」

「はい」

三神カンパニーからの帰りのタクシーの中で、泰弘が腕を組みながら言った。

「お前は、三神さんの事情は知らなかったのか」

「はい……まさか八神課長が三神家の長男だなんて思いもしませんでした」

帰り際、桜の手を取り、軽く手の甲にキスをした彬良。真っ赤に染まったであろう頬を撫《な》でられ、『すぐに連絡する』とメッセージのアドレスを交換したことを思い出した桜は、また頬に熱が集まってくるのを感じる。

ぼうっとなっていた桜は、唐突に告げられた言葉に目を見張った。

「……五年前のことは覚えている」

「お父様？」

父の横顔は、どこか苦々しいものを含んでいた。

「大きな案件をつまらないミスで逃《のが》し、責任者は降格という醜聞《しゅうぶん》だった。担当者を首にしろと言う役員もいたが……部下から嘆願の署名が寄せられたのだ。課長がこんな初歩的なミスをするわけがない、部下のこともよく指導してくれるいい上司だと。もう一件の大型案件を三好君が獲得したこともあり、社内人事は極端に動いた。八神君――いや三神さんは何も言わず、自分の責任だと営業部を去ったが、あれは『自分がミスをした』という意味ではなかったのだな。もう少し……調べるべきだった」

「お父様……」

「桜」

泰弘が桜のほうを向いた。唇の横の皺《しわ》が、深くなっている。

「父や私が三好君をお前に勧めたのは、お前の引っ込み思案なところを彼が引っ張っていってくれると考えてのことだ。三好君も桜を好いているようだったしな」

「それ、は」

桜は先程の真也の顔を思い出す。彬良の正体を知って真っ青になっていた彼は、彬良が三神の人間だと分かった後にも噛み付いていた。

『お前は俺が持っていないモノを持っていたくせに！　俺には俺しかなかった！　桜の前に立つためには、出世するしかなかった！　だから俺はっ！』

（あれが、真也さんの本心だったのね）

彼の実家はごく普通のサラリーマン家庭だ。三神家という財閥をバックに持っているのに、その力を使おうともしない彬良が、許せなかったのかもしれない。

ほんの……ほんの少しだけ、真也のことが分かった気がする。彼が上に行くためには、どうしても桜が必要だったのだ。

（もっと早くに彼を理解していたら、こんなふうにはならなかったのかしら）

それは桜にも分からない。ただ言えるのは、今の状況は偶然ではなく必然だった、ということだけだ。

「……お父様。真也さんとのことはもういいんです。ちゃんとお別れも言えましたし」

桜が微笑《ほほえ》んでそう言うと、泰弘は「そうか」と安心したように息を吐いたのだった。

その後、残っている仕事を片付け、家に戻った桜は、まず泰弘と共に源一郎がいるリビングへ向かった。いつもの椅子に座っていた源一郎に、泰弘が今日の話をする。

桜の好きな相手が三神彬良で、彼に結婚を申し込まれた、と。源一郎はそれを聞いて、

「何だと⁉」とひっくり返りそうになるくらい驚いた。

「さ、さ、桜は彼と付き合っていたのか⁉」

「いいえ、お祖父様《じいさま》。お付き合いしていたわけでは……」

彼に優しく愛された記憶が甦《よみがえ》り、桜の頬がほんのり熱を帯《お》びる。

「いや、驚いた。三神家なら申し分のない相手だ。しかも隠されていた長男のほうだとは」

源一郎が顎《あご》を擦《さす》りながら呟《つぶや》く。桜は左隣に座る父と目を合わせた。

「彬良君は我が社に勤めていて、三神家の一員として表に出てくることはなかったですからね」

泰弘がそう言うと、「ううむ」と源一郎は腕を組んで考え込む。

その時、ふるふるふるふると何かが振動した。それに気が付いた桜は、上着のポケットに入れていたスマホを手に取る。

画面を見て息を呑んだ後、口元を緩め画面の上で人差し指を滑らせた。

「あの、お祖父《じい》様、お父様」

源一郎と泰弘に声を掛ける。そして桜は、にっこりと笑って立ち上がった。

「私、今から彬良さんのところに行ってきます。夕食はいりませんから」

「桜っ⁉」

驚愕《きょうがく》の表情の源一郎とは対照的に、泰弘はどこか寂しそうな笑みを浮かべる。

「……分かった。母さんにも言っておきなさい」

「はい」

桜はぺこりと頭を下げてリビングを後にした。

「泰弘っ！　おい桜っ、お前これからだと⁉」

「まあまあ、お父さん。一杯付き合ってください。そうそう、あの年代物のワインを開けましょう」

そんな祖父と父の会話がなされていたことに、彼女は全く気が付かなかった。

＊＊＊

黒のスーツから桜色のワンピースに着替えた桜は、大きめの薄ピンク色のショルダーバッグを肩に掛け、足取り軽くアイアンワークの門扉を開けた。

「桜さん」

門のすぐ外に黒い車が停まっていて、その前に彬良が立っている。昼間と同じ、黒のスーツを着た彼は、桜を見た瞬間、蕩《とろ》けそうな笑みを浮かべた。

「彬良さん」

どくんと桜の心臓が鳴る。薄暗いから分からないだろうけど、頬が真っ赤に染まっているに違いない。

「乗って」

開けられた助手席のドアから、車内に入る。

前に乗った時は何も気付かなかったが、落ち着いて見てみると、座席はクッションが効いていて幅広いし、運転席周りも高級車だと分かる仕様になっていた。

シートベルトを着けている間も、どきどきが治まらない。

運転席に彬良が座り、ゆっくりと車を発進させる。彼の運転は滑《なめ》らかで、桜は街灯が灯《とも》り始《はじ》めた風景を安心して見ていられた。

「……よく会長と社長が許してくれたね」

窓の外を眺める桜に、前を向いたまま彬良が話し掛ける。

「メッセージにはああ書いたものの、無理かもしれないって思ってた。すぐにOKの返事が来たから驚いたよ」

桜は綺麗な横顔に視線を向け、少し笑う。

「実は祖父に止められる前に出てきたんです。父や母は分かってくれました」

──今すぐ会いたい。桜の家の前にいる。

彬良からもらったメッセージは、そんな文面だった。

「私も……彬良さんと同じことを思っていたし……」

──はい、すぐに行きます。

桜はそう返信した。

『桜。ちゃんと用意をして行きなさい。お義父様《とうさま》やあの人のことは任せなさいな』

意外と豪胆だった母には、そんなふうに送り出されている。

「彬良さん」

ごくんと生唾を呑み込んだ後、桜は小さな声で告げた。

「私……彬良さんが迎えに来てくれると信じていました。だけど、あれからもう三ヶ月経ったんです」

「……桜さん？」

ぎゅっと膝の上で拳《こぶし》を握り締めて続ける。

「だから……思い出させてくれませんか。彬良さんが私を愛してくれていることを」

……数秒沈黙が流れた後、思い切り大きな溜息が彬良の口から漏れた。

「……そんな可愛いこと言われたら、家まで我慢できなくなる。ゴメン、運転に集中するよ。一秒でも早く帰りたい。……それから――」

ちらと桜を見たその瞳は、妖しく輝いていた。

「着いたら覚悟しておいて。……俺もこの三ヶ月、ずっと我慢してたから」

「……はい」

熱くなった身体の奥を隠すように、桜は俯《うつむ》き加減にそう返事をした。車のスピードが若干上がったのは、気のせいではないだろう。さっきよりも速くなった流れゆく街灯の光を、桜は潤《うる》んだ瞳で眺めていた。

7．桜色に、染まる

彬良に連れていかれたのは、都心にほど近い高級マンションだった。

地下駐車場に車を停めた彼は、桜を抱きかかえて専用エレベーターに乗り込む。ここの上層階はワンフロアに一軒しかなく、専用エレベーターでしか行けないのだそうだ。カードキーをかざし、パスワードを入力してエレベーターを操作する彬良の背中を見て、桜の胸の中は甘い期待で一杯になっていた。

最上階フロアに着いた彼女は、彬良に腕を引っ張られるようにして部屋に招かれる。ドアを開け、中に入った彼は、そのまま桜を強く抱き締めた。バッグが桜の肩から床へ滑り落ちる。

「桜さん……」

「彬良、さん……っ」

玄関の壁に背中を押し付けられて、唇を奪われた。

「んんっ……は、あんっ」

今までの彬良とは違う。怖がらせないために気遣ってくれていた彼ではない。ここにいるのは、桜の唇を求める、熱を纏《まと》った雄だ。

「んっ、んあっ、あ、はんっ」

脚から力が抜け、ずるずると滑る桜を、逞《たくま》しい腕が抱き締める。

食べられてしまいそうなくらい激しく啄《ついば》んでくる唇も、絡み合う舌も、混ざり合う唾液も、その全てが堪《たま》らなく愛《いと》おしくて……熱い。

（ここにいる。彬良さんは、ここにいる……！）

両手を彬良の首に回し、桜は身体を彼に押し付けた。彼の一部がすでに硬くなっているのが、布越しでも分かる。

「んっ……んん、はう、んんあっ」

もっと近くに。もっと触れて。もっともっともっと、あなたの吐息を、熱を感じたい。

「……桜」

荒い息と共に唇を離した彬良は、桜の下唇を右の親指で擦《こす》った。その些細《ささい》な刺激にさえ、身体の奥がずくりと反応する。半開きの唇を見る彼の目には、あの優しかった『備品在庫課の八神課長』にはなかった光が宿っている。

「これ以上続けたら、ここで奪ってしまいそうだ……行こう」

「ひゃっ⁉」

さっと桜を抱き上げて靴を脱ぎ捨て、彬良は大股で歩き始めた。桜の靴も途中で脱げたが、彼は意に介さない。

ぎゅっと彬良の首筋にしがみ付いた桜の耳に、甘いセリフが注ぎ込まれた。

「愛してる、桜。ずっと桜にしたかったこと……今からするから」

その声だけで蕩《とろ》けそうになった桜は、何も言えずにこくこくと首を縦に振ったのだった。

「──あ」

そっと下ろされたのは、広いベッドの上だ。彬良が上着を脱ぎ、そしてネクタイを外しワイシャツを脱いでいくのを、桜はぼんやりと眺める。

（……彬良さんって、逞《たくま》しいのね……）

備品在庫課で重い荷物を持っても平気だった彼は、均整の取れた身体付きをしていた。桜を抱き上げる時も全くよろけない。

何も身に纏《まと》っていないその姿を見て、桜はただ美しいと思った。広い肩から引き締まった腹筋、そして……

視線を動かし、頬が更に熱くなる。先端が赤黒くなっているモノが、天を突き上げんばかりにそそり立っていた。妙に生々しくて、桜はつと視線を逸《そ》らす。

「気に入った？」

彬良が伸《の》し掛《か》かってきて、ぎしとベッドが軋《きし》む。桜はぼうっと彼を見上げた。

「俺も桜さんの身体が好きだよ。柔らかくてまろやかで」

「あっ……」

ジャッと音が鳴り、ワンピースのファスナーが下ろされる。白いレースのキャミソールも、お揃いのブラジャーも、そしてショーツもストッキングもあっという間に身体から剥《は》ぎ取《と》られていった。

生まれたままの姿をぎらぎらと輝く瞳に曝《さら》され、桜は思わず両手を胸の前で交差する。

「恥ず……かしい」

そう呟《つぶや》くと、くすりと笑った彬良が左の耳たぶを甘噛みした。

「どうして？　とても綺麗だ……」

「ああっ」

いつも自分に差し出される大きな手。それが桜の身体を優しく撫《な》でている。その感触が嬉しくて、目から涙が一粒零《こぼ》れ落《お》ちた。

「俺が触ると、真っ白な肌が桜色に染まるんだ。それが堪《たま》らない」

「んっ、彬良さ、んっ」

ちゅ、と音を立てて、彬良が桜の肌を吸う。左耳に舌を入れた後、顎《あご》の線をなぞるように唇が動いた。そうしている間にも、彼の左手は桜の右胸の膨らみをやわやわと揉《も》み解《ほぐ》す。

「桜さんの肌はきめ細《こま》かくて、手に吸い付いてくるようで……触っているだけでイッてしまいそうになる」

「あ、はうんっ」

「胸だって綺麗なおわん型で張りがあって……先は桜色で」

「ひゃんっ……あう」

尖《とが》った乳首を彼の指に弄《もてあそ》ばれる。かと思えば、手のひらで柔肉を持ち上げ全体を優しく揉《も》まれた。鋭い刺激と緩慢な刺激が交互に桜を襲う。

「はあっ、あんっ……あ」

「桜さんは敏感だね。少ししか触ってないのに……ほら」

「きゃんっ⁉ ……あああっ」

唐突に太腿《ふともも》の間に指を差し込まれた桜は、びくっと腰を揺らした。ぬちゃと濡れた音がして、指が後ろから前にするりと滑る。

「ほら、もうこんなに濡れて」

目の前に差し出された彬良の右人差し指と中指は、透明な液にまみれていた。とろりと指から滴《したた》る雫《しずく》に、身体が一気に熱くなる。

「やっ……」

恥ずかしくて目を逸《そ》らす桜の顎《あご》を、彼は左手で掴み自分のほうに向かせた。口の端を上げ、見せつけるように指を舐《な》める。

「こんなに甘い蜜を垂らして……桜さんは厭《いや》らしいね」

「や、だあっ……」

ちゅぱちゅぱとスティックキャンディを味わうみたいに、自分の指を舐《な》める彬良。桜は恥ずかしくて目を逸《そ》らしたいのに、彼がそれを許さない。桜の唇は小さく震え、目に涙が浮かぶ。

「ああ、羞恥《しゅうち》にうち震える桜さんが……可愛い」

熱い息を吐いた彬良が、また唇を求めた。両胸が彼の手の中で、ぐにぐにと形を変える。

「ん、はっ、んんんっ」

息すらも彬良の口の中に消えた。息苦しくなるくらいの激しいキス。

彼の身体に腕を回した桜は、熱く滑《なめ》らかな肌に指を食い込ませた。

「あっ、ふっ……んあ」

すると、彼が親指で胸の蕾《つぼみ》をぐりぐり転がす。お腹の辺りに当たっている熱い塊《かたまり》が、更に硬くなった気がした。奥から込み上げる得体の知れないものに、桜は太腿《ふともも》を擦《こす》り合《あ》わせて耐える。

「はんんっ、あっ」

「甘いね、桜さんは。柔らかくて、ふわふわで、お菓子よりも甘い」

優しく肌を啄《ついば》まれて、背中を仰《の》け反《ぞ》らせた。胸から下に移動した彼の右手は、おへその周囲をなぞり、なだらかな曲線を描いて、秘められた部分に再び辿《たど》り着《つ》く。その先の快楽を期待するように、桜の太腿《ふともも》は左右に少し開いた。

「ああっ、あんっ」

じんじんと熱くなっている身体のナカは、何かを求めて勝手に蠢《うごめ》いている。ふいに長い指が濡れた茂みを掻《か》き分《わ》け、襞《ひだ》を撫《な》で上げた。

「あーっ、あああっ！」

左脚が上に持ち上げられて曲がる。露《あら》わになった秘所に空気が触れて、桜は自分がしとどに濡れていることをまざまざと感じた。

「ここも桜色に染まってる。いや、もう少し赤いか……ひくひく動いて、俺を待ってるの？」

蜜を纏《まと》った意地悪な指は、強く弱く、圧力を変えて襞《ひだ》を擦《こす》る。その動きは滑《なめ》らかだ。そして指が入り口をこじ開けると、溜まっていた蜜がとろりと流れ出た。

「あ、ああっ……ふ、あ……ひゃ、あああんっ」

つぷ、と音を立てて人差し指がナカに挿入《はい》る。襞《ひだ》が反応し、きゅうと奥が締まろうとした。はくはくと息を吐く桜を見下ろし、彬良が妖艶《ようえん》に微笑《ほほえ》む。

「指だけでもこんなに感じてるんだね」

「ああっ、だ、って……！」

——だって、寂しかった。

——だって、会いたかった。

――だって、触ってほしかった。

――キスで蕩《とろ》けさせてほしかった。

そう口にしようとしても、甘い喘《あえ》ぎ声《ごえ》になってしまう。

「はっ、あんっ……ああ、あ、ああうっ」

左胸の先端が、彬良の唇と舌に捉《とら》えられる。胸の蕾《つぼみ》を吸われ舐《な》められる刺激と、身体のナカを擦《こす》っている指の刺激。そのどちらもが、桜を激しい高みへ押し上げようとしていた。

乳輪を舐《な》めていた舌が尖《とが》った乳首に巻き付く。軽く蕾《つぼみ》を甘噛みした唇は、更に下りていった。

「本当に、甘い香りがする。俺を誘う匂いだ……ああ、こんなにぷっくり膨れて」

「きゃ、あああああ、あああーっ」

ふいに彼が、敏感になった花芽をぺろりと舐《な》め上《あ》げる。どんと衝撃が桜の身体に走り、腰が大きくバウンドした。頭を左右に振り、悲鳴に似た喘《あえ》ぎ声《ごえ》を上げているのに、容赦なく追い詰められる。

「あっあっあっ……は、ああんっ！」

いつの間にかナカに入る指が二本に増やされていたことに、桜は気が付かなかった。

花芽を吸われ、舐《な》められる快感が強すぎて、もう何も考えられない。

「ナカもとろとろで、指に……吸い付くようだ」

「は、あっ」

ざらりとした箇所を撫《な》でられた途端、またしても身体に震えが走った。

一度だけ経験した、目がくらむ快感。それがもう、すぐ傍《そば》まで来ている。感覚全てを奪い取るあの快感は、彬良が与えてくれたモノ。

熱く滑《なめ》らかな彼の肌が愛《いと》おしくて、桜は彼の左の二の腕に爪を立てた。

「一度イッて？　桜さん」

「あ、ああっ……んあ――っ、あああああっーっ！」

返事をするようにちゅくりと唇で花芽を弄《いじ》られる。その瞬間、桜は一際大きな声を上げた。白い光が頭の中で爆発し、腰が跳ね、喉が反《そ》る。粘りを増した蜜が、彼の指を伝ってとろりとベッドに落ちた。

「はあっ、あっ、はあっ……」

「可愛いね、桜さんは」

「ああんっ」

指を抜かれた桜の太腿《ふともも》は、ふるりと震える。ふいに彬良が身体を起こし、背中を向けた。

「早く生のまま挿入《はい》りたいけど……桜さんの評判を落とすわけにはいかないから」

数分後、彼は再び桜の上に戻ってくる。潤《うる》んだ瞳で見上げる桜に、彼の瞳も熱く輝いて応えた。

「あ……っ」

熱い塊《かたまり》が濡れた襞《ひだ》の間をゆっくりと行き来する。開き気味の入り口を先端が掠《かす》め、桜の腰はびくっと揺れた。次第に蜜が絡まり、ぬちゃぬちゃと厭《いや》らしい音が立つ。

「これで十分濡れたね」

細い腰を引き寄せた彬良は、蜜を湛《たた》えた入り口に先端を当て、ぐっと侵入し始めた。

「ひ、ああっ……！」

指で解《ほぐ》されていたとはいえ、太さが違う。狭い肉の道をみちみちと広げられ、桜はきゅっと唇を噛み締め、熱い圧迫感と痛みに耐えようとする。

「んっ、は、んんんっ……」

痛みに混ざる熱に、涙が零《こぼ》れた。彬良が「ごめん」と呟《つぶや》いた声も、耳には入らない。ただ痛くて熱くて、桜は彼の腕に指を食い込ませた。

すると、ずっずっと進んでいた塊《かたまり》が止まる。引き千切られるのに似た痛みが少し治まった。

「は、う」

止めていた息を吐くと、「よく頑張ったね」と彬良が開いた唇の端にキスを落とす。

「もう全部挿入《はい》ったよ。大丈夫？」

「は……い」

彼を受け入れているナカはまだじんじんと痛んでいたが、徐々に別の何かに変わってきた。

(痛いけど、熱くて……)

今、彬良と繋がっている。彼が自分のナカにいる。その喜びが、じわじわと身体に広がっていく。

桜は涙目で彬良を見上げた。

「彬良さん……彬良さんで、いっぱい、なの……？」

「っ⁉　さっ、桜さんっ⁉」

彼の頰がかっと真っ赤に染まった。一層大きく膨れた塊《かたまり》に、桜は「あんっ」と悲鳴を上げる。

「そんな可愛いこと言われて……我慢できなく、なるだろ……っ！」

「あああああっ」

桜のナカを彬良の硬い熱がずんと貫《つらぬ》いた。彼が激しく腰を動かす度《たび》に、白く泡立った蜜が彼自身に纏《まと》わり付《つ》く。次第に痛み以外の感覚が、桜の身体の奥から湧き上がってきた。

「あっ、あっ……あん」

最奥を激しく突かれると、背中が仰《の》け反《ぞ》る。

明らかに気持ちイイと感じる箇所が、自分のナカにあった。桜の震えを目印に、彬良はそこばかり突いてくる。ついに痛みよりも快感が上回り、桜はますます高い声で喘《あえ》いだ。

「は、あ、ああっ、あああああっ」

張り詰めた肌と肌が直接ぶつかり合い、ぱんぱんと激しい音が鳴る。

腰を掴まれた桜は、与えられる快楽から逃《のが》れられず、いやいやと首を横に振った。

「さく、ら……っ……」

彼の頬も赤く染まり、息は荒く乱れている。両脚をぐっと曲げられた桜は、更に激しく突いてくる彬良の熱に、ただ翻弄《ほんろう》された。

「ひ、あっ、あっあ……」

襞《ひだ》が擦《こす》られて、彼自身を呑み込むようにきゅうきゅうと締まる。

「く、あ……っ」

呻《うめ》き声《ごえ》を上げる彼から香る雄の匂いが、一層濃くなった。苦し気な表情の彬良は、一層速く腰を突き動かす。

「あっ……あ、は、あ」

熱が、快楽が、蜜壺の最奥にどんどん溜まっていく。

「あ、あ」

見開いた桜の目には、もう何も映っていなかった。大きくうねる快楽の波が、一気に彼女を高みに押し上げる。

（もうだめ、だめ、壊れちゃう……っ！）

「あ……っ、あ、あああああっ！」

「っ……！」

桜が身体を仰《の》け反《ぞ》らせるのと同時に、膨れ上がった欲望が、熱い飛沫《ひまつ》を膜越しに放った。どくんどくんと脈打つ熱を、襞《ひだ》が嬉しそうに奥へ誘う。

「あ……」

半開きになった桜の唇から漏れた唾液を、彬良がぺろりと舐《な》めとる。

「大丈夫？　桜さん」

「あ……」

声を掛けられ、ぼんやりと彼を見上げると、熱の籠《こ》もった瞳が桜を見つめていた。

「上手にイケたね。これからはもっと、気持ち良くなるから」

その言葉に、かあっと桜の頬が熱くなる。確かに痛みはあったけれど、それが気にならなくなるくらい、気持ち良かったのだ。

「あ、あれ以上……気持ち、良かったら……」

死んじゃう……

呟《つぶや》いた桜の言葉に、彬良がかっと目を見開く。大きくなった瞳孔《どうこう》が、彼の興奮を伝えてきた。

「えっ……あんっ！」

びくっと桜のナカが反応する。さっき放出したはずの彼自身が、また硬く膨れ上がったのだ。

「そんな可愛いことを言われたら、我慢できなくなるって言っただろ？」

妖しい笑みを口元に湛《たた》える彼を見上げ、桜はぞくりと全身に鳥肌を立てた。

「今晩は寝かさないから、覚悟しておいて？」

熱い期待が蜜壺に響く。

ずるりと塊《かたまり》を抜いた彬良は、避妊具を付け替えると、宣言通り再び桜を攻め立て始める。濃密で熱い行為に、桜の意識は途中から途絶えたのだった。

＊＊＊

——三神カンパニー副社長、三神彬良と鷹司桜が婚約したというニュースが、鷹司コーポレーション内を駆け巡った。

時を同じくして三好専務が関連子会社に出向、その秘書、富永沙穂も同行する、と発表になる。

その知らせに、下世話な詮索《せんさく》をする社員もいたが、社長自《みずか》ら『桜の婚約と三好専務の出向は関係ない。あくまで三好専務に力を発揮してもらいたいがための人事』と発言したお陰で、興味本位の噂《うわさ》はすぐに鎮火《ちんか》した。

——そして。

「——あら、鷹司さん」

「富永、さん」

社長室を訪ねようとしていた桜は、廊下で沙穂に呼び止められた。いつものように黒のパンツスーツをぱりっと着こなした沙穂は、段ボール箱をかかえ笑みを浮かべている。

「仕事に必要なものって案外少ないものですね。整理したらこれだけになりましたわ」

「そうですか」

おそらく、子会社に荷物を送るつもりなのだろう。桜は何と言えばいいのか分からなくて、口をつぐんだ。一方、沙穂は躊躇《ちゅうちょ》することなく、話し掛けてくる。

「三神副社長とのご婚約、おめでとうございます」

「ありがとうございます」

桜は沙穂の目を見たが、彼女は変わらずアルカイックスマイルを浮かべていた。

「――私はあなたが嫌いでした」

その笑顔を崩さないまま、沙穂が話し始める。

「三好専務と婚約して、ただ浮かれているだけのあなたが。何も知らないお嬢様、綺麗なお人形。そんなあなたに、真也は私のものだと言いたかった」

「富永さん」

彼女の言葉は桜の胸に突き刺さった。目を見開いて、微笑《ほほえ》む沙穂を見つめる。

「知ってましたか？　彼、私と別れるつもりだったんですよ。長年尽くしてきたのに。何も知らない小娘のためにね」

唇を三日月《みかづき》型に歪《ゆが》ませた沙穂は、妖艶《ようえん》な雰囲気を漂《ただよ》わせていた。

「だからあなたに教えたんです。私達の関係を」

「っ⁉」

ひゅっと桜は息を呑んだ。

「あの日、受付から連絡がありました。黙っておいてくれと頼まれても、社長令嬢が来たのを連絡しないわけないでしょう。……ですから、真也には黙って、ワザとドアを薄く開けた状態で、彼を誘惑したんです……いつものようにね」

沙穂の顔に罪悪感は欠片《かけら》も浮かんでいない。重い衝撃に身体が強張《こわば》り、桜はただ彼女の言葉を聞くことしかできなかった。

「彼が私と関係を続けるって言ったのは、私に合わせていただけ。あなたのことを『何も知らないお人形だ』と見下すフリをして、私が手を出さないようにしてたんですよ、彼は」

「……え……」

「結婚して、あなたを家庭に押し込んだら、私を切るつもりだった。あなたに何もできないように、私を遠方の支店に異動させる考えでいたみたいですから」

真也の行動の意味を今更知り、桜の唇がゆっくりと開く。

（沙穂さんから私を守るため……？）

呆然とする彼女を見て、沙穂はふふふと楽しそうに笑った。

「結婚が延期になって、狙い通りになったと思いましたわ。真也は酷《ひど》く落ち込んでましたけどね。もっとも、あなたがここに就職すると言い出すとは予想していませんでしたが」

一瞬アーモンド形の目を閉じた後、彼女は再び目を開いた。

「結果として、彼はあなたを失った。自分がもっとも恐れていた相手——三神副社長に奪われるという、最悪な形で……ざまあみろ、と感じましたわ」

「あ、なたは」

桜はつっかえながらも沙穂に詰め寄る。

「真也さんを……好き、なんですか？」

その言葉に、沙穂は綺麗に笑った。

「好き？　いいえ。そんな言葉では言い表せません。彼は私のモノ――それ以上でもそれ以下でもありませんの。だから彼を奪おうとしていたあなたが、憎かった」

鳥肌が立つ。もし桜があの時、二人の関係に気が付かなかったら……もっと恐ろしい事態になっていたかもしれないのだ。

「今回のことで彼も分かったんじゃないかしら。私から逃げようなんて不可能だって」

（真也さん……）

お似合いだと思っていた二人。その二人の関係は、歪《いびつ》だった。

真也が沙穂をどう思っているか、桜は知らない。ただ男女の関係なのだ、情はあると信じたい。

「ああ、申し訳ございません、無駄話を聞かせてしまいましたわ。どうぞ三神副社長とお幸せに」

「……富永さんも、ご活躍をお祈りしています」

すっと頭を下げた沙穂は、そのまま軽い足取りでメール室に向かう。桜は、彼女が消えたほうを見て、溜息をついた。

「──桜さん？」

「あ」

はっと我に返ると、目の前で彬良が心配そうにこちらを見ていた。今は夜、桜は彼と食事に来ていたのだ。

「どうしたの？　さっきから心ここにあらずだけど」

「あ、いえ……」

桜はフォークでブロッコリーを刺し、口もとに運ぶ。せっかく彼が野菜の美味《おい》しいレストランに誘ってくれたのに、昼間の沙穂の件ばかり気にしていた。

「……もしかして、三好のこと気にしてるの？」

「え」

彬良がグラスからミネラルウォーターをぐいと飲む。

「三好と富永さんは今日までだろ？　来週から別会社に行くと聞いたけど」

「は、い」

そこで彼は眉をひそめ、フォークを置いて不機嫌そうに言った。

「三好はもう、桜さんに近付かなかったんだろう？」

「……はい」

「なら、どうしてそんな、憂《うれ》い顔《がお》をしてるの？」

「そ、の」

桜はごくんと唾を呑み込み、ゆっくりと言葉を紡ぐ。

「富永さんが……わざと私に……その、真也さんとのこと、教えたって」

桜の言葉に、彬良がぴくりと眉を上げた。

「私……何も気が付いてなかったんだと思って。真也さんのことも……富永さんのことも」

「桜」

彬良の声色が変わる。桜が目を上げると、彼は彼女をじっと見据《みす》えていた。

「もうあの二人のことはいいだろう。俺達には関係ない」

「そう、ですね……」

そう、真也にもさようならと告げた。もうあの二人に関わることはない。

ふいに、テーブルの上に置いた桜の左手に、彬良の右手が重なる。

「俺以外の人間を気に掛けるなんて……桜さんは俺を嫉妬《しっと》させたいの？」

「えっ⁉」

どくんと心臓が跳ねる。悪戯《いたずら》っぽい笑みを浮かべた彬良が、指輪を嵌《は》めた桜の薬指を撫《な》でた。

「俺は桜さんしか見えていない。桜さんもそうあってほしいな」

上目遣いの彼に、桜は口をぱくぱくさせる。

「……っ、わ、私だって、彬良さんだけ、ですっ……！」

「良かった」

その答えに、彬良はふわりと微笑《ほほえ》んだ。

周囲の女性が見惚《みと》れていることに気付いていないのだろうか。髪を切ったせいで、綺麗な顔立ちが丸見えで、さっき料理を運んで来た女性店員も頬を赤らめて彼を見ていた。

（前まで、私しか知らなかったのに）

桜は、長い前髪が風に揺られ美しい瞳が露《あら》わになった時の、胸の高鳴りを思い出す。

あの頃は、周囲の女性社員は誰も、彼に注目していなかった。だから、自分だけが……

知らない間に、むうっと頬を膨らませていたらしい。つんと人差し指で左頬をつつかれた桜は、はっと我に返って真正面の彬良を見た。彼は桜の頬を長い指でするりと撫《な》で、熱を帯《お》びた瞳でじっと彼女を見つめている。

「桜さん、可愛い」

ぶわっと桜の体温が急上昇した。何気なくこんなセリフを囁《ささや》く彼は、始末に負えない。

「彬良さんって、ずるいです……」

口を尖《とが》らせて上目遣いに見ると、彼は口に左手を当てて視線を泳がせた。そして、右手を彼女の頬から離し、深い溜息を漏らす。

「もう、本当に……桜さんは俺をどうしたいの」

「どう、って？」

桜はぱちくりと瞬《まばた》きをした。彬良が唇を僅《わず》かに曲げる。

「……今すぐにでも、桜さんをベッドに押し倒したいと思ってるんだ。あまり可愛いことをされると、我慢できそうにない……」

「あ、彬良さんっ」

熱いセリフに、熱が頬にかっと集まる。あわあわと周囲を見回す桜に、「誰も聞いてないよ？」と彬良が妖しく笑った。

「デザートはもういいよね。早く食べて家に戻ろう」

彼の燃えるような瞳は、荒々しい欲望を隠していない。その炎が桜の身体に移り、ちりちりと燃え広がっていく。

（もう、目の前のこの人しか……見えない）

桜がそっと下唇を舐《な》めると、唸《うな》り声《ごえ》が彬良の口から漏れた。

「桜さん」

すっと席を立った彼が、桜に右手を差し出す。

「家まで送るよ。これ以上一緒にいたら、人目も憚《はばか》らず襲ってしまいそうだ」

「あ、彬良さん……」

熱い頬を左手で押さえながら、桜は彼の手に自分の手を重ねる。ぐっと力強く握り返してくれる彼の手の指先は、もう黒くなかった。

それが、少しだけ寂しい。

「どうしたの？」

じっと彼の指先を見つめていた桜に、彬良が尋ねる。けれど桜は軽く首を横に振り、席を立った。

彬良の左腕に自分の腕を絡ませる。自分を見下ろす彼に、小さく唇を動かした。

「……備品在庫課の八神彬良課長も……三神副社長も、どちらも好き……」

「っ⁉」

彬良の頬が一瞬で赤く染まった。そんな彼を見上げる桜の胸も、淫《みだ》らな期待に震えている。

「……怖いもの知らずだね、桜さんは」

すっと彼女の肩を抱いた彬良は、周囲の目も気にせず、さっさと歩き出す。

帰りのタクシーの中、彼が自分のマンションの住所を告げた時——桜は『今日は帰りません』と母にメッセージを送ったのだった。

＊＊＊

「ひ、あっ……！」

びくん、と折りたたまれた桜の脚が空《くう》を蹴った。秘められた箇所に顔を埋《うず》めている彬良の髪を掴み、彼女はあられもない甘い悲鳴を上げ続けている。

じゅるじゅると音を立てて桜の蜜をすする彼は、舌と唇で彼女を攻めた。

「あっ、あああんっ、やっ、ああっ！」

桜は頭を仰《の》け反《ぞ》らせて軽く達する。けれどもすぐにまた、喘《あえ》ぎ声《ごえ》を漏らし始めた。彬良が膨れ上がった花芽や、蠢《うごめ》く襞《ひだ》を舐《な》める。

マンションに連れ込まれてすぐベッドに運ばれた桜には、もう時間の感覚がない。あれだけ焦《あせ》っていたにもかかわらず彼は丹念な愛撫《あいぶ》を繰り返し、桜は完全に蕩《とろ》けてしまっていた。

汗に濡れた肌は、彬良から与えられる快楽にいとも容易《たやす》く反応する。つんと尖《とが》った胸の蕾《つぼみ》は、彼の唾液でてらてらと光っていた。

全身が、彼の全てを求めている。

目を瞑《つむ》り、いやいやと首を横に振った桜は、身体の奥深くで燻《くすぶ》る疼《うず》きを鎮《しず》めてほしいと彼に懇願《こんがん》した。

「あっ、やああっ……もう、もう……！」

耐えられない。もうだめ。涙がぽろぽろと上気した頬に零《こぼ》れ落《お》ちる。

そこで、ちゅうと花芽に吸い付いていた彬良が、ようやく顔を上げた。

桜は瞼《まぶた》を開け、潤《うる》んだ瞳で妖しい色気を発する男の顔を見る。

「はや、く……あき、らさんが、ほしい、の……」

思わず漏れた言葉に、彼の唇がにいと笑う。

「どこに欲しいんだい？」

こんなになってるのに、意地悪を言うなんて。涙に霞《かす》んだ視界の中、桜は彬良を見つめる。彼の頬も上気している。熱く見つめる瞳に、また身体の奥から熱がどろりと零《こぼ》れ落《お》ちる。

動かない彼に焦《じ》れた桜は、半泣きでさっきまで彼が顔を埋《うず》めていた箇所に手を伸ばした。

「ここ、に……ほしい、のっ……！」

彬良の目が一際鋭くなる。次の瞬間、彼の腕が震える桜の身体を抱き締めていた。

「よく言えたね、いい子だ……」

彼は手早く処置を済ませた後、桜の太腿《ふともも》をぐっと両手で開かせる。

「あ、はっ……ああああああっ！」

狂暴なほどに膨れ上がった彼自身が、一気に桜のナカに押し入ってきた。奥まで熱い塊《かたまり》を埋《う》められた桜は、それだけで気を飛ばしてしまう。

「あ、彬良さん、でいっぱい……」

ぐぐぐと襞《ひだ》に締め付けられた雄芯は、熱くて硬く、そして大きい。苦しいくらいの圧迫感に、桜の息が浅く速くなる。

「桜さ、ん」

掠《かす》れた声を出した彬良は、突然激しく動き出した。十分に濡れた襞《ひだ》を擦《こす》り、桜が悶《もだ》える箇所を狙って強く突き上げる。

「はっ、ああっ、あああぁっ……！」

桜が身体を仰《の》け反《ぞ》らせると、彼はふるんと揺れる左の乳房を掴んだ。もう片方の手で腰を掴み、桜の身体を自分に引き寄せる。

はっはっ、と彬良が漏らす息も荒い。

最奥の感じる部分ばかりを突く彼の動きに、桜はついていくのがやっとだ。甘く淫《みだ》らで激しい感覚に、太腿《ふともも》が小さく痙攣《けいれん》する。彬良のモノに纏《まと》わり付《つ》いている襞《ひだ》からは、ねちゃねちゃと音がした。

「あんっ、あ、は、ああん」

何度も何度も、大きく熱い波に襲われる。まだ狭い桜の陰路《かげじ》をこじ開けるように、彬良が激しく身体をぶつけてくる。

「やっ、あっ、そこ、あ、いや」

痺《しび》れるような快楽に蕩《とろ》けた桜は、甘い悲鳴を上げながらも彼の身体に手を伸ばした。滑《なめ》らかな背中に両手を回し、彼の動きに合わせて腰を揺らす。彬良の顔が苦しそうに歪《ゆが》んだ瞬間、桜は彼の背中に爪を立てた。

「桜……っ」

「あ、あっ――、あああああああっ！」

溜まりに溜まった快楽が一気に弾《はじ》け飛ぶのと同時に、ぶわりと質量を増した彼自身から放たれる熱を受け止める。熱い肉塊がどくんどくんと脈打ち、ナカで響いた。

（ああ……）

全身で受け止めた彼の熱が、こんなにも愛《いと》おしい。

はあはあと乱れた息を吐く桜の目から、涙が零《こぼ》れ落《お》ちる。

「もっと時間を掛けるつもりだったのに、途中で我慢できなくなった」

大きな息を吐いた彬良が掠《かす》れた声で言う。ぼうっと口を開けた桜に、彼が唇を重ねてきた。半ば呆然とした状態で、桜も彼の舌に自分の舌を絡める。

「好きだよ、桜さん」

「私……も」

まだナカにいた彬良が、再び硬さを取り戻す。それを感じた桜だったが――そこで猛烈な睡魔に襲われ、目を閉じた。

「……残念だな。続きはまた今度」

そう耳元で囁《ささや》かれた気もしたが、桜はすぐに温かい夢の中へ旅立った。

次の日。気怠《けだる》い身体をおして出勤した桜は、備品在庫課の席に着くなり麻奈に襲撃された。

「来週まで三神カンパニー関係の仕事は中止。社内業務のみで、帰りも私が付き添うわ」

「え？」

桜が目を丸くして見上げると、麻奈は深い溜息をつく。

「まあ、今まで散々我慢してきた三神副社長のお気持ちはとーっても分かるんだけど、ねえ……」

ほらこれ、と見せられた麻奈のスマホのメールには――『今週は三神副社長との接触を禁止させること』と書かれていた。メールの発信元は……

「お祖父様《じい》!?」

「会長、私のアドレスを知ってるから」

（そうだった。麻奈さんはお祖父《じい》様の秘書だったんだわ……！）

麻奈がかつて祖父の秘書をしていて、とても優秀だったことは彬良から聞かされていた。彼女のことを見覚えがあると思ったのはそのせいだ。

（それにしても、お祖父《じい》様は、昨日勝手に外泊したことを怒ってるのね）

慌てて自分のスマホを確認した桜は、彬良から『ごめん』とメッセージが来ているのに気が付く。

「もう成人している孫が、恋人とお泊まりデートしたからって、大騒ぎしなくてもって思うけれど。会長にとって桜さんは、目に入れても痛くない孫娘だから」

「ううう……はい」

気の毒そうな視線を向けてくる麻奈の顔を見られなくて、俯《うつむ》いてしまう。

「こうなったら、一刻も早く式を挙げることね。そうすれば三神副社長が桜さんを独り占めしても、誰も文句は言わないわよ？」

ぽんと麻奈に左肩を叩《たた》かれた桜は、「はい……」と小さく返事をするのが精一杯だった。

そして彬良との接触禁止令（？）が出された翌週。桜は彬良にごり押しされる形で、正式にプロポーズを受けた。考える間もなく、三ヶ月後の挙式が決まる。

三神家と鷹司家の婚姻ともなれば、大仰《おおぎょう》なものになるはずだったが、「これ以上待てない、すぐに結婚したい」と言われ、必要最低限の出席者で執《と》り行《おこな》われることとなった。

とはいえ、有名ホテルの大広間が埋《う》まる人数だ。

彬良は結婚後、鷹司コーポレーションの役員も兼務することになり、二つの会社が提携するプロジェクトには責任者として携《たずさ》わることとなった。三神カンパニーの副社長の座は、時機を見て弟の和希に譲る予定だ。

「桜さんもここから卒業しなさい」と麻奈に背中を押された桜は、彬良の専属秘書に立候補した。和希がお墨付きをくれたお陰で、そちらも比較的すんなりと決まる。

そんなこんなで慌ただしい日々が続き、ふと桜が我に返った時には、もう挙式の日を迎えていたのだった。

＊＊＊

「——お祖父《じい》様、お父様、お母様。お世話になりました」

式当日、ゆっくりとお辞儀をする桜を見る源一郎の目には、すでに涙が溢れていた。

挙式は終わり、今は披露宴前の休憩時間だ。

「ああ、桜の花嫁姿……あれにも見せたかった……」

黒の礼服姿の泰弘が、涙にむせぶ父親の姿に苦笑する。

「お母さんなら、天の上から見ていますよ、お父さん」

そう言う泰弘の目にも涙が光っていることに、桜は気が付いていた。

「……綺麗だ、桜」

「ありがとうございます、お父様」

長いヴェールを被った彼女は、もう一度横にある姿見で自分の全身を見る。

サテン生地にレースを重ねた、プリンセスラインのドレス。パフスリーブなのは前と同じだが、ふわりと膨らんだスカートは、裾《すそ》に行くに従い白から桜色へグラデーションとなっている。

桜は今日、綺麗に巻き上げてもらった髪に、ピンクダイヤで桜の花びらを象《かたど》ったティアラをつけ、長めのヴェールをふわりと被っていた。手に持っているブーケも、白とピンクの薔薇《ばら》のアレンジだ。

「本当に桜らしいドレスね。彬良さんは桜のことをよく見てくれているのが分かるわ」

留袖を着た恭子も、にこにこと笑みを絶やさない。そんな母の言葉に、桜の頬はほんのり桜色に染まった。

(彬良さんがもう一度作り直したのよね)

真也との結婚式で選んだドレスも桜は気に入っていたが、やはり彬良のほうは『前の婚約者のために選んだドレス』が、気に喰わなかったらしい。三神家がよく依頼するデザイナーに頼み、超特急で新しく仕上げてもらった。

そうして出来上がったドレスは、『桜らしい』と皆から好評だ。彼女自身もとても気に入り、このドレスを着て嫁《とつ》ぐ日を指折り数えて待っていた。

こほんと源一郎が咳払《せきばら》いをする。

「まあ、彬良君も鷹司家に入ると言ってくれたし、これで何の心配もないな」

結局、彬良は鷹司家に婿入《むこい》りすることになった。彬良自身がそう望んだのだ。

『これで俺と和希を争わせようとする親族もいなくなる』

そう言って彼は晴れ晴れと笑った。彼の両親も和希も、本人がそう決めたなら、とあっさりとしたもので、源一郎は涙ぐみながら彬良と固い握手を交わしていたものだ。

「さあ、桜。彬良君が首を長くして待っているだろう」

「はい」

桜はアテンダーの女性に先導されて、ゆっくりと控室を後にする。披露宴会場の扉の前で待っていた彬良が、彼女を見て優しく微笑《ほほえ》んだ。彼の左腕に右手を掛けた桜に、話し掛けてくる。

「緊張してる?」

「ええ。……彬良さんは?」

「緊張よりも、誇らしさと……不安のほうが大きいかな」

「不安？」

彬良は優しい目で彼女を見つめた。

「こんな綺麗な花嫁を他の男に見せたくない。今すぐ二人だけになりたい」

「彬良さんったら」

熱くなった滑《なめ》らかな頬に、彬良が軽くキスを落とす。

「あまり激しくしたら化粧が落ちると、スタッフに注意されたから。……後でね？」

「っ、はい」

白いタキシード姿の彬良も、王子様のように素敵だ、と桜は思ったが、口には出せない。長身の彼によく似合うロングタイプの上着の胸ポケットには、桜が持っているブーケと同じ薔薇《ばら》が飾られている。

大きな白い開き戸の前に彬良と並んで立つ。ふうと深呼吸をした桜に、彼は蕩《とろ》けそうな笑顔を見せた。

「行くよ、桜さん」

「はい、彬良さん」

会場に荘厳なバイオリンの音が広がる。

開け放たれたドアを抜け、彬良と共に深くお辞儀をした桜は、拍手喝采《かっさい》の中、ゆっくりと彼との一歩を踏み出したのだった。

桜色の君を

『ほら、これが孫娘の成人式の写真だ！　桜は綺麗なだけでなく、心優しい娘なんだ』

会長室の電球を取り換えに行った彬良に、鷹司会長は上機嫌でスマホの待ち受け画面を見せてくれた。会長がそこら中で孫娘の自慢をしているという噂《うわさ》は本当だったらしい。

彬良は苦笑しながら見せられたスマホに目をやる。その瞬間、胸の奥で小さく心臓が跳ねた。

——写真の中の彼女は、桜色の振袖を着て恥ずかしそうに微笑《ほほえ》んでいる。

彼女の大きな目に吸い込まれそうな気がして、彬良はしばらくぼうっと見惚《みと》れた。

そしてその笑顔が、胸の中で温かい記憶として残ることになる。

＊＊＊

「いい加減、備品在庫課《ここ》から出たらどうですか、八神課長」

彬良は読んでいた書類から視線を上げ、斜め前の席に座る麻奈を見た。彼を見据《みす》える彼女の視線は鋭い。

「営業部の服部部長にも再三誘いを受けているのでしょう？　もうあの件を覚えている人も少なくなりましたし、今からでも」

「麻奈さん」

彬良は穏やかに麻奈へ言う。

「俺は備品在庫課の仕事を気に入ってる。麻奈さんこそ、秘書課に戻って後輩の育成に力を入れるべきじゃないか？」

すると彼女は、ふんと鼻を鳴らした。

「今の秘書課の面々は、プライドばかり高くて、自己主張が激しすぎます。秘書同士、助け合わないといけないというのに、足を引っ張り合う始末。引退したおばさん秘書の言うことなんて、聞く耳持ちませんよ」

麻奈が今の会長と社長を長年担当していた、大ベテランの秘書であることは、部長クラス以上の者なら誰でも知っている。だが、彬良と同じ時期に秘書課から備品在庫課に来た彼女は、ここのサポート役に徹してくれていた。彼女の実力を知る彬良は勿体《もったい》ないと思いつつも力を借りているのだ。

（あまり大っぴらに自分が表に出て、素性がバレるのは困る）

備品在庫課。この部署なら、購買関係の外注と話をする程度で、取引先に会うことはない。営業部所属であれば、いずれ義父や弟を知っている人間に会ってしまうかもしれない。それを彬良は恐れていた。そうなったら、移らなくてはならなくなるだろう――三神カンパニーに。

彬良は三神本家の跡取り娘だった母、良子《よしこ》と、三神家の執事の息子で遠縁の八神圭一の間に生まれた子どもだ。二人は許されない恋の末駆け落ちし、彬良が生まれた後も平凡ながら幸せに暮らしていた。だが、彬良が二歳になった直後、圭一は事故死、まだ幼い息子を抱え生活に困った良子は、実家の三神家に戻る決断をする。

良子はその後、九条誠一《くじょうせいいち》と見合い結婚、誠一は三神家に婿入《むこい》りした。再婚後すぐに和希が生まれたが、誠一は実の子どもと同じように彬良と接してくれた。彬良の姓である『八神』をそのままにしたのは、『大きくなってからどうするのか、自分の意思で決めればいい』と誠一が言ったためだ。

義父を本当の父と思い、弟も可愛がっていた彬良だったが、成長するにつれて周囲が自分をどう見ているのかに気付く。

――使用人の息子風情《ふぜい》が。

――いやいや、彬良君の成績は素晴らしいと聞いている。やはり長男が継ぐべきでは。

――和希君も負けず劣らず優秀だ。血筋的には彼のほうが……

周囲の煩《うるさ》い声は、彬良の心に暗い影を落とす。

八神の父のことはあまり覚えていないが、優しい人だったと母から聞いていた。茶色の髪は母譲りだが、顔の造作は父に似ているらしく、そのせいで彼は父を知る人に、『使用人の息子』だと見下される。

――父をそんなふうに言われる筋合いはない。

そう思う一方で、派閥争いに自分を担ぎ出そうとする動きにウンザリしていた。

三神の家は和希が継げばいい。ならば、このまま『八神』でいたほうが良いだろう。

そして、大学入学を機に一人暮らしをしていた彬良は、家族に黙って就職活動をし、三神カンパニーには入らず鷹司コーポレーションに就職したのだった。


そんなわけで、彬良自身は素性が明らかにならないこの部署が気に入っており、何の文句もなかった。ただ、三好の本性を見抜けず、会社に損害を与えたことは、自分の落ち度だったと反省している。

「あー、もう田代《たしろ》君が異動になってから、仕事が回らなくて。誰かいい人入れてくださいな」

「保部長にも申請はしてるんだが、中々」

「まあ、備品在庫課を雑用係だと毛嫌いする輩《やから》は必要ありませんけどね」

麻奈の言葉はいつになく辛辣《しんらつ》だ。能力が高い彼女でも、さばき切れる仕事量には限界がある。何だかんだと細《こま》かい依頼が多く、このところオーバーワーク気味なのだ。

「新入社員が入ってきたら一人回してもらうよ。それまで辛抱《しんぼう》してもらえないですか、麻奈さん」

彬良がそう頼むと、彼女は仕方ないですねえ、と溜息をつく。

「ちゃんと忘れず申請してくださいよ！」

「はい、承知しました」

(麻奈さんには頭が上がらないな)

彬良は苦笑して、また書類の山に視線を戻した。

＊＊＊

その日の昼、彬良はいつものように、屋上を見回っていた。注意喚起はしているものの、まだここで喫煙《きつえん》する社員がいる。ちり取りでタバコの吸《す》い殻《がら》を拾い集めながら、手すりやコンクリートがひび割れていないかも確認していった。

(よし、これで……え？)

そこで彼は目を見張った。階下に繋がる階段の前で、女性が座り込んでいる。

柔らかそうな栗色《くりいろ》の髪を風になびかせ、薄い花柄のワンピースに白いコートを着たその女性は俯《うつむ》き加減で、表情がよく分からない。

怪我《けが》でもしているのなら大変だ。彬良はそっと女性に近付き、声を掛けた。

「――こんなところで座り込んで、風邪引くよ？」

びくっと身体を揺らした女性は、ゆっくりと顔を上げる。

（え⁉）

ぼさぼさの前髪の下で、彬良は目を見開いた。

彼女は泣いていたらしく、大きな目と鼻の頭が赤くなっている。頬には涙の痕《あと》が残り、ピンク色の唇は半開きだ。

前に写真で見た姿とは違いすぎるが、この顔は間違いない。

――鷹司桜。この鷹司コーポレーションの社長令嬢だ。

（何故、こんなところで泣いて？　確か彼女は……三好と婚約していたはずだが）

彬良は屈み込み、ハンカチを差し出す。

「あ……」

桜は右手でハンカチを受け取ると、ぎゅっと握り締めた。彼女の瞳はぼんやりとしたままだ。

「怪我《けが》、してるわけじゃなさそうだね。立てる？」

右手を差し出したが、桜は彬良の手をじっと見つめた状態だ。このまま冷たいコンクリートの上に座っていると風邪を引く。彬良はちり取りを床に置き、彼女の身体に腕を回した。

「え……きゃっ⁉」

抱き上げた身体は、とても軽い。目を真ん丸にしている彼女を安心させようと、彬良は声を掛ける。

「いきなりごめん。でも、かなり身体冷えてるよね、顔色も悪いし。ここにいるのはまずい」

「え、あの……」

狼狽《うろた》えてる彼女にかまわず、歩き始めた。何があったのかは分からないが、大きな怪《け》我《が》もないようだ。落ち着くまで備品在庫課にいてもらえばいい。

「医務室に行くほどでもないと思うから、とりあえず俺の部署に連れていくね」

「は、はい……？」

目立たないように、非常階段を下りる。ここの階段は社員も滅多に使わないので、誰かに見咎《みとが》められる可能性は低い。

落ちないようにと彼の上着にしがみ付いている指は、とても白くて細かった。

＊＊＊

「ああ、随分顔色が戻ったね。良かった」

備品在庫課で落ち着いた桜の様子を確かめながら、彬良は言った。麻奈が淹《い》れてくれたココアを飲んで身体が温まったのか、真っ青だった桜の顔色は少し戻っている。

「課長、営業部から例の話が来てましたよ？　さっさと済ませてください」

ほっとしたところに飛んできた元敏腕秘書の指摘に、彬良はのんびりと答えた。

「はいはい。――ここなら人の出入りは少ないし、ゆっくりしていけばいいよ、鷹司さん」

目をぱちくりと瞬《またた》かせた桜が、はっとしたように声を上げる。

「あの！　私、名前を」

「鷹司桜さん――会長の孫娘で社長の娘さん、でしょう？　写真と同じだからすぐに分かったよ」

「写真、ですか？」

小首を傾《かし》げる様子が、とても可愛らしい。会長から成人式の写真を見せてもらった、と彼女に告げると、真っ白な頬が真っ赤に染まった。

（本当に、素直で可愛らしい人だな）

「まあ、いいんじゃないかしら。会長の親ばか……いえ、爺《じじ》ばかは今に始まったことじゃないし」

麻奈が笑いながら、ほかほかのタオルを桜に差し出す。タオルで顔を拭《ふ》く桜を、彬良は微笑《ほほえ》ましく見つめた。

「あの……本当にありがとうございます。助かりました」

お礼を言えるところも好感が持てる。かつて三神の家にいた頃、彬良に近寄ってくるお嬢様は自分本位な人が多かった。だが、桜にはそんな素振りはない。

「本当に素直な、いいお嬢さんねえ。可愛がっている会長のお気持ちが分かるわ～」

麻奈が感心したようにそう言うと、桜の表情は翳《かげ》った。目を伏せ、下唇をきゅっと噛む。

(そんなに噛むと、柔らかそうな唇に痕《あと》が付いてしまう)

思わず指で唇に触りたくなる。そんな気持ちを押し殺して、彬良は桜に近寄る。

「どうしたの?」

「えっ」

驚いている桜の目の前に跪《ひざまず》き、彼女の顔を見上げた。

「言いたくないなら言わなくてもいいけど……何か悩みがあるんじゃないかな?」

「っ」

びくっと桜の身体が震える。あんなところで泣くぐらいだ、何かがあったに違いない。

大体、彼女が会社に来ること自体、非常に珍しいのだ。

（会長や社長に会いに？　それだと泣く理由がない。……まさか）

頭の中に、見下すような視線を自分に投げかけてくる三好の顔が浮かんだ。最短コースで専務となり、社長令嬢と婚約したやり手だと、同期の間でも羨《うらや》ましがられている人物ではあるが……

「ここには麻奈さんと俺以外に誰もいない。君からしたらおじさんだろうけど、相談に乗るくらいはできるよ？」

彬良がそう言うと、俯《うつむ》いたまま考え込む桜。しばらくして、彼女は深呼吸をした後、彬良の顔を真っ直ぐに見た。

「……私……何も、できないんです……」

「え？」

彼女の口から発せられた言葉は、予想もしていなかったものだ。思わず首を傾《かし》げると、彼女はまた俯《うつむ》いてしまう。

「祖父や……父に、頼ってばかり、で……お人形さん……だって……仕事、ができる大人の、女性じゃ……ないし、引っ込み思案、で……」

（——何を言ってるんだ？）

誰がそんなことを彼女に吹き込んだのだろう。こんなに素直で優し気な彼女を傷付けたのは、一体⁉

ふつふつと胸の奥に怒りが込み上げる。ちらと麻奈を見ると、彼女も目を吊り上げていた。

「だ、から……好き、になって……もらえな」

──好きになってもらえない？

（三好、か？）

こんな可愛い婚約者に、あいつは何をやってるんだ。そう思った彬良だったが、その疑問を口には出せなかった。

代わりに、小さく震える白い手を自分の手で包み込む。

（指先が冷たい）

「君は何もできないんじゃない。やったことがないだけだよ。経験不足なんだ」

「え……？」

彬良を見る桜の目は、不安そうに揺れていた。その不安を消し去ってあげたい。そんな思いが胸を過《よぎ》る。

「確か、まだ大学生だよね？　社会に出たことがないなら、仕事ができなくて当たり前だし、保護者にだって頼っていい」

彼女の膝の上からハンカチを取り上げ、濡れた頬を拭《ふ》く。撫《な》でた彼女の頬は、滑《なめ》らかだ。

「それに君はお人形なんかじゃないよ。ほら、こんなに悲しんでいるじゃないか。お人形なら何も感じないはずだ」

「……あ……」

大きな目が自分をじっと見つめている。

(とにかく、彼女に自信を取り戻させるのが先だ)

彬良は言葉を続けた。

「もし君が……何もできないと言われたのが嫌だったのなら、やってみればいい。自分からやってみて、初めてできるかできないかが分かるんだよ」

「えっ？」

彬良の言葉が意外だったのか、桜が目を見開く。ぎゅっと握り締められた拳《こぶし》に、彼女の葛藤《かっとう》が見える。

また唇を噛んでいるのを見て、彬良はつい彼女の頭を撫《な》でた。

「大丈夫。君ならできるよ。今だってちゃんと自分の気持ちを言えただろう？」

そう声を掛けると、強張《こわば》っていた彼女の肩から力が抜けた。

「ありがとう……ございます」

彼に向かって微笑《ほほえ》んだ桜は、風に舞い散る桜の花びらのように……とても綺麗で儚《はかな》く見えた。

——どうか、あなたが望む道を歩いていけますように。

そんな願いを込めながら、彬良はまた桜の頭を撫《な》でたのだった。


「——八神課長。さっきの桜さんの件は、十中八九、三好専務が絡んでいると思いますよ」

桜が立ち去った後、麻奈がぎらりと目を光らせて彬良に言った。自分も彼を疑っていたものの、素知らぬフリで聞く。

「三好が？」

すると、ふんと鼻を鳴らした麻奈が、「前々から思っていましたが、あんないいお嬢さん、あの男には勿体《もったい》ないですよ！　そりゃあ仕事はできるし、見た目もまあまあですけど。会長の前では猫被ってても、裏で何やってるんだか」と、ぷりぷり怒る。

桜は大人しい性格で、それを心配した会長が、強引なところのある三好を紹介した、というのは社内ではよく知られた話だ。

社長令嬢の桜を三好は丁重に扱うはずだ。何があったのか——

（あんなに泣くなんて……）

三好に対する不信と怒りが心に込み上げる。だが彬良に、彼を咎《とが》める権利はない。

(しばらく様子を見るしかないか……)

「麻奈さん。何か分かったら、俺にも教えてくれないか。できる限り、彼女の力になりたい」

その言葉を聞いた麻奈は、一瞬目を丸くした後、どんと胸を叩《たた》いた。

「お任せください！　社内一の情報網を駆使して状況の確認をします」

「あまり無理はしないように」

「あら、無理なんてしませんよ？　ちょっと情報提供を呼び掛けるだけですもの」

ふっふっふ、と笑う彼女の顔は、どう見ても悪代官のものだ。元敏腕秘書の彼女の伝《つ》手《て》は多く、現役員も彼女に頭が上がらない。ほとんどの社員が弱みを握られていると言っても過言ではないのだ。

頼もしい味方を得て、彬良はいつもの笑みを浮かべたのだった。

＊＊＊

あれから数ヶ月後。

「――桜さんが入社してくるとはねえ」

淹《い》れ立《た》てのコーヒーを彬良に渡しながら、麻奈がぽつりと言った。彬良は黙ってコーヒーを飲み、今新人研修を受けているであろう彼女に思いを馳《は》せる。

当初の予定では、桜は大学卒業を待って結婚、だったはず。それが急に結婚は延期になり、彼女はこの会社に入社したのだ。社内はその話題で持ちきりである。

「多分、課長の言葉がきっかけになったんでしょうね」

はあと麻奈が溜息をついた。

「いえ、働く気になったのはいいことだと思うのですよ？　あのまま結婚していても、いずれはだめになりそうでしたから。ですがねえ……配属先が」

「ああ、秘書課だっけ？」

彼女の愚痴《ぐち》は止まらない。

「今の秘書課のメンバーに後輩を育てようって気概《きがい》のある人間はいません。あんな高慢ちきな人達の中に『社長令嬢』を入れるなんて、桜さんが秘書課で浮く未来しか見えませんよ」

どうせ、あの爺《じじ》ばかの会長辺りの我儘《わがまま》でしょうと、ぶつくさ言う。

「秘書課は役員に一番近い課だ。会長も社長も、桜さんを自分達の目の届く範囲に置いておきたいんだろうね」

彬良がそう答えると、麻奈の瞳がきらりと光った。

「目なんか届きませんよ。……特に富永沙穂。彼女には要注意です」

「富永……というと、三好の専属秘書じゃないか」

彬良はその女性の姿を思い出す。

すらりと背の高い、クールな美人、仕事は速くて的確。それが富永沙穂の評価だ。営業部時代から三好のサポートをしており、確か彼が専務になるのと同時に専属秘書となったはずだ。

その富永に問題があるのか、眉をひそめた麻奈の口調は厳しい。

「富永さんは、おそらく桜さんに悪感情しか持っていません。今までは、たまに会う程度なので桜さんは気付いていないかもしれませんが……後輩になったとあれば、何を吹き込むか分かったものじゃありませんよ」

滅多に人の悪口を言わない麻奈が、ここまで言うのは珍しかった。彼女は秘書課を抜ける直前に、富永を指導していた。その時に何かあったのかもしれない。

「課長も注意しておいてください。桜さんは素直で大人しい性格です。あの個性の強い秘書課の面々の中では嫌な思いをしそうですから」

麻奈の忠告に、彬良はゆっくりと頷《うなず》いた。

「分かった。秘書課にはちょくちょく行く用事もあるから、気を付けておくよ」

（麻奈さんにも……言えない）

『ありがとう……ございます』

あの時の泣き笑いのような、彼女の笑顔が忘れられないなんて。

自分を蹴落として専務に出世した三好を恨んだり、羨《うらや》ましく思ったりしたことなどなかった。だが――

（彼女の満面の笑みを見たことがあるんだよな、三好は……）

ちくりと胸を刺す痛みに、彬良は気付かないフリをした。

＊＊＊

そして数週間後。いよいよ桜が秘書課に配属された。彬良は秘書課に文房具の残数を確認しに行く。ちらと部屋の中を見ると、安藤課長がパソコンの画面に向かう桜に、何かを教えているようだった。

彼が立ち去ったのを見た彬良は、声を掛けてみようと桜の席に近付く。

（……ん？）

桜の横顔は強張《こわば》っている。画面を凝視《ぎょうし》したまま、真っ青になっていた。マウスを持つ右手も、全く動いていない。

（桜さん？）

小刻みに彼女の指は震え、マウスがかたかたと鳴った。半開きの口から細く息を吸う音が聞こえる。

「い……」

咄嗟《とっさ》に彬良は右手を伸ばした。マウスを持つ彼女の手に自分の手を重ね、「大丈夫」と声を掛ける。

「え……？」

振り返った桜の目は、ぼんやりとしていた。パソコンの画面に目をやった彬良は、そこに映っているスケジュールを見て、状況を理解する。

「ほら、ここだよ」

マウスを操作し、画面に桜の名前だけが表示されるようにした。

「八……神課長……」

ひゅ、ひゅと息を吸う音がする。どうやら彼女は過呼吸になりかかっているらしい。

固まった背中を左手で撫《な》でると、少しだけ彼女の肩から緊張が解けた。

「ゆっくり息を吐いて」

「ふ、う……っ……」

息を吐くのと同時に、桜の指の強張《こわば》りも解けていく。

（こんな状態になるほど、気にしてるのか？）

三好と富永が共に外出している。そのスケジュールを見ただけで、ショック状態になるなんて。

その時、彬良に気付いた安藤課長が近寄ってきた。彬良はさり気なく桜から手を離し、あたかも最初からマウスの電池を替えようとしていたフリをする。けれど桜が礼を言うのを聞いて、無意識のうちに右手を彼女の頭に載せていた。

「どういたしまして。頑張ってね、鷹司さん」

微笑《ほほえ》み掛けてから、踵《きびす》を返す。

秘書課を出る時の彬良の表情は――硬い。

(……麻奈さんに確認する必要があるな)

さっきまでの青白い顔をしていた桜を思い出し、彼はくっと歯を食いしばった。

＊＊＊

「――浮気……だと?」

マグカップを持つ彬良の手は、凍り付いた。

彼は自席で麻奈の淹《い》れてくれたコーヒーを飲みながら、三好と富永について聞いてみたのだ。その問いに一瞬黙り込んだ麻奈は、「まあ、課長なら言い触らしたりしないでしょうし」と衝撃的な発言をした。

——隠しているようですが、三好専務と富永さんは、前々から男女の関係ですよよ、と。

「正確には浮気というより、関係を清算していない、って感じですけれど」

麻奈も自席でコーヒーを飲みつつ説明する。

「三好専務の婚約を機に別れたのかと思っていましたが、さっきの話を聞く限りそうでもないようですね。桜さんも気付いているのでしょう」

彬良は桜の心中を想像し、胸が痛くなった。

（桜さんは……）

自分の婚約者の浮気相手と同じ部署にいる。しかも相手は先輩だ。

「安藤課長からすると、三好専務の婚約者である桜さんを他の役員の秘書にはできないし、三好専務の現秘書は富永さんなので彼女に指導役を、という考えなんでしょうけど……辛《つら》いでしょうね、桜さん」

麻奈も彬良と似た気持ちなのか、溜息をついた。

（保はこのことを知っているのか？　知っていたらこんな人事に……いや）

同期で人事部長の鷹司保の顔を思い浮かべたが、会長と社長の意向では知っていたとしても仕方がなかったのだろう、とすぐに想像がつく。その分、三好に腹が立った。

（三好《あいつ》……一体何をしてるんだ？）

社長令嬢と婚約したというのに、秘書と浮気。バレたら首どころでは済まない可能性もある。

彬良を見やりつつ麻奈が続ける。

「桜さんの性格では、会長や社長には言えないのでしょうね。三好専務のことをお好きなようですし」

その言葉に、ずきりと胸の奥が痛む。目を真っ赤にして泣いていた桜の顔が目に浮かんだ。

(俺なら……あんなふうに泣かせないのに)

儚気《はかなげ》な笑顔ではなく、心から幸せに笑う顔が見たい。そう思っている自分に彬良は驚いた。

――守りたい。あの柔らかで優しい彼女を。自分のこの手で。

(……だが、彼女が愛しているのは……三好だ。そうでなければ、あいつのために泣くわけがない)

マグカップを握る手に筋が立つ。

「とにかく！　課長は桜さんを気に掛けてくれればいいですから。私もできるだけのことはします」

「えらく彼女の肩を持つんだね、麻奈さんは」

ふと疑問に思ったことを口にすると、麻奈が少し遠い目をした。

「会長の秘書をしていた頃、まだ小さかった桜さんを見たことがあるんですよ。会長の後ろに隠れて、恥ずかしそうに笑う可愛い女の子でした。だからつい、孫に対する気持ちになってしまうんです」

「会長の爺《じじ》ばかのこと、言えないんじゃないか？」

「大きなお世話です」

ぴしゃりと言い返した彼女の頬は、少しだけ赤みを帯《お》びている。彬良はそんな麻奈を見て、秘書課の様子を小まめに見に行こうと心に決めた。

＊＊＊

（――何故、桜さんは表に出てこない？）

秘書課に入った桜以外の新入社員は、ぽちぽち役員に同行している姿も見られるようになっていた。だが、桜は秘書課内での仕事に従事しているらしく、社外に出るところを彬良は見たことがない。

桜の立ち振る舞いは綺麗だし、社長令嬢のくせにという悪意ある噂《うわさ》を除けば、真面目で素直だと評判もいい。他の同期に後《おく》れを取っているようには見えない。

(彼女は、三好に同行できるぐらいに成長したいに違いないのに)

秘かに秘書課のスケジュールをチェックしているが、三好に同行しているのは、相変わらず富永だ。桜はどれだけ辛《つら》い思いをしているのだろうか。そんなことを考えながら廊下を歩いていた彬良は、ふと前方の人影に気が付いた。

(桜さんと……三好？)

こちらに背を向けている桜の表情は分からないが、三好の顔は不機嫌そうだ。

「……働きたいんです。確かに私は今まで何の準備もしていませんでしたから、一番出来が悪いかもしれません。でも、真剣に取り組んでいます。少しずつですが、任される仕事も増えているんです」

桜の声は硬い。

「えらく生意気な口を叩《たた》くようになったんだな。素直で可愛かったのに」

三好の声色に嘲《あざけ》りが含まれているのを聞き取った彬良は、咄嗟《とっさ》に声を掛けていた。

「――今でも鷹司さんは可愛いよ、三好専務」

ぽんと左肩を叩《たた》くと、桜は軽く後ろを振り返り目を丸くした。

「八神、課長」

彼女の隣に立ち、三好と真正面から向き合う。彼の目が吊り上がり、唇がくっと曲がった。

「八神？　お前、桜と知り合いなのか？」

「仕事上、俺の顔が広いのはお前だって知ってるだろう、三好」

彬良がそう言うと、三好の瞳に侮蔑《ぶべつ》の色が浮かぶ。そして、婚約者を軽視するようなことは言うなと釘を刺したことで、桜の頬がほんのりと染まった。

三好はそんな彬良が気に入らないのか、更に睨《にら》み付《つ》けていたが、ふいと桜に視線を戻す。

「桜、今から食事に行こう。仕事のこともちゃんと話したい」

「私、は」

彼女は、戸惑いの表情になっている。差し出された右手に自分の手を重ねようとしない。逆に一歩後ろに下がっていた。

「桜――」

「三好専務、ここにいらっしゃったのですか」

突然、割って入った声に、びくっと桜の肩が揺れた。彬良が声のしたほうを向くと、黒いパンツスーツ姿の富永がこちらに近付いてくるのが見える。

(桜さん⁉)

桜は目を見開き、口元を強張《こわば》らせていた。ショルダーバッグを握る左手はぎゅっと力が入っている。

「明日の予定を言い忘れておりまして……あら、鷹司さんに八神課長」

桜を見る富永の目は、優位を確信している者の目だ。

「こんなところに突っ立って、何をしているの？　三好専務に用事でも？」

（いけない！）

二人のスケジュールを見ただけで、ショック状態になっていた桜だ。目の前で二人が話しているところを見て、傷付かないわけがない。

彬良は震える彼女の身体をさっと自分の胸元に引き寄せた。

「一緒にお茶でもどうかなって誘ってたんだよ。ねえ、桜さん？」

桜は呆然とした顔で彼を見上げている。三好が苛立《いらだ》たし気な声を出した。

「八神っ⁉」

「秘書がお呼びですよ、三好専務。では、俺達はここで」

「八神、貴様っ……！」

嫌味を言った後、彬良は桜の右手首を掴み、引っ張るようにしてその場を立ち去る。何も言わずついて来る桜の顔は見られず、彬良は前を向いてそのまま歩き続けたのだった。

＊＊＊

とりあえず会社近くの公園に桜を連れ出した彬良は、コンビニで買ったカフェラテとホットコーヒーを二人で飲んだ。右隣に座る桜は、美味《おい》しそうにカフェラテに口を付けている。ふっと彼女が星の瞬《またた》き始めた空を見上げた。

「桜さん」と下の名前で呼ぶと、半分口を開けたまま彬良を振り返る。その唇に触れたい気持ちを抑えて、彬良は下の名前で呼んで嫌じゃないか、と聞いてみた。首を横に振った彼女を見て、秘かに安堵《あんど》の溜息をつく。

（そう言えば）

今日の経営会議で、いつになく美味《おい》しいお茶が出たことを彬良は思い出した。麻奈が『秘書課の人間が淹《い》れたお茶はダメ』といつも言っているように、苦かったり薄かったりしていたお茶が、とてもよい塩梅《あんばい》だった。おそらく桜が淹《い》れたのだろう。

「お茶、美味《うま》かったよ。ありがとう、桜さん」

そう彬良が話し掛けると、桜は目を見開き呆然とした。彬良は保の様子から桜がお茶を淹《い》れたと分かったんだと説明する。そして、三好の前から強引に連れ去ったことを謝った。桜は「私……ちょっと彼と距離を置きたくて」と答える。

その言葉を聞いた時、自分の胸の中に小さな喜びが生まれたことを——彼は気付かないフリをした。

＊＊＊

次の日。彬良はいつも通り屋上の点検をしていた。ぐるりと一周した後、入り口付近に視線を移す。その時、彼の心臓がぐっと脈打った。

(桜さんっ⁉)

冷たいコンクリートの床にぺたんと座り込んだ桜の姿が目に入った。彼女はきゅっと唇を噛み締め、自分を抱き締めるように、両手で二の腕を掴んでいる。

急いで近付いた彬良は、跪《ひざまず》いて彼女に声を掛けた。

「――桜さん」

「え……？」

桜が顔を上げる。今にも零《こぼ》れ落《お》ちそうな涙を湛《たた》えた目が大きく見開かれ、唇が小さく震えていた。

その表情を見た彬良は、思わず彼女を抱き締める。

「大丈夫」

「やが、み課長……？」

「他に誰もいないから、思い切り泣けばいい。気が済むまでこうしてるよ」

そう言って頭を撫《な》でると、彼女は両手で胸元にしがみ付いてきた。

「あああっ……う、あああああっ……！　ああああっ！」

桜は何かが吹っ切れたように、大きな声を上げて泣き始める。

彬良はそんな彼女を優しく抱き締め、落ち着くまで黙って待つ。彼女の泣き声がかすかになった頃に、柔らかな身体をベンチまで抱き上げて、座らせた。自分も隣に座り、彼女の右肩を抱いて引き寄せて「落ち着いた？」と声を掛ける。

「は、はぃ……ごめんなさ――」

泣いたことが恥ずかしいのか、桜は俯《うつむ》き加減で小さくなった。何かを言おうとしている彼女の頬を撫《な》で、滑《なめ》らかな感触を味わう。

（どうしてこんなに泣くんだ？　三好が何かしたのか？）

気に入らない。彼女をこんなに悲しませるなんて、気に入らない。

「桜さんは秘書課で頑張ると言っていた。その決意をした君が、些細《ささい》なことでこんなに大泣きするとは思えない。何があったんだ？」

「それ、は……」

躊躇《ちゅうちょ》している桜を、彬良はじっと見つめた。綺麗な瞳に息が止まりそうになる。

「悪いようにはしない。俺を信じてくれないか」

（信じてほしい。頼りにしてほしい）

桜は「……迷惑じゃ」と呟《つぶや》き、彬良を見上げていた。

「迷惑なわけがない。桜さんの力になりたいんだ」

安心させるように微笑《ほほえ》むと、彼女の頬がほんのりと赤く染まった。

その後、つっかえつっかえ桜が話した内容に、彬良は思わず富永と三好を口汚く罵《ののし》りそうになり、ぐっと唇を引き締める。

（桜さんの能力や勤務態度に関係なく、わざと雑用ばかりを言い付けていただと⁉ 彼女の努力を無視して、飼い殺しにしていたのか⁉）

三好に認められたくて、桜は頑張っていたに違いない。なのに、三好も富永も、その思いを認めるどころか、無下《むげ》にしたのだ。

『誰かいい人入れてくださいな』

ふっと麻奈のセリフが頭に浮かんだ。そうだ、それなら――

「――桜さん。うちの課に来る気はない？」

「え⁉」

桜が目を丸くしている。彬良はここぞとばかりに、備品在庫課が人手不足で困っていることを切々と訴えてみた。桜が遠慮がちに口を開く。

「いいのでしょうか？　私……秘書課でも一番出来が悪くて」

「それは違う」

彬良は即座に否定した。

「三好が外に出すなと指示してた上に、他の秘書に雑用を押し付けられていただけだ。それがなければ、とうの昔に同期に追い付けていたはずだ。桜さんは立ち振る舞いが綺麗だし、外に出したって何の問題もない」

「八神課長」

「桜さんは秘書課で頑張りたいのだろうと思っていたから、真面目な君が欲しいと保に言わなかったんだ。だが、故意に実力を発揮できないようにされているなら、話は別だ」

桜の目にじわりと涙が浮かぶ。傷付いている彼女に付け込んでいるのかもしれない。だが、彼女を潰そうとしているとしか思えない、あんな部署に置いておけない。

「……桜さん」

彬良は両手で桜の右手を包み込んだ。

「備品在庫課に来てもらえないか。うちの仕事は地味だし、汚れ作業も多い。だけど、君を蔑《ないがし》ろにするようなことはしないと約束する」

「……はい。是非、備品在庫課で働きたいです。よろしくお願いいたします」

桜が微笑《ほほえ》んでお辞儀をする。彬良は高鳴る胸を抑えながら、彼女の艶《つや》やかな髪を撫《な》でたのだった。

＊＊＊

備品在庫課に来た桜は、生き生きとしていた。仕事を覚えるのも早いし、作業も丁寧、どの部署からも『桜さんはよく気が付くし、相談しやすくて助かるよ』と言われている。

ここぞとばかりに、麻奈が秘書としての業務も教えているが、桜は何の文句も言わず、嬉々として学んでいるようだ。

「本当に桜さんは呑み込みが早いし、真面目で丁寧。一流の秘書にもなれると思いますよ」

麻奈は桜を絶賛している。かつて秘書課で後輩を厳しく指導していた彼女は、その厳しさから傲慢《ごうまん》な後輩達とぶつかり、秘書課を見限って備品在庫課に異動したのだ。

(その麻奈さんがここまで褒めるとは)

最初は素直に指導を受け入れ、その後自分なりに考え、行動する。その桜の姿勢が麻奈のお眼鏡に適《かな》ったらしい。桜がどんどん成長していく様《さま》を、彬良は目を細めて見守っていた。

——そんなある日のこと。一本の電話を桜が取ったことから事態が急変する。

「はい、備品在庫課です」

にこやかに電話に出た桜の顔が一瞬、強張《こわば》った。

「はい、何のご用でしょうか、三好専務」

(三好だと⁉)

麻奈と会話していた彬良は、じっと桜の言葉に耳を傾《かたむ》ける。

「はい、承知しました」

さらさらとメモを取った桜が、電話を切って席を立つ。備品を取り出しているところを見ると、何か頼まれたようだ。麻奈が聞くと、専務室に備品を届けてほしいと頼まれたと答える。

嫌な予感がした。

麻奈が代わろうかと言い出したが、桜はそれを断り専務室に向かった。麻奈と彬良は、黙ったまま閉じた入り口のドアを見つめる。

「三好専務の呼び出しって……嫌な感じがしますね」

「ああ」

三好が、桜が働いていることを快《こころよ》く思っていないのは、百も承知だ。会う度《たび》に嫌味を言われているが、彬良はさらりと流していた。そういう彬良の態度も、彼は気に入らないらしい。

RRRRRR……

ふいに彬良のスマホが鳴る。表示された番号を見て、彼は眉をひそめた。

「はい、備品在庫課　八神です」

『三好専務室の富永です。こんにちは』

「備品在庫課に何かご用でしょうか？　先程桜さんが向かいましたが」

電話の向こうでくすくす笑う声がした。

『専務から言われましたの。しばらく専務室に誰も近寄らせるな、と。当然、私もですわ』

ぞわりと悪寒《おかん》が走る。秘書である富永も遠ざけて、桜さんを呼んだ？

（どういうことだ？　あいつ、まさか）

『ご忠告しましたわよ？　では失礼します』

通話が切れたスマホを彬良はしばらく見ていた。富永の真意は分からない。だが――

「俺も三好専務室に行ってくる」

「それがいいと思います。気を付けて」

彬良は麻奈に見送られて、備品在庫課を後にした。

急いで専務室に着いた彬良は、ドアノブを回す。ドアを開けた彬良に聞こえたのは――桜の悲鳴だった。

「嫌、いやああっ！」

（桜さんっ⁉）

ソファの上で絡み合う男女の姿。三好が桜に伸《の》し掛《か》かり、彼女の唇を奪っている。

「いっ、やあんんんっ」

必死に抵抗する桜を見てかっとなった彬良は、乱暴にドアを閉めソファに駆け寄った。

「やめろ、三好っ！」

振り向いた三好の首根っこを掴み、桜から引《ひ》き剥《は》がす。

「ぐっ⁉」

彼の身体を床に引きずり下ろし、桜に顔を向けた。

「大丈夫か、桜さんっ⁉」

ぽろぽろと涙を零《こぼ》し、身体を起こす彼女。乱れた上半身を見て、更に彬良の怒りが大きくなる。

「八神、貴様っ！」

三好が立ち上がって、彬良を睨《にら》み付《つ》けた。彬良は彼と対峙する。

「婚約者といえども、嫌がる女性に乱暴など許されない」

「ちょっと性急にしすぎて驚かせただけだ。久しぶりだったからな」

（あんなに嫌がっていたのに、何を言ってるんだ、こいつは。桜さんの顔は恐怖で歪《ゆが》んでいただろうが）

込み上げる怒りを隠せず、彬良はぐっと三好を睨《にら》み返《かえ》した。うっと三好が息を呑む。

それに構わず桜の傍《そば》に歩み寄り、跪《ひざまず》いて右手を差し出す。彼女がおずおずと自分の手に手を重ねた。彬良はゆっくりと立ち上がり、一緒に彼女をソファから立たせる。

「桜っ」

とげとげしい三好の声に、桜の身体がびくっと震えた。怯《おび》えている彼女を庇《かば》い、彬良は三好と彼女の間に立つ。桜の細い指が、彬良の二の腕を強く掴んだ。

「これ以上、桜さんを追い詰めるな。彼女は直属の上司である俺が責任をもって家まで送る。お前は少し頭を冷やせ」

「っ！」

彬良の気迫に、三好の顔色が変わった。きっと彬良を睨《にら》み付《つ》けると、彼は専務室を乱暴に出ていく。

「桜さん」

それでもまだ真っ青な顔をした桜は、身体を小刻みに震わせていた。どうやら歩けないらしい。彬良は彼女の身体を抱き上げ、移動する。

桜は彬良の作業着に顔を埋《うず》めていたが、しばらくすると身体の力を抜いた。

　そっと覗き込むと、彼女は目を瞑《つむ》っていた。少し開いた唇から寝息が聞こえる。

（安心して気が緩んだのか）

　目尻に涙が溜まっているのを見て、また腹の底から怒りが込み上げてくる。

（確かにあいつは、桜さんの婚約者かもしれない。だが、あんな無理強《じ》いをして泣かせるなんて、許せない）

　そんな三好への怒りの中に、彬良は小さな違和感を覚えた。

（――何故、富永は俺に知らせてきたんだ？）

　彼女からの連絡がなくても、彬良は専務室へ桜を迎えに行ったかもしれない。だが、そのタイミングでは、最悪の事態に間に合わなかった可能性が高い。三好が人払いをしたという情報があったからこそ、急いだのだから。

（富永は……必ずしも三好に従っているわけではないのか）

　営業部時代からゴールデンコンビと言われた二人。三好の出世の裏には、彼女の献身があることは皆知っている。だが……

　意識を失った桜を運びながら、彬良は富永の真意がどこにあるのか、考えを巡らせていた。

＊＊＊

桜を自分の車まで運んだ彬良は、麻奈に連絡し、彼女のバッグを持ってきてもらった。

早退の手続きを頼んだ後、郊外にある小高い展望台に車を走らせる。

目を覚ました桜を展望台まで連れていった。頭上に広がる星空を見て、桜は「わあっ……」と歓声を上げる。

しばらく夜景を眺めていた桜は、おずおずと彬良に礼を言った。

「桜さんが無事だったのなら、それでいいんだ。怖かっただろう？」

「はい」

俯《うつむ》いた彼女の目には、また涙が光っている。余程怖かったに違いない。彬良の心に三好への怒りが甦《よみがえ》る。

「……ったく、あの野郎」

吐き捨てるみたいに呟《つぶや》くと、桜が驚いたのか顔を上げた。彼女を怖がらせるつもりはない彬良は、怒りを抑えて優しく微笑《ほほえ》む。

けれど、不安気に揺れる瞳に我慢できなくなり、手を伸ばして桜の身体を抱き締めた。

彼女の手がゆっくりと、彬良の背中に回る。腕の中の柔らかくて温かい存在を安心させたくて、彬良は腕に力を入れた。

桜の身体はもう震えていない。自分の胸に縋《すが》り付《つ》いている彼女に、彼はそっと囁《ささや》く。

「桜さんは今日、ここでの思い出を持って帰ってほしい」

彼女の唇に自分の唇を優しく重ねる。怖がらせないように、軽く触れるだけのキス。

桜が抵抗しないのを確認した彬良は、少しずつ唇を動かし始めた。

――甘い。甘くて柔らかい……このまま食べてしまいたい。

舌を絡め合い、唇を擦《こす》り合《あ》う。全てを奪いたくなる気持ちを抑え、優しく蕩《とろ》ける快楽を彼女に与え続けた。

「ふ、う……ん……」

熱の籠《こ》もった吐息が桜の口から漏れる。その身体から力が抜け、ぐったりと彬良の身体に寄り掛かった。

彬良の身体の奥にも熱が籠《こ》もり始める。これ以上はまずい、と唇を離すと、とろんと蕩《とろ》けた目をして頬を上気させている桜と目が合った。思わず息を呑んでしまう。

「その顔、反則だろ……」

こんな顔をさせるのは、俺だけにしたい。俺だけにしか見せないでほしい。

「これで、上書きしたから。今日桜さんにキスをしたのは俺だ。俺のことだけを覚えていて」

（桜さんの記憶から、三好を消し去って……俺だけを覚えていてほしい）

そう思いながら、彬良は再び桜に唇を重ねたのだった。

＊＊＊

その日から、桜が彬良を見る目には甘さが混ざるようになった。けれどそれと同時に、何かを思い詰めているらしい翳《かげ》りも見られるようになる。

彬良は桜に声を掛けながら、様子を窺《うかが》う。柔らかな笑みを浮かべる彼女は、彼には何も告げない。

（桜さんも少しは俺のことを考えていてくれるのだろうか）

確かめたいものの、三好に嫌な思いをさせられたばかりの彼女に、強引に迫るなんてできず、もどかしい気持ちを抱く彬良は、日々の業務を淡々とこなしていった。

「……やはり、か」

ある日。彬良は録音された音声を聞き、くっと唇を噛み締めた。

各部署の点検の際に、三好専務室の防犯カメラの電源が切られていることに気が付いたのだ。電源を入れ直し、一週間後に保存データを確認したところ、そこに保存されていたのは――

(麻奈さんの言った通り、富永との関係は続いていたというわけか)

カメラは入り口付近を撮っているため、映像では人の出入りの様子しか分からないが、二人の情事の様子はしっかり録音されている。彬良はＩＣレコーダーに音声データの一部を保存し直した。

桜を裏切っている三好が許せない。データの無断持ち出しは違反だと分かっていても、これ以上三好が彼女を傷付けるなら、このデータの利用も辞さないつもりだ。

(ただ……)

二人の会話を聞いた彬良は、どこかで引っ掛かりを感じていた。誘っているのは、いつも富永のほうだ。言葉巧《たく》みに桜の話題を口にし、三好に彼女を貶《おとし》める発言をさせているふうにも聞こえる。――まるで誰かに、この会話を聞かせたいかのように。

(何か裏があるのか)

彬良はＩＣレコーダーを握り締めながら、釈然としない思いを振り切れないでいた。

＊＊＊

(……帰社するのが遅くなったな)

社用で外出していた彬良が夕暮れ時の歩道を歩いていた時、スマホの着信音が鳴った。麻奈からだ。

「もしもし、麻奈さん？　八神です」

『八神課長、今どちらにいらっしゃいますか？』

「もうじき社に着くけど、何かあったのか？」

『……桜さんが三好専務に呼び出されました』

「っ⁉」

彬良の口からひゅっと息が漏れた。桜は三好を避けていたはずだ。

（なのに、呼び出しに応じた、だと？）

「ありがとう、麻奈さん。すぐに社に戻る」

『ええ。桜さんをお願いします』

電話を切った彬良は、会社目掛けて走り出した。胸に嫌な予感が巣くっている。

（桜さん――っ！）

備品在庫課に戻った彬良は、念のためにとマスターキーとＩＣレコーダーを手にし、三好専務室へ向かう。

鍵の掛けられたドアをマスターキーで開け、中に飛び込み――その瞬間、目の前が真っ赤に染まった。

「い、や……っ……！」

嫌がる桜を組み伏せる三好。桜の白い肌が露《あら》わになっている。気が付くと彬良は、怒りのままに三好の首元を掴み、思い切り殴り飛ばしていた。

「大丈夫か、桜さん！」

白い肌に三好が付けた赤い痕《あと》が散らばっている。彬良はさっとスーツの上着を脱ぎ、桜の身体を隠した。上着を握り締める彼女の指先は硬く強張《こわば》っていて、目も虚《うつ》ろだ。

（こいつ……！）

悲鳴も上げられないほど、殴り倒してやりたい。そんな怒りを内に秘め、彬良は三好を睨《にら》み付《つ》けた。

「前にも言ったはずだ。嫌がる女性に無理強《じ》いするなと」

彬良が低い声でそう言っても、三好は嘲笑《ちょうしょう》するだけだ。彬良が桜に手を出し、それが原因で桜が婚約解消を言い出した、話し合っている最中に彬良が手を上げたのだ――そんな戯言《ざれごと》をすらすらと並べ立てる。

仕方なく彬良はＩＣレコーダーをポケットから取り出し、例の音声を流した。

三好が驚愕《きょうがく》の表情を浮かべる。

「お前は秘書である富永沙穂と関係を持っている。それを隠して桜さんと結婚しようとした」

彬良がこう言っても、桜に驚いた様子はない。やはりこの二人の関係に気が付いていたのだろう。一方の三好の目には、焦《あせ》りの色が混ざっていた。瞳孔《どうこう》が開き、口元が引《ひ》き攣《つ》っている。

だが、彬良が防犯カメラから録音したことと、マスターキーを使用したことを告げると、彼は彬良の胸倉を掴んできた。

「負け犬のくせに、生意気なっ！　大体、お前ごときが桜の相手として認められると思ってるのか⁉」

（――お前ごときが？）

「俺でも専務になるまで、桜に声を掛けることすら会長に認められなかったんだぞ！備品在庫課の課長など、会長と社長が認めるわけがないっ！」

後ろで桜が息を吞んだ。水面に広がる波紋のように、三好の言葉が彬良の心にさざ波を立てる。

（専務になるまで……だと？）

声を掛けることもできなかったということは、つまり三好は――

彬良はぐっと歯を食いしばる。

（備品在庫課の課長では――今の俺では、おそらく桜さんに相応《ふさわ》しいと認められないだろう）

鷹司コーポレーションの社長の一人娘。だから、会長は専務になった三好を彼女に紹介した。

社長になれる器《うつわ》だと、認められて。

和希と争いたくなくて、逃げている自分では……彼女と釣り合わない。

「……そんなことはお前に言われなくても分かっている」

桜に真剣に向き合うなら、自分自身と向き合う必要がある。全てから逃げている自分自身と。

三好の言葉に、まざまざと思い知らされた。だが、今はこの場を収めることが先決だ。

彬良は桜を抱き上げた。

「――三好。桜さんがお前の浮気を会長達に告げないのは、元婚約者への優しさだ。それをいいことに、彼女が望まない行為を強《し》いるなら、俺が音声データを証拠として会長達に渡す。なんなら、あの時のことも一緒に報告してもいい」

五年前の件を口にすると、三好の顔色がさっと変わった。

黙ったまま、彼と睨《にら》み合《あ》う。……先に視線を逸《そ》らしたのは、三好だ。

捨てゼリフを吐いた彼の前を通り過ぎ、彬良は桜を連れて専務室を出る。後を追いかけてくる気配はない。

役員専用のエレベーターホールに向かいながら、胸元に縋《すが》り付《つ》いている彼女を見下ろす。細い指先がワイシャツに食い込んでいた。まだ怯《おび》えている彼女に、優しく声を掛ける。

「……桜さん。もう大丈夫だから」

「やが、み課長……」

ぽろりとまた涙が彼女の頬を伝う。彬良がキスで涙を拭《ぬぐ》った時、ちょうどエレベーターが到着した。抱えていた桜を下ろし、地下駐車場のボタンを押す。

「あいつは桜さんを諦めていない。もう二人きりで会うな」

「……はい……」

真面目な桜は、ちゃんと別れを言うべきだと思って三好のところに行ったのだろう。そんな彼女に襲い掛かって泣かせるなど、もっと殴り飛ばしてやれば良かった。彬良の胸の内には収まり切れない三好への怒りがまた込み上げてくる。だが――

『お前は専務室に侵入したあげく、会社が保存していたデータを個人的に持ち出した。そのツケは払ってもらうぞ』

三好の言葉が頭を過《よぎ》る。あの男の行動パターンからいくと、早々に保へ訴えるだろう。ここで彬良が釈明のために、あの音声を公表すれば……

（……桜さん）

社長令嬢と婚約している専務が、自分の秘書と浮気をした。とんでもない醜聞《しゅうぶん》だ。

三好と富永はただでは済まないだろうが、それ以上に桜が好奇の目に曝《さら》される。

それに、秘書課での富永の評判は意外に高い。桜が三好との結婚を延期し就職したことを逆手に取られて悪評を立てられる恐れがある。桜の我儘《わがまま》に三好が愛想をつかした、と面白可笑《おか》しく噂《うわさ》を流されたら、それを信じる人間も出てくるに違いない。そうなれば、せっかく会社で頑張っている桜は、居たたまれなくなるだろう。

（このデータは……諸刃《もろは》の剣《つるぎ》だ）

彼女にとっての最善は――

（この会社で彼女が働き続けられること。自分に自信を持てるようになること……）

三好がこのまま引き下がるとは思えない。ならば、先手を打つ。

「桜さん？」

開けた車のドアの前で、桜はじっと立ち止まっている。彬良が名前を呼ぶと、彼女は俯《うつむ》き小さな声で言った。

「……迷惑、ですか」

「え？」

（迷惑？　誰が？）

戸惑っていると、桜が顔を上げ真っ直ぐに彬良を見据《みす》えた。その真剣さに、思わず息を呑む。

「私が……八神課長を好きだと言ったら、迷惑ですか」

心臓を、ハンマーでどくんと打ち付けられたような衝撃が走る。

彬良は目を見開き、呆然と呟《つぶや》いた。

「桜さ……ん？」

――八神課長を好き……

今聞いた言葉が信じられなくて、身体を強張《こわば》らせる。

（桜さん……が？　俺を？）

「好き、なんです。あなたのことが」

じわじわと温かな何かが、彬良の身体を満たしていく。僅《わず》かに震える桜の肩に彼は両手を載せた。指が言うことを聞かない。

「さ、くら、さ――」

「いつだって私を助けてくれて、見守ってくれて、信じてくれて。あなたがいてくれたから、私は――」

俺がしていたことなんて、些細《ささい》なことだ。彬良は心の内で自嘲《じちょう》気味に呟《つぶや》く。泣いている桜を慰《なぐさ》め、秘書課から備品在庫課への異動に手を貸した。ただ、それだけだ。

麻奈の指導で力を伸ばしたのも、三好との婚約解消を決めたのも、皆、彼女自身が成《な》し遂《と》げた。

「……桜さんは自分で頑張ったんだ。俺の存在なんか関係ない」

「いいえ！」

しがみ付いてくる手の力が強まる。

「八神課長がいてくれたお陰で、私は頑張れたんです。真也さんと婚約していた私がこんなことを言ったら、困らせると分かってます。でも――」

心臓が早鐘を打つ。

「……好きだって、どうしても言いたかったんです。それだけです。あなたには迷惑かもしれ――」

（迷惑、だと⁉）

それ以上聞いていられなくなった彬良は、思い切り桜を抱き締めた。

「……かじゃない」

（迷惑だなんて、あるわけがない。俺は――）

身を屈めて、桜の耳元で囁《ささや》く。

「ずっと桜さんが……好きだった」

もしかしたら、会長に写真を見せられた時からだったのかもしれない。

ふわりと微笑《ほほえ》む彼女の笑顔が、忘れられなかった。三好と婚約したと聞いた時、胸の奥が鈍く痛んだ。それもなかったことにしていたほど――好きだったのだろう。

だから、あの日——泣いている彼女を見付けた日。自分が彼女を守りたくて、備品在庫課へ連れていったのだ。

「え……？」

信じられない。そんな表情を浮かべた桜が顔を上げる。

「……桜さん」

彼女の頬に自分の頬を摺《す》り寄《よ》せ、彬良は柔らかな身体を強く抱き締めた。きめ細《こま》かい肌の感触が、愛《いと》おしくて堪《たま》らない。

「今の俺では、あなたに相応《ふさわ》しくない。そう思っていても、あなたに惹《ひ》かれる気持ちを抑えられなかった」

そう、今の自分では。備品在庫課の八神彬良——実家から逃げている自分では、彼女に釣り合わない。だが、それでも……

（……こんなにも、俺はあなたを）

「あなたに告白されなければ、黙って行くつもりだったのに」

桜の匂いと温かさを感じた。彼女からはいつも、フローラル系の匂いがほんのりと香る。抱き締めている身体は柔らかくて、温かくて……離したくなくなってしまう。

（こんなところではだめだ）

彬良は顔を上げ、桜の両肩を掴んで彼女の身体を自分から離した。彼を見上げる桜の潤《うる》んだ瞳には、彼への想いが溢れている。

染まった頬に、少しだけ開いた口。彬良は頬が熱くなるのを感じた。

「……そんな顔、絶対俺以外に見せないで」

「そんな顔？」

(分かってないのか。今自分がどんな表情を浮かべて俺を見つめているのか)

彼は右手で髪を掻《か》きむしる。

「このまま食べられてもいいって顔をしている。自覚ないのか？」

途端に桜の顔が真っ赤に染まる。その顔が可愛すぎて、触れないでいるのが辛《つら》い。これ以上ここにいたら、我慢できなくなりそうだ。

「とにかく家まで送るから、乗って」と桜の背中を軽く押した。だが、彼女はその場から動かない。

「……八神課長」

縋《すが》るような眼差《まなざ》しで彬良を見上げる。

「食べてくださいって言ったら……私を軽蔑《けいべつ》しますか？」

「っ！」

どくっと心臓が脈打った。身体の奥に溜まった熱が、今にも噴き出しそうだ。

――食べてください……？

（餓《う》えた狼の前でそんなセリフを言ったら、どうなるのか分かってるのか？）

欲望で身が焦《こ》がれそうになっている自分を、必死に抑え付けているというのに。

彼の気持ちを知ってか知らずか、桜の手が彬良のワイシャツを掴んだ。その指先は少し震えている。彼女の大きな目から、また涙がぽろりと零《こぼ》れた。

「お願い……」

「桜、さ――」

手を伸ばして、ぽろぽろ零《こぼ》れ落《お》ちる涙を拭《ぬぐ》いたい。彬良はぐっと両手を握り締めて耐えた。

それなのに、桜が彼を見つめて、小さな声で言う。

「少しでも、私を好きでいてくれるなら……その証《あかし》を、ください」

（――っ!?）

身体の奥から熱い欲望がどくりと身体に溢れ出てきた。好きで、触れたくて、堪《たま》らない。

強張《こわば》った彬良のシャツを、桜は握り締めていた。柔らかくて温かい感触に、理性が吹き飛びそうになる。

動かない彼に、桜がぽつりと言った。

「やっぱり、だめ……ですか？　私みたいな……」

「違……う」

(そうじゃないんだ。俺のほうこそ、あなたには相応《ふさわ》しくない)

だが、それでも——こうして縋《すが》り付《つ》いてくる手を、払いのけられるほど、彬良は強くはなかった。

「……いいのか？　今の俺は備品在庫課の課長にすぎない。会長や社長に認められる存在じゃない。それでも？」

そう告げると、桜は涙を零《こぼ》しながら笑った。

「私が好きになったのは、辛《つら》い時に傍《そば》にいて、自信を失った時に支えてくれた、備品在庫課の八神課長ですから」

(ああ、もう手放せない)

彬良は桜の身体を思い切り抱き締めた。この愛《いと》おしい存在を、手放すことなどできない。そうまざまざと思い知る。

(俺は——)

桜に釣り合う自分になる。こんなに真っ直ぐで素直な桜に相応《ふさわ》しい自分に。

桜も彬良を抱き締め返してくる。高鳴る心臓の鼓動はどちらのものだったのか、それすら分からないくらいに、二人の身体は一つに溶け合った。

＊＊＊

「……彬良さん？」

彬良はスマホから目を上げた。ソファに座る自分の隣に、桜が心配そうな顔で立っている。桜色のセーターに白いフレアスカートを着ている彼女は、やはり『いいところのお嬢様』の雰囲気を醸《かも》し出《だ》していた。

「どうしたんですか？　何だかぼんやりして」

「ああ」

彬良はスマホの画面に目をやり、小さく苦笑する。

「……桜さんと出会ったばかりの頃を思い出していたんだ」

彬良の手元のスマホを見た途端、桜の頬が赤く染まった。

「も、もう彬良さんたら！　その画像は恥ずかしいから止めてくださいって言ったのに」

スマホを取り上げようとする桜を難なくいなした彬良は、彼女を自分の膝の上に乗せて抱き締める。スマホをローテーブルの上に置き、首筋を吸うと、彼女がぴくっと肩を揺らした。

「桜さんはいつもいい匂いがする。俺を誘う匂いが」

「彬、良さんっ……んんっ」

唇を重ねた直後、彼女の可愛い抗議はすぐ甘い声に変わる。彬良が桜と結婚して三ヶ月、新妻の恥ずかしがりなところは変わらないが――

「んはっ……ああ、ん」

桜は彼の舌に自《みずか》ら舌を絡め、もっとと言わんばかりに唇を開く。細い腕を彼の首に回し、柔らかな身体を押し付けてきた。あの純真だった彼女をこんなに淫《みだ》らにしたのは――

（……俺だ）

唇を離すと、桜が腫《は》れた唇を尖《とが》らせる。そんな仕草も、蕩《とろ》ける瞳も、皆、彬良のモノ。

それがどんなに幸せで、どれほど満足感をくれるのか、彼女は知らない。

「桜が欲しい」

耳たぶを唇で弄《もてあそ》びながらそう囁《ささや》くと、腕の中の身体が一層熱くなった。

「っ……！　ず、るいです、彬良さんは」

滑《なめ》らかな肌が桜色に染まっている。色の白い桜は、すぐに赤くなる。そこがまた、堪《たま》らない。

「リビング《ここ》でもいいけど……桜さん、恥ずかしいんだよね？」

「だ、って……まだ日が高い、し」

こくんと小さく頷《うなず》く彼女の視線は、彬良の胸元の辺りをうろうろしている。桜を抱きかかえたまま、彬良はすっと立ち上がった。備品在庫課で鍛《きた》えた身体は、彼女のように体重の軽い女性を抱き上げた程度ではびくともしない。

「じゃあ行こうか？　お姫様」

真っ赤になって頷《うなず》く桜が愛《いと》おしくて、彬良は柔らかな髪にキスをした。


「——ん……」

(ああ、やっぱり、桜は綺麗だ)

今、桜は何も身に纏《まと》わず、シーツの上に横たわっている。柔らかな髪が乱れて肩に落ちている様《さま》は、絵画のように美しい。潤《うる》んだ瞳に桜色の頬、小さく震える愛らしい唇。

そして、白い喉元から鎖骨にかけて、滑《なめ》らかなラインを描いている身体。

綺麗なおわん型の胸がふるんと揺れ、赤みを帯びた先端の蕾《つぼみ》はもう硬く尖《とが》っている。

細いウェストからシミ一つない太腿《ふともも》に彬良が視線を動かすと、柔らかな茂みの奥がもう疼《うず》いたのか、脚を擦《こす》り合《あ》わせた桜が、切なそうな声を上げた。

「あ、きら……さん」

口元に笑みを浮かべた彬良は、彼女の唇の真横に焦《じ》らすようなキスをする。

「ごめん、あんまり綺麗で。思わず見惚《みと》れてしまった」

「あ……あう、っ」

両手で盛り上がった胸を掴んで、優しく揉《も》みしだく。弾力のある肌が手のひらに吸い付いてくる。柔肉に沈む指の位置を変える度《たび》に、桜がびくびくっと身体を震わせた。

「ここもう尖《とが》ってるね」

「ああっ」

薄い色の乳輪に舌を這《は》わせた彬良は、そのまま左胸の先端に吸い付く。舌で蕾《つぼみ》を転がし、歯で甘噛みし、そしてまた吸う。その繰り返しに、桜は首を左右に振って身悶《みもだ》えした。

「あ、やあんっ、ああっ……あんんっ」

(この甘い声を聞くのは俺だけだ。薄っすらと汗ばんだ肌から匂う、桜自身の香りを嗅《か》ぐのも)

どろりと熱い思いが下腹部に溜まり、すでに硬くなっていた欲望が更に膨らむ。

「肌が桜色に染まって、本当に綺麗だ」

桜色の肌に浮かび上がる、彬良が付けた赤い花。首から胸の膨らみ、そしてお腹に赤い花が咲き誇っている。

甘くて柔らかくて、いつまでも舐《な》めていたい。吸い付きたい。噛みたい。

そんな原始的な欲望がめらめらと燃え上がる。

太腿《ふともも》を左右に広げ、彼女の右脚を肩に掛けると、白い肌がまた震えた。桜色に染まる肉の入り口から、甘い液が垂れている。思わず舌を当て、蜜をすすり上げた。

「あ……っ、あああっ」

大きく腰を弾《はず》ませた彼女が、一際高い声を上げる。びくびくと襞《ひだ》が蠢《うごめ》くのを舌で感じた彬良は、桜が軽く達したことを知った。

「すぐにイクようになったね。乱れて厭《いや》らしい桜さんが可愛い」

「あ、ああんっ……」

快楽に耐えようとしているのか、彼女の脚に力が入る。人差し指を蜜壺のナカに入れると、濡れた襞《ひだ》は、もっと奥に刺激を欲しがった。だが彼は、あえて入り口の辺りをぐいと押すように触る。

「ひ、あんっ……ああ、あう」

桜の声色に、懇願《こんがん》の響きが混ざる。大人しい彼女は、まだ閨事《ねやごと》のおねだりが恥ずかしいらしく、言葉では縋《すが》ってこない。大きな目も、半開きの唇も、荒い吐息も、熱い身体も、その全てが彬良を欲しがっているのに、口からその言葉は中々出てこないのだ。

（ああ、聞きたい）

「あああああっ」

ちゅっと音を立てて、ぷくりと膨れた敏感な花芽を口に含んだ途端、桜がまた身体を仰《の》け反《ぞ》らせた。

「あっ、あっ、あっ……ああああっ」

一層熱くなった身体がベッドの上で跳ねる。だが彬良は攻め立てる舌も指も止めなかった。

「ココがひくひくしてるよ？　俺が欲しい？」

意地悪な言葉に、桜の目から涙が零《こぼ》れる。あっあっ、と短い喘《あえ》ぎ声《ごえ》を漏らす桜の指が、彬良の肩に喰い込む。

「あ、きら……さんっ……！」

何度も首を振って、快楽から逃《のが》れようともがく桜。そんな彼女を逃《のが》さない彬良。

寝室の空気は次第に甘く濃く、重くなっていく。

「は、あっ……あんっ、あ、あああああっ」

ついに桜が何度目かに達した。彬良は彼女の身体を反転させ、白い尻を持ち上げる。四《よ》つん這《ば》いになった彼女の後ろで、膝立ちの姿勢になった。

「桜さんはどこもかしこも綺麗だ」

「ひあっ⁉」

白い双丘を割って入ってきた舌に、桜が悲鳴を上げる。細い指はぎゅっとシーツを握り締め、豊かな胸がたゆんと揺れた。

「挿入《いれ》るよ？」

彬良は濡れた入り口に先端を当て、ぐっと奥に押し込める。まだきつい桜のナカが、やっと与えられた硬い熱を一気に取り込もうと動いた。

「あ……っ、あああああっ」

頭を仰《の》け反《ぞ》らせた桜の背中に、栗色《くりいろ》の髪が舞う。後ろから挿入すると、前からでは当たらない場所に当たるらしく、乱れ方が一層激しい。今も挿入《い》れただけで、イッてしまったようだ。

「あっ、あんっ！　ひ、ああああっ」

纏《まと》わり付《つ》く肉襞《にくひだ》をゆっくりと抉《えぐ》るように彬良は動いた。白い背中に赤い花を付け、手を伸ばして胸の重みを楽しむ。

その全てに、敏感に反応する桜が愛《いと》おしい。ゆるゆると最奥を突く彼は、締め付けてくる襞《ひだ》の快感に耐えた。

「あ、はんっ……」

桜が後ろを振り向き、切なそうな目で彬良を見る。

「も、っと……ああっ」

ようやく口にした！　彬良はぐいと腰を持ち、更に自分に引き寄せる。

「何だい、桜？　どこにもっと欲しいんだ？」

ゆらゆらと桜の腰を揺らして刺激すると、彼女は「あうっ」と身体を強張《こわば》らせた。

「あ、あんっ……あき、らさん、をっ……」

息も絶え絶えに喘《あえ》ぐ。

「もと……おく、に……っ……！」

望んでいた言葉に、彬良は笑みを浮かべた。

「いい子だね、桜は」

「あ、ああああああっ」

彼女の腰を掴み、ぐいとスピードを上げる。肌と肌がぶつかって音が立った。ねちゃねちゃと泡立つ蜜が欲望に絡み、白い塊《かたまり》となって彬良に纏《まと》わり付《つ》く。

「あっあっあっ」

最奥の硬い入り口を激しく突くと、細い背中が痙攣《けいれん》した。彬良は何度も何度も強く速く突き上げる。汗が桜の背中に滴《したた》り落ちた。

（っ、く、る……っ！）

彬良の限界が近付いてくると、桜も更に頭を振って叫び声を上げる。

「あーっ、あ、あ、は、あっ……あああああっ」

「く、はっ……！」

どくんと大きく脈打った直後、彬良は桜のナカに熱い欲望を放った。痺《しび》れる快楽に、気が遠くなる。桜の身体もぴくぴくと強張《こわば》り、注ぎ込まれる熱を呑み込もうと、襞《ひだ》がきゅうと締まった。その強さに、彬良は思わず呻《うめ》く。

「は、あっ、はあっ……」

しばらくして、桜がぐったりとベッドに沈み込む。滑《なめ》らかな背中は汗まみれだ。

(まだ……足りない……)

荒い息を吐く桜の身体を貫《つらぬ》いたまま、彬良は彼女をまた仰向けにした。彼女の唇からは唾液が零《こぼ》れている。桜色に染まった身体の力は抜けていて、彼女はぼんやりと焦点の合わない目を彬良に向けた。

さっき欲望を吐き出したばかりだというのに、もう桜のナカで硬くなっている。自分の欲の深さに、彬良は自嘲《じちょう》した。

(明日が月曜でなければな)

「もう一度だけ……欲しい」

「あああっ」

びくんと桜の身体が揺れた。吐き出した欲望と、彼女の蜜とが混ざり合い、もっと滑《なめ》らかに激しく動く。

彬良が再び熱い飛沫《ひまつ》を解き放つまで——桜はただ、甘く掠《かす》れた声を上げ続けたのだった。

＊＊＊

意識を失った桜の隣で、彬良は再びこれまでのことを思い出していた。

あの時。三好の告発に乗せられたフリをして鷹司コーポレーションを辞職した彬良は、実家に戻って、三神カンパニーに入社させてほしいと義父と弟に頭を下げた。一も二もなく承知した義父は、それまでの鷹司での仕事ぶりを考慮し、営業部に彬良を入れる。

そこから彬良は、必死に仕事に打ち込んだ。拗《こじ》れかけていた案件を解決し、顧客を開拓、あれよあれよという間に営業部のトップを取った。そうして役員の座に就《つ》いた彼は、鷹司コーポレーションの案件の責任者に就任。これでようやく桜を迎えに行けると思ったところで——和希が桜に縁談を申し入れたと聞かされたのだ。

思わずかっとなった彬良だったが、桜が『三神家との縁談』を断ったと知り、和希の胸倉を掴んでいた手を離した。弟は食えない笑顔を見せながら彬良に言う。

『待っている人がいるから、だそうですよ。誰でしょうね、その幸運な男は』

その時の彬良の顔は真っ赤に染まっていた、らしい。それを後々まで和希に揶揄《からか》われる羽目になった。

『桜さんにプロポーズするのを邪魔するな』

その彬良の言葉に、和希はやれやれと首をすくめたのだが、やはりちょっかいを出されてしまう。

鷹司社長の前でプロポーズし桜が頷《うなず》いてくれた時、どれほど安堵《あんど》したかは、彬良にしか分からない。

自分が『三神彬良』で三神家の長男だと告げ、二人の婚約が発表された直後。彬良は桜に黙って、三好を訪ねていた。あの時の、三好の絶望した表情が忘れられなかったからだ。

その日、段ボール箱がいくつか積み上げられた専務室に、三好はいた。ワイシャツの袖を捲《まく》り上《あ》げ、ローテーブルの上に置いた段ボールに書類を詰めていた彼は、彬良を見る瞳にちらと反抗的な光を映したが、結局何も言わなかった。

『……三好』

声を掛けると、手を止め、彬良に向き直る。頬が少しこけて、やつれた気がした。

『何だ。俺を嘲笑《あざわら》いにでも来たのか？　三神副社長殿』

『違う。俺は本当のことを確認しに来ただけだ』

三好がぴくりと動く。彬良はゆっくりと口を開いた。

『……五年前、お前が俺を陥《おとし》れたのは……桜さんを手に入れるためだったのか？』

『っ！』

三好の顔色が明らかに変わった。薄ら笑いから、睨《にら》み付《つ》ける表情に変化する。その様《さま》を、彬良はただ見つめていた。

『あの時、お前は「桜の前に立つためには、出世するしかなかった」と言っていた。あの一件がきっかけで、お前は会長の目に留まり最年少で専務に抜擢《ばってき》されたんだ。そしてお前は、会長の紹介で桜さんに会い、婚約した』

そう、三好が桜に会ったのは、『三好が出世したから』なのだ。もし、営業部の一員のままであったなら、会長は桜に紹介しようなどと思わなかったに違いない。会長が彼女の相手として、ある一定以上の地位の男を望んでいるという話は、彬良でも知っていた。

『あの時、お前と俺はそれぞれの案件を担当していた。俺が大型案件をミスにより失注し、お前が別の大型案件を受注する。お前の業績はより評価され、出世の足掛かりとなっただろう。……お前よりも先に課長になった俺を抜いて』

三好の瞳はぎらぎらと異様な輝きを放った。それでも、彼はまだ何も言わない。

『桜さんの相手として認められるために出世して、婚約者の座を勝ち取った。なのに、何故？』

――富永沙穂と関係を続けたんだ。

そう彬良が聞く前に、三好が唇を歪《ゆが》めて嗤《わら》った。

『会長が、そこら中の社員に可愛い孫娘の写真を自慢してるからな。高校の制服を着た桜が、満開の桜の木の下で微笑《ほほえ》んでいる写真を見た時から——俺は彼女を忘れられなくなった。けれど、たまに会長や社長に会いに来る彼女を、遠くから眺めていることしかできなかった。俺が桜に近付くためには、もっと出世しなければならない。お前が……邪魔だった』

(三好も俺と同じだったのか。写真の中の純粋な笑顔を自分に向けてほしいと、秘かに願う気持ちは)

『そうだ、俺は桜を手に入れるために専務になったんだ。婚約した時は、天にも昇る心地だった。何も知らない、可愛い桜と結婚できると、そう思っていたさ』

三好の身体の脇で強く結ばれた拳《こぶし》。僅《わず》かに震えているそれが、彼の心情を表しているようだ。

(やはり、三好は桜さんを)

桜は『三好の恋人は沙穂で、出世のために好きでもない自分と結婚したがった』と思っているが、真実は違う。三好が本当に愛していたのは、桜だ。

『沙穂とは就職してからの付き合いだ。元々は互いに恋人がいないからという理由の、さばさばした関係だった。だが、俺が専務になった頃から、あいつの態度は変わった』

富永沙穂。すらりとした体型の、涼《すず》し気な目をした女。いつも冷静で優秀な秘書。営業部でも彼女のサポート力はずば抜けていた。そう、だからこそ――あの件に彼女が絡んでいないはずはない。もし無関係だったのなら、彼女はそれを告発したはずなのだ。

『……彼女に脅されたのか。五年前のあの件にお前が絡んでいると会長達にばらされたくなかったら、関係を続けろと』

三好はくっと下唇を噛んだ。その暗い目を見た彬良は、全てを理解する。

（おそらくは、こうだったんだろう）

あの当時、営業部のスケジュール管理をメインで担当していたのは、彼女――富永沙穂だ。彼女になら、彬良と三好のスケジュールを調整することは簡単だった。

富永が彬良の名を騙《かた》り、彼が担当していた客先の取締役とアポイントを取る。そして同じ日時に、別の顧客とのアポイントをわざと重ねた。一方三好は、ミスを含んだ書類を作成する。それから彬良に『課長が担当している案件を、俺に任せてほしい』と頼んできたのだ。

あまり目立ちたくないと思っていた彬良は、それを受け入れ、三好に案件を引き継ぐ。当然顧客にも担当者が替わると連絡した。けれど、アポイント自体は富永が彬良のままとしたのだ。

そしてあの日、三好が外出した後に彬良を名指しで電話が掛かってきた。アポイントを知らなかった彬良は、三好が作成していた書類を持参したが、それが更に相手の怒りを買う。

三好から彬良に報告された内容は嘘が交ざっていたのだ。だから書類の不備に、彬良は気が付かなかった。

彬良が失態を犯している間に、三好が他案件を受注する。これがきっかけで、三好は出世し彬良は営業部を去った。

――富永の協力がなければ、あの企《たくら》みを成功させることは不可能だ。

『あいつは……俺が社長の座目当ての政略結婚をしても構わない。私をこのまま、あなたの一番にしてくれるなら、と言い出した』

三好の押し潰された声が、彼の胸の内を明かしているように聞こえる。

『だから俺は、結婚するまでの間、沙穂には桜への気持ちがバレないようにした。俺のしたことを会長に――桜に知られたくはなかったんだ』

三好が専務になるのと同時に富永も専属秘書に格上げされたが、彼女はそれで満足しなかった。『互いに恋人がいないからという理由の、さばさばした関係』と思っていたのはおそらく三好だけで、富永のほうは三好を手放す気はなかったのだ。

(三好を脅して関係を続け、そしてわざと桜さんに二人の関係を知らせたのか)

富永は、三好の気持ちに気が付いていたのだろう。そして、三好と桜の関係を引き裂こうと機会を窺《うかが》っていたに違いない。

桜が就職するとまでは予想していなかったのかもしれないが、結果として三好と桜の関係は破綻《はたん》。富永の思い通りになった……。

彬良は三好を真っ直ぐに見据《みす》えた。僅《わず》かに三好の肩が揺れる。

『どんな事情があろうとも、桜さんを傷付け泣かせたことに変わりはない。もう二度と、桜さんには会わせない』

『……分かっている』

一瞬、辛《つら》そうに目を閉じた三好は、掠《かす》れた声でそう言った。

『……あら？　三神副社長いらっしゃってたんですか？』

ドアの開く音がしたかと思うと、冷静な秘書の声がした。すっと三好の顔から表情が消える。彬良は入り口からこちらに近付いてくる、富永沙穂を見た。黒のパンツスーツ姿も、ストレートの髪を一つに括《くく》った様《さま》も、秘書スマイルを浮かべている顔も、不気味なくらいいつもと同じだ。

『ああ。同期のよしみで挨拶《あいさつ》に来ただけだ。富永さんもお元気で』

『ありがとうございます。出向先から、ご活躍をお祈りしておりますわ。それから――』

そう言った彼女の、ルージュを引いた唇が三日月《みかづき》型になる。

『鷹司さんともどうぞお幸せに。お似合いですわ、お二人は』

――私達のように。

そう囁《ささや》く声が聞こえた。

自分の後ろにいる三好の顔を、確認する術《すべ》は彬良にはない。彼は微笑《ほほえ》む富永に小さく会釈《えしゃく》した。

『……ありがとう。では』

廊下に出た彬良は、閉じられたドアをちらと見る。その中でどんな会話がされているのかは分からない。

(三好はこれから贖罪《しょくざい》の日々を送るのだろうな)

同情はしない。愛する人を悲しませたあいつがどうなろうと、知ったことではなかった。

……ただ、彬良の愛《いと》しい彼女は、三好の不幸を望まないだろう。自分を裏切った三好を恨み続けられないほど、彼女は優しいのだ。

(桜さんのためには、上手くいってくれることを祈るしかない)

三好が桜への未練を断ち切れるように。これ以上、彬良達に関わる気がなくなるように。

長い廊下を歩きながら、彬良はそんなことを考えた。

＊＊＊

「ん……」

桜が鼻にかかった声を出す。物思いに耽《ふけ》っていた彬良は、腕の中の桜を抱き締め直し、その温かさを味わう。

三好が本当に好きだったのは桜だということを、彼女に告げるつもりははない。傷付いた桜の心に付け込んだ自覚はあるが、三好に対してはざまあみろ、という感情しかなかった。

（俺はお前とは違う）

彼女を泣かせたりしない。一生愛して大切にする。彼女がいつでもあの笑顔でいられるように。桜色に頬を染め、幸せそうに笑う彼女を守りたい。

「……愛してる、桜」

開き気味の唇に軽く唇を重ねた後、彬良は目を閉じ、心地良い睡魔に身を委《ゆだ》ねたのだった。

書き下ろし番外編

桜色の思い

——桜という名は、お祖父様《じい》が付けてくれたと幼い頃に聞いた。薄紅色に咲き誇る桜の花のように、美しく気高《けだか》く、そして人に愛される子になるように……と。

＊＊＊

「では、行ってきますね、彬良さん」

そう夫に告げた鷹司桜は、あっという間に夫の逞《たくま》しい腕の中にいた。

「彬良さん⁉」

厚い胸板に顔を埋《うず》めた桜は、彼が頭を下げ、左の首筋に唇を当てたのを感じてびくっと肩を震わせた。

「心配だな……桜さん一人で行かせるのは」

顔を上げた彼と目が合う。いつも桜を優しい瞳で見つめているこの人は、鷹司彬良——三神カンパニーとの合同プロジェクトを立ち上げた後、正式に鷹司コーポレーションの副社長になった、桜の愛する夫だ。綺麗な顔立ちの彼を見る度に、今でも胸がどきどきしてしまう。もっとも、彼が三神カンパニーの御曹司という正体を隠して鷹司コーポレーションで働いていた時、前髪でその美貌《びぼう》は隠されていたにもかかわらず、桜の心臓はどきどきしっぱなしだったのだが。

桜は彬良の背中を右手でぽんぽんと軽く叩いた。

「彬良さんったら。今日は祖父も父も出社していますし、麻奈さんも」

「……分かっている。分かってはいるんだが……こんなに綺麗だと、桜さんに見惚《みと》れる社員が大勢いるに違いないから」

桜は自分の服を見下ろした。白と薄いピンクを交互に織り込んだ生地のノーカラージャケットにハイウエスト切り替えの白いワンピース。彬良からプレゼントされた細い金のネックレスが、いいアクセントになっている。

(お祖父《じい》様も過保護だって麻奈さんから怒られていたけれど、彬良さんも結構過保護よね？)

三神カンパニーでどうしても外せない用事がある彬良は、桜と一緒に鷹司コーポレーションに行くことができない。それだけで、この心配ぶりなのだ。

「麻奈さんが秘書課に戻り、もう桜さんを妬《ねた》む秘書輩はいないはずだが、気を付けてほしいんだ。社員全員を把握しているわけではないから」

「……私のこと、よく思っていない方だっていると思いますよ？　社長の一人娘だから優遇されている、と見られても仕方ないですから。でも」

桜は彬良を見上げ、眦《まなじり》を下げ口元を緩めた。

「私は大丈夫です。だって、私のことを認めてくれる方もいるって分かっていますから」

社長《父》も桜を一社員として扱ってくれたし、麻奈も服部部長も関わった担当営業達も、社長令嬢という色眼鏡ではなく、皆桜自身を見てくれた。あの備品在庫課での経験は、桜の中でかけがえのないものとなっている。

じっと桜に見つめられた彬良は口に右手を当て、やや視線を落とした。心なしか、頬骨の辺りが薄《うっす》ら紅色に染まっているように見える。

「ったく、桜さんの笑顔は反則だろ……」

大きく溜息をついた彬良は、再び桜をぎゅうと抱き締めた。

「会議が終わったら、すぐに迎えに行く。無理せず、体調が悪くなったらすぐ麻奈さんに」

「はい、気を付けますね」

まだまだ、あれこれ注意事項を並べそうな夫に、桜は満面の笑みを向けて頷《うなず》いたのだった。

＊＊＊

「お久しぶりね、桜さん。元気そうで良かったわ」

受付で待つ桜を出迎えてくれたのは、満面の笑みを浮かべた麻奈だった。白髪交じりの髪をきっちりとシニヨンにまとめ、あの作業着ではなく白いブラウスに紺のタイトスカートを穿《は》いた彼女は、ベテラン秘書の貫禄を醸《かも》し出《だ》していた。

「お久しぶりです、麻奈さん」

桜もにこやかに挨拶《あいさつ》をする。麻奈に先導されて、見慣れたロビーを歩くと、ちらちらと周囲から視線を感じた。麻奈が小さく頷《うなず》く。

「桜さんが戻ってくることは、社内にも知れ渡っているし……営業部の面々は楽しみだって言ってくれていたわ」

「そうですか。私も皆さんにお会いできるのが楽しみです」

桜と結婚した三神家の長男が鷹司の籍に入る、という話は、社内でも結構な話題になったらしい。もっとも、彬良は三神の名を隠して働いていたため、三神家の長男＝元備品在庫課の八神彬良課長、と知っている人間は少ない。三神カンパニーと合同プロジェクトを立ち上げた際に縁談が持ち上がったのだろう、と言われているようだ。

彬良と結婚した桜は、鷹司コーポレーションから三神カンパニーへと転籍し、彬良の下《もと》で秘書を続けていた。一年掛けて準備を終えた彬良が、正式に鷹司コーポレーションの専務となることが決まり、桜も一緒に戻ることになったのだ。

「社内の大掃除もほぼ済んだから、桜さんが困ることはないはずよ」

ふふふと笑う麻奈の顔が、どことなく黒く感じるのは何故だろう。桜は首を傾《かし》げたが、すぐに麻奈が話題を切り替えたため、それきりとなってしまった。


「桜。体調は大丈夫なのか？」

「おじ……いえ、会長。大丈夫です。無理はしませんから」

社長室に入るなり、ソファに腰掛けていた祖父が発した一声に、桜は内心溜息をついた。

（お祖父《じい》様も本当に過保護よね……）

祖父の真正面に座る父は苦笑している。この会社に戻る前に、秘書間での引き継ぎをすると言った途端、何故か祖父まで出社することになっていた。桜は父の右隣に腰を下ろす。トレイを持った麻奈が、ソファに近付く。

「会長。口出しは禁物ですよ？　桜さんへの引き継ぎは、私から行《おこな》うことになっていますから、ご心配なさらず。会長は社長と別件のお話があるはずですよね？」

紅茶が入ったティーカップを置きながら麻奈が釘を刺すと、むむと祖父が眉を寄せた。麻奈曰《いわ》く、羽織袴《はおりはかま》姿の祖父が出社するだけで、社内の空気がピリッと震えるそうだ。桜の前では、ただ孫に甘いおじいちゃんになってしまうのだが。

「では桜さん。十五分後に秘書課に来てくださいね。十五分以上の拘束は認めませんからね？　会長」

微笑む麻奈の迫力は、桜が及ばない領域に達しているようだ。祖父がふうと息を吐いて、鷹揚《おうよう》に頷《うなず》いた。

「分かっておる」

しかめっ面をしたまま、祖父がローテーブルの上に置かれた資料を手に取る。ティーカップから一口紅茶を飲んだ父は、苦笑したまま自分の傍《そば》に立つ麻奈を見上げた。

「資料ありがとう、中谷さん。桜への引き継ぎをよろしく頼むよ」

「はい、社長。準備は出来ていますから、二時間程度で終わると思います。桜さん、引き継ぎ後はどうするの？　そのまま帰宅するのかしら」

ティーカップをソーサーに置いた桜は、口元を綻《ほころ》ばせながら麻奈を見た。

「彬良さんが迎えに来てくれるそうです。一階ロビーのカフェで待ちますから、大丈夫です」

『桜さんの周囲は皆過保護よねえ……』

そう言う麻奈の声が聞こえた気がする。やや熱くなった頬を隠すように、紅茶を飲んだ桜は、「彬良君は相変わらず忙しいのか？　一人の時間が長いなら、一時的に戻ってきたらどうだ」という祖父に「大丈夫ですよ。私の体調も安定したし、彬良さんも以前よりは早く帰宅していますから」とにっこり断りを入れるのだった。

「まーったく、会長の爺《じじ》ばかは相変わらずなのね、桜さん」

きっかり十五分後、秘書課に着いた桜に、麻奈はやれやれと肩を竦《すく》めた。桜が苦笑しながら「体調が悪い日が続いていたので、心配していたようです」と告げると、「それにしてもねえ……」と麻奈の表情は変わらなかった。

「こちらに来てもらえる？　一通り専属秘書の業務についてまとめた資料を確認してほしいの」

「はい」

麻奈について秘書課内の小会議室に移動する間、他の秘書達はにこやかに挨拶《あいさつ》するだけで、すぐにパソコンに向かっていた。桜がここで過ごした時の雰囲気とはまるで違う。桜が知っている先輩秘書達や安藤課長の姿も見えない。

「あらまあ……」

資料とノートパソコンが置かれた長机の席に座った桜は、ショルダーバッグを隣の椅子に置き、真正面に座る麻奈に視線を向けた。秘書らしい姿の麻奈を見て、家のクローゼットの中で眠る、あの作業着が少し懐かしくなった。

「麻奈さん。大幅な人事異動があったのですか？　私の知っている方が少ない気がしたのですけれど」

麻奈は「そうね」と相槌《あいづち》を打った。

「くだらない噂話《うわさ》ばかりにうつつを抜かしている秘書は必要ない、と保専務が判断されたの。各々の持つスキルに応じて異動されたから、それほど文句は出なかったようよ」

「そ、そうです、か」

人事部長だった従兄《いとこ》の鷹司保は、人事部長兼専務に出世していた。専務になった途端に大なたを振るった、という噂は聞いていたものの、それを目の当たりにすると何とも言えない思いが胸に込み上げてくる。

（麻奈さんが課長補佐に任命された、というのは彬良さんから聞いていたけれど、それだけじゃなかったのね）

先程紹介された今の秘書課課長は、保の部下で人事部課長だった当麻《とうま》だ。保より五歳年上で落ち着いた雰囲気の彼は、麻奈が秘書時代に目を掛けていた人材らしい。

「当麻君は仕事ぶりも真面目だし、女性ばかりの秘書課もまとめられる力量の持ち主だから安心よ。安藤課長もいい人だったけれど、女性を叱るなんてできない、って人だったから」

「……」

桜は以前の刺々《とげとげ》しい雰囲気を思い出した。あの頃秘書課を仕切っていたのは、専務専属秘書である富永沙穂――

(もう、過去のことだわ)

思い出しかけた彼女の歪《ゆが》んだ口元を、頭を横に振って追い払う。桜は目の前の資料に集中し、麻奈の説明を受けた。彼女の説明は分かりやすく、さすがは祖父の秘書も務めたベテランだと感心するばかり。

(私も、麻奈さんみたいに彬良さんの役に立てる秘書になりたい)

……とは思うものの。桜はちらと視線を下に向けた。

「大丈夫よ、桜さん」

桜の視線に気が付いたのか、麻奈がころころと笑う。

「彬良専務は桜さん以外の秘書は不要なんですって。もちろん桜さんの体調次第だけど、桜さんの休暇中は私が代理をするから安心してちょうだい。今は補佐の仕事だけで、他の役員の専属秘書になっているわけではないから」

「ありがとうございます、麻奈さん」

自分が不安に思っていることも、麻奈にはすぐバレてしまうらしい。桜としても麻奈がサポートしてくれるなら、心強い。

(自分の出来ることをしよう。ちゃんと彬良さんにも相談して)

――とにかく桜はすぐ我慢してしまうから。少しでも嫌なことがあれば、俺に相談して欲しい。

心配性の彬良の顔を思い浮かべた桜は、ふふと口元を綻《ほころ》ばせた。

「麻奈さん、お忙しい中、お時間いただきありがとうございました」

頭を下げる桜に、麻奈は「営業部にも顔を出してほしいと、皆が言っていたわ。時間があるなら、服部部長のところに声を掛けてみたらどうかしら」と言い微笑《ほほえ》んだ。

「そうですね」

あの頃関わった営業部員の顔が思い浮かぶ。皆仕事に慣れていない桜に親切にしてくれた。

(そうよね、一度挨拶《あいさつ》に伺うのもいいかも)

「分かりました。営業部にご挨拶《あいさつ》に行った後、カフェに行きます」

麻奈もにこにこと頷《うなず》く。

「そうね、それがいいわ。下手に会長のところに行ったら、逃げられなくなるから」

「う……」

彬良君が迎えに来るまで実家に戻って来なさい、とまた言われかねない。桜は麻奈に挨拶《あいさつ》をし、そそくさと秘書課を後にしたのだった。

＊＊＊

『桜さん、久しぶりだね。またよろしく頼むよ』

営業部に立ち寄ると、服部部長を初めとする面々が話し掛けてくれた。桜の書いた礼状をきっかけにして、顧客とは円満な関係を続けている、と一人前になった営業マンの近藤からお礼を言われた時、じわりと胸の奥が熱くなった。

（あの頃の努力は無駄ではなかった……）

当時の思い出話に花が咲いたものの、忙しい皆の邪魔をしてはいけない。桜はきりの良いところで切り上げ、一階に向かおうとして――ふとエレベーターホールで立ち止まった。

（……少し行ってみようかしら）

桜は口元を緩め、エレベーターの上のボタンを押した。すぐに停まったエレベーターに乗った桜は、最上階のボタンをそっと押したのだった。

重いドアを開けて屋上に出る。今日は抜けるような青空。春が過ぎたばかりの風は、心地よい温度で桜のワンピースの裾を揺らしていく。

昼休みの時間も終わっているせいか、そこには誰もいない。桜はゆっくりとベンチまで歩き、腰を下ろした。ショルダーバッグからスマホを取り出し確認すると、彬良からメッセージが入っていた。会議が長引き、もう少し時間が掛かるようだ。『今屋上にいる。もう少ししたら一階のカフェに向かう』と返信しておく。

コンクリートに囲まれた辺りを見回すと、作業着を着た彬良が、掃除道具を片手に立っている姿がふと目に浮かんだ。もさっとした前髪で目が隠れていたが、口元に浮かぶ笑みは優しかった。

（ここで彬良さんと出会ったのよね）

白い雲がゆっくりと流れていく。桜は空を見上げながら、彬良との会話を思い起こしていた。久しぶりに、こんなゆったりとした時間を持てた気がする。

ぼんやりと何分か過ごしていた桜の耳に、突然がこんと重い音が右後ろの方から入ってきた。どうやら、誰かが屋上に上がってきたらしい。

（そろそろカフェに行かなくちゃ）

ショルダーバッグを左肩に掛け直して腰を上げ、スマホを左手に持ったまま入り口の方を向いた途端――桜の息が止まった。

黒っぽいスーツを着た、長身の男性が入り口のドアの前に立っている。桜は思わず胸の前でスマホをぎゅっと握りしめた。

（……どうしてこんなところに）

ゆっくりと彼がこちらに歩いてくる。桜の身体は凍り付いたように動かない。

やがて桜までの距離が三メートルほどになった時、彼が足を止めた。それ以上近付こうとしない彼に、桜が眉をひそめる。

自信に満ち溢れたかつての姿からは想像もできないくらい、やつれた顔付き。身体も少し痩《や》せたのか、以前のような威圧感を感じない。前髪を乱し、心許《こころもと》なげに立つ彼に、桜は止めていた息を吐いた。

「……桜……」

艶《つや》のなくなった掠《かす》れた声。この人の声はこんなだっただろうか。そう……もう声すら思い出せないことに、桜は気が付いた。

「し……三好さん」

真也さん、と呼びかけて言い直す。真也の口端がぴくりと震えた。

「いきなり呼び止めて済まない。どうしても、最後に」

そう言うと、真也は深く深く頭を下げる。

「本当に――すまなかった。桜、いや鷹司さんを傷付け、恐ろしい思いをさせてしまったこと、本当に申し訳なく思っている」

「えっ」

いきなりの謝罪に、桜は目を見張る。真也は頭を下げたまま、言葉を続けた。

「もう会うなと言われていた。会う資格もないことは分かっている。だが俺は、一度もまともに謝っていなかった。それだけが心残りで——もし今日会えたら、謝罪の気持ちだけは伝えたかった」

（今日会えたら？）

「あの……私が今日鷹司コーポレーション《こちら》に来ること、ご存じだったのですか？」

「いや」

真也が顔を上げる。桜よりも背が高いはずの彼が、前よりも小さく見える。

「月に一度、報告のためにここに来ていた。今月も今日が訪問日だったが……急に変更された。八神……いや鷹司が専務として来月からここに戻ること、そして鷹司さんも共に秘書として戻ってくると、社内中で噂になっていた。だから、もしかしたら今日、鷹司さんが出社するのではないかと思ったんだ。エレベーターホールで姿を見かけて……この機会しかない、と失礼ながら声を掛けさせてもらった」

「そう、ですか」

（……真也さんと私が、顔を合わさないようにしてくれていたのね）

確か真也は関連子会社の役員として出向していたはず。仕事で鷹司コーポレーションに来ることもあるだろう。たまたま桜が引き継ぎに来る日と真也が報告に来る日が重なったため、スケジュールが変更されたようだ。

（それだけの情報で私が来るかもと分かるなんて）

仕事でも頭脳明晰《めいせき》だった真也。コネもなく役員まで上り詰めた彼の実力は本物だったのだろう。もし、彼があんな手段で彬良を陥《おとしい》れたりしなかったら、違う未来があったのかもしれない。

（──全てはもう、終わったことだわ）

ふうと溜息をついた桜は、ふと真也が言った言葉を思い出した。

「あの、最後って」

「……ああ」

ふっと苦笑した真也は一瞬目を伏せた後、桜を真っ直ぐに見た。

「俺は来月から海外支店勤務となる。しばらくはバイヤーとして、各地を転々とすることになるだろう」

彬良と桜が戻ってくるタイミングでの海外勤務。その意味を分からない桜ではなかった。

「海外……そうですか。お二人のご活躍をお祈りしています」

淡々と他人行儀に言い、軽く頭を下げた桜を見る真也の目が翳《かげ》った。

「……海外に行くのは、俺一人だ」

（え？）

桜が目を丸くすると、真也は低い声で呟《つぶや》いた。

「……出向先では、役員の扱いだったが……一営業としてやり直したい、と子会社社長に頭を下げて頼み込んだんだ。こちらに報告には来ていたものの、出向先では顧客を回る一営業マンとして働いていた。沙穂……富永は」

彼の声に苦みが混ざる。

「せっかく役員秘書になれたのに、また営業補佐に戻るのはゴメンだと、別の役員の秘書になった。しばらくは働いていたが、他の秘書や役員と折り合いが悪くなり――結局はヘッドハンティングを受けると言って退社した。それきり連絡は取り合っていない」

（沙穂さんが……真也さんを捨てた、の？）

あれだけ真也に執着していた沙穂が彼から離れるなんて。信じがたい思いが喉までせり上がってきたが、もしかしたら沙穂が好きだったのは『大会社役員の三好真也』であり、『一営業マンの三好真也』ではなかったのかもしれない、と思い直した。

何も言えない桜を前にして、真也がちらと視線を下に……少し膨らみ始めた桜の下腹部に向けた。

「すまない。つまらない話で時間を取らせてしまった。……鷹司さん、どうかお元気で」

真也は、再び深く頭を下げて踵《きびす》を返す。歩き始めた真也の背中に向かい、桜は小さく言った。

「……あなたもお元気で」

ぴくりと彼の肩が動いた気がしたが、真也は振り返らない。やがて、がちゃりとドアが閉まる重い音が屋上に響くまで、桜は身じろぎ一つせず、その場に立ち尽くしていた。

（……さようなら）

真也が真摯《しんし》に謝ってくれたこと、それだけで心の奥に巣くっていたしこりが解《ほぐ》れていく気がした。

しばらくして、桜はスマホを固く握りしめていた指をゆっくりと緩め、彬良に『今からカフェに向かう』とメッセージを送ったのだった。

＊＊＊

「桜さん、身体は冷えてない？　大丈夫？」

メッセージを送信するのとほぼ同時に、彬良が慌てた様子で屋上に現れた。一階カフェに立ち寄ったが桜の姿が見えず、うろうろ探し回ってくれていたらしい。

「ごめんなさい、彬良さん。体調は大丈夫よ？　少し一人でぼんやりしたくて」

桜はふふと微笑《ほほえ》んで夫の顔を見上げた。心配そうな目をした、優しい人。いつも桜のことを守ってくれている。そう今も。

「……真也さんに会ったの」

彬良が眉をひそめる。大丈夫よと桜は、彼の手を握り締めた。

「海外に行くのですって。その前に、私に謝りたかったって……」

「桜さん」

彬良が桜の身体に両腕を回す。桜は広い胸板に頬をすり寄せた。こうして腕の中にいるだけで、全てが大丈夫だと思える。

「……真面目にやり直しているみたいで良かったわ。ほとんど思い出すこともなかったけれど、心のどこかで気にしていたのかも。後味の悪い別れ方になってしまったから」

「桜さんのせいじゃない」

彬良の腕にぎゅっと力が籠《こ》もる。

「ええ、分かってるわ。でも結婚まで考えていた人が、ちゃんとやり直そうとしてくれていたっていうだけで、ものすごく気が楽になったの」

「桜さんがいいなら、いいんだが」

ややむすっとした声に、また桜はふふと笑う。

「私は大丈夫よ、本当に」

真也に会って驚いたが、恐怖は感じなかった。別人かと思うほど真也の雰囲気も変わっていたし、いざとなれば彬良が守ってくれると信じていたから。それに——桜は柔らかな下腹に左手を当てる。もうすぐ新しい命が動くのを感じることができるだろう。

(あなたを守れるよう、強くならないといけないもの)

「桜」

どきんと心臓が高鳴る。普段『桜さん』と呼んでいる彬良から、名前を呼び捨てにされるのはいつも——

「愛してる、桜。桜もこの子も……守るためなら、俺は何だってする」

「彬良さん」

——愛されている時だ。彬良の甘い声に、頬が、そして身体も熱くなる。桜はぎゅっと彼にしがみついた。

「私も愛しています、彬良さん。あなたもこの子も」

彬良の温もりに包まれながら、桜は目を閉じる。

「本当に……あなたとこうしていられて、幸せです」

辛いことも悲しいことも、今の幸せのためにあったのだと、そう感じられるくらい幸せ。桜がそういうと、彬良は目を細めて優しく笑った。

「俺も幸せだよ、桜」

ちゅ、と軽く唇を合わせた彬良は、頬を桜色に染める妻の腰を左手で抱き、ゆっくりと歩き始めた。

「もう帰ろうか。会長に見つかったら、桜さんを実家に戻せと文句を言われそうだ」

「彬良さんたら」

他愛ない会話を交わしながら、桜は彬良とゆっくり歩く。それだけで、胸が温かくなって……彬良が愛《いと》おしくて堪《たま》らなくなる。

「彬良さん」

桜は背伸びをして、彬良の耳元で囁《ささや》いた。

——お医者様から許可が出たの。安定期だから、そろそろ大丈夫だって。

目を見張った彬良の頬が、じわじわと赤くなる。右手で口元を覆《おお》った彬良がぽつりと零《こぼ》した。

「……そういう攻撃は結構クるから。桜は小悪魔になったよ……」

「小悪魔になった私はだめなの？」

桜がそう言うと、桜を抱く腕に力が入った。

「そんなわけないだろ。小悪魔な桜も魅力的だ」

重いドアを開けた彬良は、桜をエスコートして屋上から出た。その後、仲良く連れ立って歩く二人の姿を見た麻奈から「お熱いのも良いけれど、ちゃんと桜さんの体調を考えるようにしてくださいね、専務」と釘を刺されてしまうのだった。

＊＊＊

ダブルベッドの上で、すやすやと可愛い寝息を立てて寝る妻の頬を、彬良は右手でゆるりと撫《な》でた。久しぶりに桜に触れられたものの、無理をさせることは許されない。甘やかな時間は短かったが、彬良は身も心も満たされた幸福感に酔っていた。

愛し合った後、彬良は桜の身体を綺麗に拭《ふ》き、パジャマを着せた。過保護だと桜に呆れられることも多いが、桜の世話をするのは彬良の喜びでもある。

——特に、愛されて桜色に染まった彼女の世話をするのは、彬良だけの特権でもあるのだから。

ベッドサイドに置いたスマホから着信音が聞こえる。彬良は右手を伸ばし、スマホを確認した。

（……三好はもうたったのか）

このスマホはレンタルだ。奴との連絡用に借りただけだが、もう用はない。明日解約しようと考え、彬良はまたベッドサイドにスマホを戻した。

……関連会社に出向させた後も、三好の動向には目を光らせていた。少しでも怪しい動きを——桜に害をなす動きをしたのなら、即座に手を下すつもりだった。だが三好は、役員待遇を蹴ってでも一営業マンとしてやり直す道を選び、真面目に業務に取り組んでいた。営業としての三好は社内からも顧客からも高評価だと報告書に上がっている。

だから……海外に飛ばされる前に桜に謝りたい、という三好の懇願《こんがん》に応える気になったのだ。

(もっとも桜に悪影響が及ぶようなら、会わせないつもりだったが)

桜は何も言わなかったが、心の奥で三好との過去が残っていることに気が付いていた。もちろん桜が自分だけを愛してくれていることは、分かっている。だが優しい桜は、あのような別れ方をした三好のその後を、無意識のうちに気に掛けていたのだろう。

(あいつの影だけでも、桜の心の中に残るなど、許せない)

変に三好に未練を残されても困る。彬良は、会う時は桜に手が触れる位置に近付かないこと、自分と通話中にしたスマホを持つこと、を条件に三好が桜に会うことを許可した。

……もちろん、屋上で桜と三好が対峙していた時、彬良はドアの向こうでやきもきしながら待機していた。

屋上から出てきた三好の顔は、どこか吹っ切れたような清々《すがすが》しい顔付きになっていたのが印象的だった。

『……ありがとう、ございました』

そう言って彬良に頭を下げた三好は、振り返ることもなくその場を立ち去った。

（さっき届いたメッセージも、今から飛行機に乗るとだけの報告だったな）

海外支店でも定期的に三好の様子を報告させるつもりではあるが、国内にいない分そこまで警戒せずにすむだろう。

「ああ、そうだ。和希にも礼を言わないとな」

三神和希。彬良の異父弟である彼は、三神カンパニーの副社長となっていた。その権力を利用させてもらったのだ。

（三好から富永沙穂《あのおんな》を引き離したのも正解だった）

三好に付き纏《まと》い、桜を貶《おとし》めた主犯格の女。あの女が傍《そば》にいれば、また三好が良からぬことを考えるかもしれない。

そう思った彬良は、営業マンに戻った三好に不満を抱いている沙穂に、ヘッドハンティングを持ちかけ、退社させるように仕向けた。沙穂は好待遇にあっさりと釣られ、三好を捨てた。あの女にとって、三好は『自分の価値を高めるアクセサリー』に過ぎなかったのだろう。だから、役員ではなく単なる一社員になった三好のことを見限ったのだ。

（そのヘッドハンティングに俺が関わっているなどと、思いもしないだろうが）

表向きは三神カンパニーの名など出してはいないが、和希が探してくれた会社だ。こちらの要望は何でも聞くと和希は綺麗に笑っていた。

今はやり手役員秘書として働いている沙穂だが——近いうちに三好とは違う地域の海外勤務となるだろう。現在は役員秘書だが、そこでの扱いはどうなるかは分からない。

彼女の正しい評判を和希が広めた後では、まともな会社への再就職は難しい。それで桜を逆恨みするようなら……海外で人知れず行方不明になるだろう。

……が、そんなことを沙穂は知る由《よし》もないし、知る必要もない。ただ、今までやってきたことの報《むく》いを受けるだけだ。

（……こんな俺の姿を知ったら、桜はどう思うだろうか）

柔らかな笑みを口元に浮かべて眠る桜を見下ろし、彬良はふと思う。桜は人一倍優しくて、度量もある。恐らくは、彬良の薄汚れた部分を知っても、きっとそのまま受け入れてくれるのだろう。だが。

（俺が見せたくない——と思うのは我儘《わがまま》だろうか）

桜には、何の憂《うれ》いもなく笑っていてほしい。

桜の花のように、美しく気高《けだか》く、そして皆に愛される桜のままでいてほしい。

——桜の笑顔を守るためなら、俺は何だってできるのだから。

彬良は桜の髪を一房《ひとふさ》持ち上げ唇を落とした後、桜の隣に横たわり、柔らかな身体を優しく抱き締めた。

「愛してる、桜」

愛する妻の温もりを感じながら、彬良は目を閉じた。そして三好のことも沙穂のことも心から追い出し、ただ桜のことを思いながら、心地よい眠りへと落ちていったのだった。

本書は、2019年10月当社より単行本として刊行されたものに、書き下ろしを加えて文庫化したものです。


この作品に対する皆様のご意見・ご感想をお待ちしております。

おハガキ・お手紙は以下の宛先にお送りください。

【宛先】

〒150-6008 東京都渋谷区恵比寿4-20-3 恵比寿ｶﾞｰﾃﾞﾝﾌﾟﾚｲｽﾀﾜｰ 8F
（株）アルファポリス　書籍感想係

メールフォームでのご意見・ご感想は右のＱＲコードから、
あるいは以下のワードで検索をかけてください。

アルファポリス　書籍の感想　検索

ご感想はこちらから

エタニティ文庫

課《か》長《ちょう》はヒミツの御曹《おんぞう》司《し》

あかし瑞《みず》穂《ほ》

2022年8月15日初版発行

文庫編集－熊澤菜々子
編集長 －倉持真理
発行者 －梶本雄介
発行所 －株式会社アルファポリス
〒150-6008 東京都渋谷区恵比寿4-20-3 恵比寿ｶﾞｰﾃﾞﾝﾌﾟﾚｲｽﾀﾜｰ8F
TEL 03-6277-1601（営業） 03-6277-1602（編集）
URL https://www.alphapolis.co.jp/
発売元－株式会社星雲社（共同出版社・流通責任出版社）
〒112-0005 東京都文京区水道1-3-30
TEL 03-3868-3275
装丁イラスト－藤谷一帆
装丁デザイン－ansyyqdesign
印刷－中央精版印刷株式会社

価格はカバーに表示されてあります。

落丁乱丁の場合はアルファポリスまでご連絡ください。

送料は小社負担でお取り替えします。


ISBN978-4-434-30721-8 C0193